KB114054

30인의 회귀자

30인의 회귀자 8

이성현 장편소설

초판 1쇄 찍은 날 § 2018년 5월 10일
초판 1쇄 펴낸 날 § 2018년 5월 17일

지은이 § 이성현
펴낸이 § 서경석

총괄팀장 § 최하나
편집책임 § 김슬기

펴낸곳 § 도서출판 청어람
등록번호 § 제387-1999-000006호
등록일자 § 1999. 5. 31
어람번호 § 제1-2897호

주소 § 경기도 부천시 부일로 483번길 40 서경B/D 3F (우) 14640
전화 § 032-656-4452 팩스 § 032-656-4453
http://www.chungeoram.com
E-mail § chungeorambook@daum.net

ISBN 979-11-04-91726-4 04810
ISBN 979-11-04-91551-2 (세트)

8

슬픈 속죄

이성현 장편소설

FUSION FANTASTIC STORY

30인의 회귀자

도서출판 청어람

30인의 회귀자

목차

CONTENTS

제1장

무너져 가는 믿음

카르디어스 신성력 1400년 8월 10일.

구름 한 점 없는 하늘 위에서 쏟아지는 뜨거운 햇빛.

햇빛 아래 나무 한 그루, 풀 한 포기 찾아볼 수 없는 사막.

열기가 피어오르는 모래 위를 질주하는 비공정 양옆으로 모래바람이 길게 이어졌다.

"정말 덥군."

비공정의 선수에 서 있는 그레인의 뺨을 타고 한 줄기 땀이 주르륵 흘러내렸다.

현재 이레귤러가 향하는 곳은 쉬르 왕국의 수도 쉬르 성.

국토의 1/3을 차지하는 쉬르 왕국의 사막은 유독 덥기로 소문난 지역으로, 가장 진입하기 어려운 경로다.

그러나 비공정이라는 이동 수단이 있는 이레귤러에겐 오히려 장애물 없이 가장 빨리 이동할 수 있는 지역이기도 하다.

불필요한 전투를 피해 사막을 이동해 쉬르 성을 점령한다는 선택에 이레귤러의 멤버 전원이 동의했지만, 막상 사막에 진입한 이후 다들 비공정 안에서 꼼짝도 안 했다.

계절에 맞는 무더운 날씨가 사막으로 진입하고 나서는 폭염으로 바뀌었고, 경비 목적으로 나온 선원들을 제외하면 갑판 위로 나온 이는 거의 없었다.

"어이, 그레인! 더운데 왜 밖에 나와 있어?"

자신을 부르는 크루겐의 목소리에 그레인은 뒤로 돌아섰다.

"예전이었다면 상관없겠지만, 지금은 아니잖아."

크루겐의 시선이 아무런 코어도 이식되지 않은 그레인의 오른쪽 팔로 향했다.

"그렇지."

전생에는 화룡의 어금니를 이식받았기에 기온의 변화 정도로는 뜨거움을 느끼지 못했다.

"이렇게 무더운 곳을 예전에는 어떻게 지나갔는지 이해가 안 가."

그러나 화룡이 아닌 빙룡의 어금니를 이식받은 지금은 가만히 서 있는 것만으로도 전신에 땀이 흘러나왔다. 다른 의미로 전생이 그리워지는 순간이었다.

"냉기의 힘을 쓰는 데에는 문제없고?"

“마나가 더 소모되는 느낌이지만, 이 정도라면 크게 지장은 없어. 대신 이 더위를 버티기 위해 냉기를 뿜어내야 한다는 점이 귀찮으면서 비효율적이긴 하지만.”

“그런데 지금은 왜 안 해?”

“이게 은근히 마나가 소모되거든.”

아래로 내렸던 그레인의 왼팔에 푸른빛이 감돌자, 차가운 기운이 사방으로 퍼져 나갔다.

“바로 그거야! 오오, 시원한데?”

크루겐은 양팔을 벌리면서 그레인의 냉기를 온몸으로 만끽했다. 정작 그레인 본인에게는 차갑거나 시원한 정도까지는 아니라, 덥지 않은 정도였지만.

“아, 그거 줘. 그거 말이야, 그거.”

“알았어.”

그레인은 냉기가 응축된 작은 결정을 만들어 크루겐에게 건네줬다. 두르고 있던 머플러 안쪽에 냉기의 결정을 넣은 크루겐이 몸을 부르르 떨면서 쾌감을 표현했다.

“으! 우후! 그래, 이 느낌이었어! 이거였다고! 좋아!”

크루겐이 진정으로 기뻐하면서 호들갑을 떨자 그레인의 입꼬리가 살짝 올라갔다.

‘저 녀석과 같이 다닌 이후 확실히… 내가 많이 웃게 된 것 같군.’

전생에는 같은 결사대의 동료, 그 이상도 이하도 아니었던 크루겐.

지금은 옆에 그가 없는 상황 자체를 떠올리기 힘들 정도로 많은 시간을 보내게 되었다.

"다른 사람들은?"

"베스티나는 아예 자기 방에 틀어박혀서 나오지 않더라. 빙룡의 코어를 이식받은 걸 이토록 후회해 본 적이 없다고 탄식하던데."

실제로 베스티나는 비공정이 사막에 들어온 이후 밖으로 나온 적이 한 번도 없었다.

물론 그레인이 했던 것처럼 냉기를 두르면 더위를 견딜 수 있긴 했지만, 언제 적들과 조우할지 모르는 상황인지라 불필요하게 마나를 낭비할 순 없었다.

"그리고 꼬마 아가씨는 렌딜 님과 함께 마력포의 점검에 전념 중이고, 아딜나는 흐음… 그냥 하던 일 하고 있고."

"에리스 백작 부인과 제스테일 님은?"

"평상시와 다른 부분은 딱히 없었는데, 아무래도 일부러 아무렇지 않는 척하는 것 같아. 두 사람 입장에서는 이번 원정이 남다를 수밖에 없잖아?"

"그렇겠군."

두 사람의 모국은 그 둘을 배신했다.

그러나 똑같이 당했던 것처럼 모국에게 되돌려 주기엔 아직 망설임이 남아 있었다.

"쩝, 아무튼 갑판 아래는 시원한 게 다행이야. 고대 문명의 유산이 이토록 고마웠던 적은 처음일 정도로."

비공정에는 실내의 온도를 일정하게 유지하는 장치가 있어서, 갑판 아래의 사람들은 더위에도 아랑곳하지 않고 움직일 수 있었다.

대신 갑판 위의 선원들은 땀을 뻘뻘 흘리며 고생 중이었다.

보다 못한 그레인이 냉기를 응축시킨 결정체를 나눠 주려고 했지만, 선원들 모두 거절했다.

그들에게 있어서 그레인은 나이만 어릴 뿐, 쉽게 다가가기 힘든 존재였기 때문이다.

"그러면 대련이나 한판, 어때? 열기를 피해 비공정 안에만 있다 보니 몸이 굳는 느낌이거든."

"이곳에서? 갑판 아래에 대련실이 있잖아?"

"아무래도 탁 트인 곳에서 움직이고 싶거든. 그리고 서로 대련하면서 네가 냉기 좀 팍팍 뿌려주면 선원들도 좋아할걸?"

그레인은 말없이 고개를 끄덕거리며 뒤로 물러섰다.

"좀 거칠게 할지도 모르는데 괜찮겠어?"

"평소에는 살살했던 것처럼 말하네. 뭐, 날씨도 활활 타오르니 대련도 화끈하게 해볼까?"

"그러고 보니 한동안 서리불꽃을 구현하지 않았었지."

그레인은 한동안 단련하지 않았던 서리불꽃의 숙련도를 올리기로 결심하며 트윈 엣지를 양손에 쥐었다.

"아, 그 전에……."

크루겐이 허공에 대고 오른손을 들어 올리더니 검지를 아래로 슥 그었다.

모든 것을 빨아들일 것 같은 검은 공간이 모습을 드러내자 크루겐은 그 안에 허리에 찬 주머니를 집어넣었다.

"전에는 못 봤던 기술 아닌가?"

"이스트라 교관님이 보낸 편지에 적혀 있었어. 내가 이식받은 코어는 의외로 활용법이 많더라. 공간에 관련된 거라 아딜나의 도움도 좀 받았지."

크루겐이 방금 전 만들었던 검은 공간 위를 손바닥으로 긋자 원래대로 돌아갔다.

"정작 알고 싶은 거에 대해서는 여전히 모르겠지만."

무엇보다도 이미 두 번이나 발현되었던, 가장 의미심장한 능력에 대해서는 이스트라도 알지 못한다며 답변했었다.

"아까 그건 예전부터 모았던 독이지?"

"응, 마법으로 보호까지 했지만 워낙 극독만 모아놓은 거라 만약을 대비해서."

"종류가 이젠 제법 되는 것 같은데."

"다양하게 좀 더 추가했지."

사막 지대에 돌입하기 전, 그레인과 크루겐은 발굴되지 않았던 유적지 몇 곳을 둘렀다.

그때마다 크루겐은 극독을 지닌 몬스터에게서 독을 추출해 작은 시험관에 봉했다. 그런 식으로 얻은 독이 그레인이 기억하는 것만 따져도 벌써 다섯 종류였다.

"나야 정면보단 뒤통수를 노리거나, 몰래 암살하는 쪽이 더 어울리잖아? 언젠간 유용하게 쓰일 거라 생각해."

크루겐은 팬텀 대거를 꺼내더니 오른손으로 저글링하면서 손을 풀었다.

"그러면 나도 잠깐만. 다른 사람들이 휘말리지 않게 해야겠군."

그레인은 냉기를 머금은 오른손을 갑판에 갖다 댔다. 그러자 둘을 둘러싸는 여섯 개의 얼음벽이 정확하게 육각형을 이뤘다.

투명하면서도 두꺼운 얼음벽 바깥으로 차가운 기운이 흘러나오자 갑판 위에 있던 선원들이 다가왔다.

행복한 표정으로.

"오, 오오! 시원해!"

"상쾌한 공기야. 정말로 좋아……."

전혀 기대하지 않았던 시원함에 얼음벽 너머로 선원들이 모여들었고, 몇 명은 아예 웃옷을 벗더니 등을 얼음벽에 댔다.

"급소를 겨누면 이긴 거야. 3번 먼저 이기는 쪽이 승자."

"알았어."

"그러면 시작한다!"

거리를 어느 정도 벌린 두 청년은 고개를 끄덕인 후 서로를 향해 돌격했다.

캉! 카앙!

트윈 엣지와 팬텀 대거가 맞부딪히는 소리가 울려 퍼졌다.

서로 근접한 상태에서 공격과 방어, 반격과 회피가 짧은 시간 동안 빠른 속도로 이어졌다.

둘 다 정면을 바라본 자세에서 시작된 공방전은 상대방의 측

면과 후방을 노리는 공격으로 물 흐르듯 전개되었다.

"와, 대단한데?"

"가까이에서 보니… 정말 정신없이 빠른데?"

얼음벽 안에서 빠르게 진행 중인 둘의 공방전을 본 선원들의 입에서 감탄사가 터져 나왔다.

"나도 단검을 20년 넘게 다루긴 했는데, 저 청년들에 비하면 아무것도 아니잖아, 젠장."

"게다가 대련인데도 거의 실전에 가까울 정도로 아슬아슬하네? 그런데도 다치는 쪽은 아무도 없고."

냉기로 열기를 식히던 선원들은 자신들도 모르는 사이에 둘의 대련에 빠져들었다.

그레인과 크루겐의 실력이 얼마나 뛰어난지는 함께 지내는 동안 수도 없이 봐왔다. 그러나 각자의 특기인 냉기나 어둠을 쓰지 않고 순수하게 단검으로 겨루는 모습은 선원들에게 의외의 신선함을 가져다줬다.

"그레인, 예전보다 날카로워졌는데?"

"너야말로."

캉! 카앙!

"그런데 왜 냉기를 안 써?"

"너에게 불리한 것 같아서."

대련을 시작하기 전에는 냉기의 힘을 맘껏 구현하려고 했다.

그러나 주변 환경이 크루겐에게 일방적으로 불리한 구조였다. 바로 머리 위에서 거의 수직으로 햇빛이 쏟아지는 터라 그림자를 찾기 힘들었고, 주변을 둘러싼 얼음벽은 투명해서 그림자를 기대하긴 무리였다.

"불리하다고? 정말로 그렇게 생각해?"

크루겐은 그레인의 공격을 막아내면서 조금씩 뒤로 후퇴했다.

거의 얼음벽에 등이 닿을 정도로 밀려난 크루겐이 왼손을 얼음벽에 살짝 가져갔다.

"그러면 그 생각을 고쳐주도록 하지!"

크루겐은 그레인의 오른쪽으로 돌아가면서 공격을 멈추지 않았다. 그레인의 시선이 자신에게 고정되도록, 아까 자신이 한 행동을 알아채지 못하도록.

그레인을 중심으로 한 바퀴 돈 크루겐은 숨을 헐떡이면서까지 그레인에게 맹공을 퍼부었다.

아까 자신이 등졌던 얼음벽 쪽으로 밀어붙이면서.

'지금이야!'

반격할 타이밍을 찾던 그레인이 왼손의 트윈 엣지로 크루겐의 공격을 튕겨냈다.

그러나 크루겐을 노리고 휘두른 오른손의 트윈 엣지는 아무도 없는 허공을 가를 뿐이었다.

"아차!"

그레인은 크루겐의 기술 중 하나를 떠올렸지만, 이미 그의 모습이 시야에서 사라진 후였다.

"지금도 내가 불리하다고 생각해?"

그레인의 등 뒤에 나타난 크루겐이 팬텀 대거를 그의 목 언저리에 살짝 가져갔다.

"아까 얼음벽 가까이로 밀려났던 게 그런 이유 때문이었군."

크루겐 고유의 순간 이동 기술인 '다크 터널'.

어둠의 기운을 특정 대상에 고리 형태로 머무르게 한 뒤 원하는 때에 그 위치로 돌아갈 수 있는 기술을 교전 중에 사용할 줄은 그레인은 미처 예상 못 했다.

"우선 내가 먼저 1승! 자, 계속 해야지?"

"이번에는 방심하지 않겠다."

"그래, 그래야지. 그것보다는… 휴우, 계속 널 몰아치느라고 숨이 차오르네. 잠깐만."

크루겐은 연신 심호흡을 하면서 숨을 고른 후에 다시 팬텀 대거를 쥐었다.

"자, 이번엔 제대로 해보라고."

"알았다."

그레인은 어둠의 고리가 달려 있었던 얼음벽 쪽을 한번 쳐다보고선 트윈 엣지를 강하게 움켜쥐었다.

아까와는 달리 트윈 엣지의 검날에 서릿발이 돋아났다.

* * *

"쳇, 4승을 먼저 하는 쪽이 이기는 걸로 할 걸 그랬나?"

크루겐은 갑판 위에 떨어진 팬텀 대거를 내려다보며 아쉬워했다.

1승을 먼저 거두며 크루겐의 우세로 시작되었던 둘의 대결은 3승 2패로 그레인의 승리로 끝났다.

"아까는 깜짝 놀랐어. 프로스트 엣지를 쓰려다가 마는 식으로 날 속이다니……."

"아무리 대련이라고 해도 친구를 상대로 그런 기술을 쓸 수야 없어."

"친구? 아, 그래서였어?"

크루겐은 순간 미묘한 표정을 짓다가 이내 웃음을 터뜨렸다.

"하하하……. 친구를 믿지 못해서 내가 진 거였네. 그래, 그랬던 거였어. 이제 대련도 끝났으니 저건 치워 버리자."

크루겐이 자신들을 에워싼 얼음벽을 톡톡 건드리자, 그레인이 내기를 거두었다.

얼음벽이 녹아 사라지자, 둘의 대련을 끝까지 지켜보던 선원들이 멍한 얼굴로 박수를 쳤다.

"이왕 이렇게 된 김에 이건 남겨두자. 시원하고 좋잖아?"

그레인이 마지막으로 구현했던 냉기가 마치 일렁이는 불길처럼 얼음으로 남아 있었다.

"어이! 다들 이쪽에서 열기라도 식히세요!"

크루겐이 선원들에게 다가오라고 손짓하자, 그들은 기다렸다는 듯이 얼음 주위로 몰려들었다.

"으아! 이건 더 시원한데?"

"자자, 다들 그거 가져왔지? 시작하자고!"

몇 명은 미리 준비해 온 끌과 망치로 얼음덩어리를 깎아 그릇에 담았다. 시원함을 그저 보고 피부로 느끼는 것에 만족하지 않고, 삼켜서 만끽하고픈 욕망의 발현이었다.

더위를 잊고 차가움 속에서 행복을 누리는 선원들 옆에 선 그레인은 왼팔을 들어 올리더니 빙룡의 어금니가 이식된 팔꿈치를 가슴 쪽으로 끌어당겼다.

"크루겐, 내 냉기는 예전에 비해 발전한 것 같아?"

"그건 잘 모르겠어. 나야 냉기나 화염을 다루는 데엔 문외한이잖아. 강하긴 강한데, 구체적으로 표현하기엔 무리야."

"그런가."

"대신 이건 확신할 수 있어. 이제는 장검보다 단검을 더 잘 쓰게 된 것 같아. 트윈 엣지를 투척했을 때의 움직임이 이전보다 훨씬 자유로웠어. 직선에 한정되지 않고 곡선으로도 획획 움직이던데?"

"너도 그렇게 느꼈군."

크루겐과 거듭된 대련 속에서 그레인은 트윈 엣지의 움직임을 변화무쌍한 방식으로 제어할 수 있게 되었다. 서리불꽃을 구현하기 위해 냉기의 구현을 더욱 자유롭게 추구하다 보니 우연히 얻게 된 행운이었다.

"하지만 여전히 부족해. 냉기만으로는 한계가 느껴져."

화염의 힘을 구현했을 전생의 감각을 완벽히 되살리기엔 무리였다.

실제로 화염의 힘을 구현하는 것과 예전의 경험에만 의존해

감각을 따라하는 것에는 차이가 있을 수밖에 없었다.

더군다나 회귀한 이후 흘러간 시간이 길어질수록, 전생에 터득했던 감각이 무뎌지고 있었다.

'역시 직접 화염의 힘을 다뤄야 완벽하게 되살릴 수 있어. 더 늦기 전에 코어의 추가 이식을 어떻게든…….'

"오아시스다!"

돛대 위에서 망을 보던 선원의 외침에 열심히 얼음을 갈아먹던 선원들이 일제히 동작을 멈췄다.

"아, 뭐야?"

"젠장! 하필이면 이럴 때에!"

다들 투덜거리면서 원래 위치로 빠르게 복귀했다. 얼음이 있던 자리에는 그들이 놓고 간 끌과 망치, 그리고 그릇만이 덩그러니 남아 있었다.

*　　　　*　　　　*

그레인과 크루겐은 선수 끄트머리에 서서 지평선을 바라봤다.

작은 점처럼 보이던 오아시스가 시야에 들어오자, 옆에 자리 잡은 마을도 함께 보였다.

"신기루는 아닌 것 같군."

"원래대로라면 빙 돌아가야겠지만, 한 번쯤은 들르는 게 낫겠지? 쉬르 왕국의 사정이 어떻게 돌아가는지 알아보기도 해야 하고."

이레귤러 측은 가급적 쉬르 왕국의 수도에 빨리 도착하기 위해, 거대 도시가 있는 지역을 피하는 경로를 택했다. 덕분에 아직 쉬르 왕국군은커녕 일반인들도 만나지 못했다.

그러나 참고로 삼은 쉬르 왕국의 지도 자체가 옛날 거라 실제와 다른 부분이 군데군데 존재했다.

그래서 비공정의 제독 드레이크는 자신들이 제대로 가고 있는지 확인도 할 겸 오아시스나 작은 도시를 발견한다면 한 번쯤은 들르겠다고 방침을 정한 터였다.

"어쩌면 여기에서 첫 전투를 벌여야 할지도 모르겠네."

"……."

그레인은 대답하지 않고 점점 가까이 다가오는 오아시스를 조용히 응시했다.

전생의 그레인은 쉬르 왕국을 구하기 위해 모래바람이 몰아치는 메마른 사막을 헤치며 전진했었다.

화룡의 어금니를 이식받은 그레인처럼, 불에 관련된 코어를 이식받은 동료들을 제외하곤 대다수가 더위에 허덕였던 고생길이었다.

강행군 끝에 결사대는 당시 쉬르 왕국의 왕이었던 코니안 2세가 하이브리드가 되는 걸 막았다.

'그리고… 배신당했지.'

그 어떤 일이 있더라도 결사대를 지지해 주겠다고 호언장담했던 코니안 2세.

하지만 정작 결사대와 카르디어스 교단과의 본격적인 전쟁이 시작되자, 쉬르 왕국측은 중립을 택했다.

게다가 시간이 흐르면서 결사대 측의 패색이 짙어지자, 언제 도움을 받았냐는 듯 쉬르 왕국은 교단과 손을 잡았다.

결사대에게 돌아온 것은 쉬르 왕국의 협력이 아닌 배신이었다.

그래서 쉬르 왕국이 전생보다 일찍 적으로 나타난 현 상황이 힘들지언정, 차라리 속은 편했다.

"그레인! 여기 있었어?"

갑판 아래 있던 이들이 우르르 올라왔고, 그들 중 베스티나가 가장 먼저 그레인을 발견했다.

"네."

"이렇게나 더운데 계속 밖에 있었어? 냉기를 쓰지 않고?"

태연하게 대답하는 그레인을 베스티나는 믿을 수 없다는 눈으로 빤히 바라봤다.

사막의 폭염을 냉기를 두르지 않고 억지로 버텨보겠다고 고집을 부렸다가 곤혹을 치른 기억이 그녀의 뇌리에 아직도 생생하게 남아 있었다.

물론 더위에 고생하는 이들은 비단 그녀뿐만은 아니었다. 다들 시원한 비공정 실내에 있다가 밖으로 나온 직후라, 피부에 닿은 뜨거운 공기에 벌써 얼굴에 땀이 흘러내렸다.

"크루겐, 너는 더욱 더울 텐데……."

"나야 그레인이 준 냉기 결정이 있으니 그럭저럭 버틸 만해.

그런데 베스티나, 넌 항상 그레인부터 찾네?"

"아? 그, 그거야 그레인만 내 눈에 제대로 보이니까."

"흐음, 그렇겠지."

크루겐의 시선이 베스티나의 옆에 선 에르닌을 지나 아딜나에게로 차례대로 옮겨갔다.

"아무튼 저기에 들르는 건 결정되었고, 이대로 가면 되는데… 벌써부터 도망치는 놈들이 있잖아? 저 녀석들, 누구지?"

"저 사람들 모두 교단의 성직자들이야."

슬그머니 베스티나의 앞으로 나온 에르닌은 마력으로 증폭시킨 시력으로 도망자들의 복식을 파악했다.

"그렇다면 더 멀리 도망가기 전에 사로잡아야겠군."

"내가 갈까?"

베스티나는 접고 있던 날개를 확 펼쳤다.

"아니, 내가 할게."

에르닌의 대답에, 천천히 날갯짓을 하며 떠오르려던 베스티나가 도로 갑판 위로 내려왔다.

에르닌은 등에 차고 있던 개량형 마력총이 아닌, 예전부터 쓰던 마력총을 홀더에서 꺼내 오른손으로 쥐었다.

"베스티나 언니, 여기에 빛을 담아줄 수 있어?"

"빛을? 냉기가 아니라?"

"최대한 강렬하게."

에르닌이 마나가 주입되지 않은 빈 시험관을 건네자, 베스티나는 왼손 위에 시험관을 놓고 오른손을 얹어 포갰다.

잠시 후, 손가락 사이로 흘러나온 빛이 갑판 위를 환하게 밝혔다.

"이 정도면 됐니?"

"응. 고마워, 언니."

시험관을 장착한 마력총을 양손으로 쥔 에르닌이 갑판의 가장자리로 갔다.

그녀는 증폭된 시력을 통해 도망치는 성직자들의 한가운데를 향해 조준을 마쳤다.

파아앗!

마력총에서 발사된 광선이 멀리 이어지는 직선을 그렸다. 직선이 닿은 곳에서 뿜어져 나온 강렬한 빛이 낙타를 타고 급히 도망치던 성직자들을 덮쳤다.

"으, 으윽… 이건 뭐야?"

"아, 아무것도 안 보입니다!"

아무도 직접적인 피해를 입지는 않았지만, 사방으로 퍼져 나간 빛 때문에 눈을 뜰 수 없었다.

"으아악!"

성직자들을 태운 낙타들이 마구 날뛰면서 균형을 잃은 성직자들이 하나둘씩 굴러떨어졌다.

여전히 눈을 뜨지 못하는 그들은 순식간에 모래투성이가 되어버렸고, 낙타들은 주인을 놔두고 멀리 도망가 버렸다.

*　　*　　*

비공정이 오아시스 옆에 도착하자마자, 선원들은 잽싸게 비공정에서 내려 성직자들을 포로로 잡았다.

그레인은 동료들과 함께 마을 안으로 조심스럽게 걸어 들어갔다.

"아무도 나오지 않는군."

거대한 비공정의 그림자로 뒤덮인 마을은 그레인 일행을 제외하곤 사람 한 명 보이지 않았다.

비공정이 등장할 때마다 환호성을 지르거나, 구경하기 위해 사람들이 몰려들었던 이전과 대조적이었다.

"그동안 가는 곳마다 환영받는 게 특이했던 거지, 사실 이게 정상적인 반응 아닐까? 게다가 저들 눈에 우리들은 평화를 깨뜨리러 온 자들로 비춰질 게 뻔하잖아."

"하긴."

그레인은 크루겐의 지적을 받아들이며 고개를 끄덕거렸다.

이전까지 그레인 일행이 비공정을 타고 이동한 지역은 교단에 대해 반감을 지닌 곳이 대부분이었다.

하지만 지금 그들이 있는 쉬르 왕국은 교단의 위세가 가장 강하면서, 국민의 대다수가 카르디어스 교의 독실한 신자들이다.

"오히려 이런 반응이 낫다고 봐. 나는 여기 사람들이 농기구라도 들고 죽음을 불사할 거라고 여겼거든."

하마터면 모래 위를 피로 뒤덮을 일이 벌어질 뻔했지만, 말

그대로 우려로만 끝난 점이 다행이었다.

"그리고 같은 편이 아닌 적 입장에서 저걸 보면 감히 밖으로 나올 엄두조차 나겠어?"

크루겐은 거대한 그림자를 만들어낸 비공정을 가리키며 피식 웃었다.

비공정의 웅장한 크기가 마을 사람들에게 공포의 상징으로 작용했다고 여겼다.

"그러면 움직여 볼까? 포로들 심문이야 드레이크가 알아서 잘할 거고, 우리들은 그사이 식수 보급부터 하자."

물기 한 점 없는 모래가 끝없이 이어진 사막 한가운데에서는 무엇보다 물이 가장 소중한 법.

비공정 안에 넉넉하게 식수를 싣고 있었지만, 언제 어떤 일이 일어날지 모르는 상황이니 물은 보급할 수 있을 때 채우는 게 최선이었다.

그레인 일행은 오아시스를 향해 걸어갔다.

그런 그들을 살짝 열린 문틈으로 마을 사람들이 몰래 바라봤지만, 그레인 일행 중 눈치챈 자들은 없었다.

"자, 그러면 다들 기다려 봐. 혹시 모르니……."

크루겐은 오아시스에 가까이 다가가더니 시험관으로 물을 떠 안에 시약을 몇 가지 떨어뜨렸다.

"휴, 쓸데없는 수작은 안 벌였군. 독은 없어. 마셔도 돼."

크루겐의 허락이 떨어지자 그레인은 거의 다 빈 수통의 물을 채우려 허리를 숙였다.

"저……."

"음?"

등 뒤에서 들린 낯선 목소리에 그레인은 도로 몸을 일으키며 뒤돌아섰다.

"당신들은……."

집에 틀어박혀 있었던 마을 사람들이 어느샌가 모두 나와 모여 있었다.

그레인은 반사적으로 허리에 찬 트윈 엣지를 움켜쥤지만, 이내 손의 힘을 뺐다.

마을 사람들은 저항하기 위해 무기를 들고 온 게 아니었다. 그들이 들고 온 나무통과 물병은 아무리 봐도 무기로 볼 수 없었다.

"오아시스의 물을 마셔도… 괜찮겠습니까?"

"잉? 애초에 이 오아시스는 이곳 사람들 거잖아요? 왜 저희들에게 허락을 맡아요… 가 아니라, 그럴 입장이 되어버렸겠네요. 그레인, 어떻게 할까?"

"굳이 막을 이유는 없어."

그레인은 옆으로 이동하면서 자리를 지켜줬고, 크루겐은 미소를 지으며 오아시스 쪽으로 손을 내밀었다.

"자, 맘껏 드세요."

"저, 정말 그래도 됩니까?"

"마음 바뀌기 전에 어서요! 늦으면 얄짤 없습니다?"

눈치를 보면서 슬금슬금 앞으로 나오던 마을 사람들에게 크루겐이 농담 삼아 으름장을 놨다.

그러자 마을 사람들 모두가 뭔가에 씐 것처럼 앞다투어 오아시스를 향해 달려갔다.

"무, 물이다! 물이야!"

"사, 살 것 같아!"

"이게 얼마 만에 실컷 마셔보는 물이냐!"

급한 나머지 가지고 온 나무통과 물병들을 내팽개치더니 오아시스에 얼굴을 처박고 물을 마시기 시작했다.

* * *

오아시스에서 한바탕 벌어진 소동 이후, 해가 저문 사막은 언제 뜨거웠냐는 듯 서늘해졌다.

배가 불룩 나올 정도로 물을 마신 마을 사람들은 오아시스의 물을 퍼서 집에 고이 간직했고, 그들의 얼굴에는 오래간만에 미소가 자리 잡았다.

"그런 일이 있었군요."

"말도 마십시오. 며칠만 더 지났다면, 말라 죽는 사람들이 속출했을 겁니다."

마을의 촌장은 한숨을 길게 내쉬면서 잔에 든 물을 들이켰다.

쉬르 왕국은 카르디어스 교단의 병력과 함께 베릴란트 왕국을 침공했지만, 승리를 목전에 두고 대패했다.

당연히 베릴란트 왕국은 보복을 위해 병력을 재정비하며 쉬르 왕국을 향해 검을 향했고, 쉬르 왕국은 공격이 아닌 방어를 준비해야 했다.

그러나 패배로 인한 부담은 카르디어스 교단과 양분하는 게 아닌, 쉬르 왕국 쪽에만 지어졌다.

"지난번에 전쟁을 한답시고 세금을 올렸는데, 또 세금을 올리다니요? 그것도 두 배로 말입니다!"

갑작스러운 세금 인상에 국민들은 당연히 반발했고, 이에 쉬르 왕국의 지배층은 현명하게 대응하지 못했다. 사막 지역에 한해서 세금을 다 내지 못한 이들에게 물의 배급을 중단시켰고, 물을 관리하는 권한을 교단 측으로 넘겨 버렸다.

이는 세금 인상으로 인한 반감을 은근슬쩍 교단으로 떠넘기려는 쉬르 왕국 측의 의도였지만, 결국 쉬르 왕국의 지배층과 교단 모두 욕을 먹게 되는 결정이었다.

이전처럼 법대로 세금을 못 낸 자들을 감옥에 가두었다면 모를까, 물을 구하기 힘든 사막에서 물을 마실 권리를 빼앗는 건 생사가 걸린 문제였기에.

"그리고 세금을 다 내더라도, 교단 측에 뇌물을 건네지 않으면 물 보급을 받지 못했겠죠?"

"잘 알고 계시는군요."

마을 촌장이 탄식하며 고개를 숙였다.

그레인은 고개를 들더니 방 여기저기를 둘러봤다.

쉬르 왕국의 집이라면 당연히 걸려 있어야 할 교단의 표식을 방 어디에서도 찾을 수 없었다.

"이젠 카르디어스 교단이라면 이가 갈립니다. 단 한 번도 군소리 없이 성금을 꼬박꼬박 내고, 단 한 번도 빠지지 않고 미사에 참석한 결과가 이거라니……."

종교를 믿는 인간은 고통에서 벗어나지 못할수록 더욱 믿음에 매달리게 마련이다.

그러나 고통이 견딜 수 있는 한계를 넘어서서 생사의 경계선까지 도달했음에도, 돌아오는 게 없다면 믿음은 사라지게 마련이다.

하물며 그 고통의 주체가 다름 아닌 성직자라면 믿음은 너무나 쉽게 버려진다. 그들에게 있어서 고통을 해결해 주지 못하는 종교는 족쇄에 불과하기에.

그리고 이전까지의 믿음은 자연스레 그 고통을 대신 해결해 주는, 다른 이들에게로 향한다.

"여러분들 덕분에 이곳은 구원받았습니다. 마을 사람들을 대표해서, 정말로 감사드립니다."

촌장은 그레인 일행을 향해 허리가 수직이 되도록 숙였다.

한 달 가까이 갈증에 시달려 온 마을 주민들에게 있어서 이레귤러는 구세주 그 자체나 마찬가지였다.

"그동안… 살아도 사는 게 아니었습니다. 비를 내려달라고 수도 없이 신께 기도했지만, 하늘에선 빗방울 하나 떨어지지 않았습니다."

사실상 세금을 걷을 권리를 손에 거머쥔 교단의 성직자들은 빨리 못 낸 세금을 독촉하면서 물을 보란 듯이 땅바닥에 부어 버리는 짓까지 했다고 말했다.

게다가 성직자들은 하루에 세 번이나 물로 목욕을 하는 호사를 누렸다는 촌장의 설명에는 분노가 느껴졌다.

"그러면 저는 이만 물러나겠습니다. 혹시라도 불편한 점이 있으면 언제든지 절 찾아오십시오."

촌장은 양손을 배에 대고 공손하게 인사하며 밖으로 나갔다.

"이거, 우리가 진짜 쉬르 왕국에 온 거 맞아? 사실은 여기 베릴란트 왕국인 건 아니겠지?"

"나도 그런 착각이 들 정도였어."

전혀 기대치 않았던, 적진에서 받는 공손한 대접에 크루겐과 그레인은 마치 왕이 된 기분이 들었다.

"쉬르 왕국 말이야, 이대로 가만히 놔둬도 알아서 망할 것 같은데?"

"왕과 왕자까지 하이브리드가 되었으니, 교단을 거역할 수 없어서겠지."

그레인은 오른손으로 턱을 매만지며 생각에 잠겼다.

교단이 이레귤러가 아닌 하이브리드들을 계속 지배할 수 있었던 이유.

바로 '시련'.

고된 수련을 받아온 하이브리드들도 버틸 수 없는 시련을, 이전까지 인간이었던 이들이 견뎌낼 리 만무했다.

왕이 교단의 거스를 수 없게 된 이상, 그 왕이 거느리는 나라마저도 송두리째 노예가 된 거나 마찬가지였다.

"그래도 이해가 가지 않아. 우리들이 상대했던 전생의 교단은 이렇게 막무가내는 아니었어."

결사대 측의 실책이 있긴 했지만, 교단은 결사대의 필사적인 항전을 끈질기게 버텨내며 승리를 거두었다.

그것이 전생의 결말이었다.

"아무리 회귀로 인해 역사의 흐름이 바뀌었다고 해도, 쉬르 왕국에서의 교단의 행보는 받아들이기 힘들어. 단순히 탐욕스럽기 때문에 그런 식으로 행동했다고 보기는 무리야. 아니면……."

"아니면?"

"카르디어스 교를 믿는, 나라 하나를 포기하면서까지 무언가 다른 걸 얻으려는 의도가 숨겨져 있을지도 몰라."

"나도 그렇게 생각하긴 해. 그레인, 짐작 가는 부분이라도 있어?"

"이제부터 그걸 알아내야겠지. 우선은……."

문이 열리는 소리에 그레인은 대화를 중단하고 뒤돌아섰다.

팔짱을 끼고서 몸을 움츠린 드레이크가 방 안으로 들어왔다.

"휴우, 이거 원 날씨가 뒤죽박죽이라 영 적응이 안 돼. 낮에는 덥고 밤에는 춥고."

"드레이크, 심문은 끝났어?"

그레인의 물음에 드레이크는 왼손에 찬 갈고리를 들어 올리더니, 끝부분을 손가락으로 가볍게 튕겼다.

"응. 커다란 나무통에 물을 부어넣고 인간 크기만 한 크라켄을 소환하니 쉽게 해결되더라. 촉수에 몇 번 휘감기더니 물어보지 않은 것까지 알아서 술술 불던데?"

"……."

"……."

"왜 그런 표정들이야?"

"아니, 아무것도 아니야. 알아낸 건 있어?"

"알고 있는 걸 다 토해내긴 했는데, 실속은 그다지 없었어. 다른 곳에서 좀 더 잡아서 족쳐봐야 할 것 같아."

*　　　*　　　*

카르디어스 신성력 1400년 8월 30일.

"물, 물이야! 물! 물이라고!"

"드디어 맘껏 마셔보는구나! 꿈만 같아……."

"이젠 살았어……."

수많은 시민들이 넓은 오아시스 주변으로 달려가더니 얼굴을 물 안에 집어넣고 벌컥벌컥 마시기 시작했다.

사람들은 더 이상 마실 수 없을 정도로 물로 배를 채운 뒤에야 자리를 양보했고, 몇 명은 아예 오아시스 안으로 뛰어들기까지 했다.

"벌써 네 번째로군."

처음에는 낯설게만 느껴졌던, 물가에 모여들어 허겁지겁 물을 들이켜는 시민들의 모습이 이제는 그레인에게 익숙한 풍경으로 변해 버렸다.

"도대체 얼마나 사람들을 몰아붙였기에 가는 곳마다 이 지경이지? 게다가 여기에서는 한술 더 떠서 식량까지 제한을 걸었던데?"

"적이지만, 이래도 되는 건지 하는 생각까지 들어."

크루겐과 베스티나는 도시 하나를 무사히 점령했음에도 그리 탐탁지 않은 반응이었다.

다른 멤버들 역시 마찬가지였다. 이번에도 침략자에서 졸지에 구세주가 되어버린 입장에 혀를 찼다.

처음 들른 오아시스에서 쉬르 왕국과 교단의 이해할 수 없는 행보를 접한 이후, 이레귤러 측은 큰 전투를 벌이지 않고도 제압할 수 있는 규모의 도시나 마을을 발견하는 족족 들렀다.

비공정의 압도적인 규모 앞에 가장 먼저 도망친 이들은 교단의 성직자들이었다. 물 부족에 시달리던 시민들은 눈치를 보다가 이레귤러 멤버들이 오아시스를 개방하자 이때를 노렸다는 듯 마구 물을 퍼마셨다.

"이거… 우리들이 쉬르 왕국을 치기 위해 온 건지 구하러 온 건지 헷갈려."

낙타를 타고 망을 보던 정찰병은 비공정을 발견하자 도시로 돌아가기는커녕 오히려 비공정을 도시로 안내할 정도였다.

다른 지역은 어떨지 모르지만, 최소한 비공정이 지나간 지역에서는 민심을 잃을 정도로 지배층과 교단의 평판이 바닥으로 떨어졌다는 증거임이 명확했다.

그리고 동시에, 이런 상황을 초래하면서까지 얻으려는 무언가의 정체가 점점 더 궁금해져 갔다.

"도대체가, 이거 원……."

"……."

이레귤러의 조력자 중 쉬르 왕국 출신인 제스테일과 에리스 백작 부인.

이미 여러 차례 봐온 광경이었지만, 비공정 위에서 내려다볼 때와 지상으로 내려와 가까이에서 확인할 때의 차이는 두 명의 예상보다 컸다.

"모국에 대해 마음이 떠난 지는 이미 오래전이지만, 이런 식으로 망가지는 모습 따위 원치 않았는데… 허허."

제스테일의 입에서 허탈한 웃음이 터져 나왔다.

한때는 다른 나라로부터 지키기 위해 청춘을 바쳤던 나라, 쉬르 왕국의 변화를 본 제스테일은 뭐라 형용할 수 없는 기분에 휩싸였다.

"저도 그렇답니다."

"더 이상 보고 있기 괴롭구먼. 갑세."

결국 두 사람은 침울한 기분이 되어 비공정 쪽으로 걸음을 옮겼다.

반대로 비공정에서 내린 렌딜은 어깨가 처진 제스테일의 등을 가볍게 툭툭 다독이며 제자의 옆을 스쳐 지나갔다.

"어? 렌딜 님, 계속 비공정에 있으신다고 하지 않았나요?"

"그리하려고 했는데 마음이 바뀌었다네."

렌딜의 오른손에는 드레이크가 포로들을 몸수색하던 도중에 발견한 지도가 쥐어져 있었다.

"직접 두 눈으로 확인해 볼 게 있어서 말일세. 흐음, 저쪽인가?"

렌딜은 지도를 펼쳐 들더니 가장 눈에 띄는 오아시스를 기점으로 잡았다. 자연스레 그레인을 포함한 세 명은 그의 뒤를 따라갔다.

오아시스 옆을 지나 도시 외곽으로 걸어가는 그들의 앞을 수많은 시민들이 바삐 오고 갔다.

언제 다시 물 보급이 막힐지 모른다는 두려움에 물을 담을 수 있는 것이라면 뭐든지 들고 달려가는 시민들은 그레인 일행에 일말의 관심조차 두지 않았다.

"흐음, 여기로구먼."

지금도 열심히 물을 들이켜고 있는 시민들처럼, 모두의 관심이 오아시스에 시선이 쏠려 외면받았던 곳.

안에서 파낸 모래와 흙이 언덕처럼 쌓여 있었기에 한눈에 봐도 지하로 통하는 유적 입구임을 알 수 있었다.

"보아하니 한참 발굴 도중이었구먼. 그래도 어느 정도까지 진행되었는지는 안에 들어가야 알 것 같군."

"어? 직접 안으로 들어가시게요?"

"그럴 작정으로 비공정에서 내려온 거라네. 자네들도 같이 갈 거지? 나는 유적 입구에서 기다리고 있겠네."

렌딜의 등에는 지난번처럼 거대한 검이 자리 잡고 있었다.

그러나 이전에 그레인 일행과 함께 유적 탐사를 할 때와 다르게 렌딜의 얼굴에서는 웃음기를 전혀 찾아볼 수 없었다.

* * *

유적 안으로 들어온 그레인 일행은 어두컴컴한 지하를 조심스레 이동했다.

중간에 있는 렌딜이 횃불을 들어 시야를 밝혔고, 제일 앞에는 크루겐이 위치했다. 렌딜의 양옆에서는 그레인과 베스티나가 각각 좌우를 살폈다.

"예상보다 꽤 발굴이 진척되었구먼."

렌딜은 고개를 좌우로 돌리면서 빛이 닿은 벽을 살펴봤다.

횃불의 빛이 지나가는 곳마다 양쪽 벽에는 누군가에 의해 뜯겨 나간 자국이 군데군데 보였다.

유적지 안을 조사하다가 회수하지 못한 장비들이 드문드문 눈에 띄었고, 벌레들에게 갉아 먹힌 몬스터들의 사체와 마주치기도 했다.

"함정들도 대부분 해체된 것 같아요. 그냥 이대로 계속 내려가기만 하면 되겠는데요?"

일행 중 가장 앞에서 이동 중인 크루겐은 흔적만 남아 있는 함정을 둘러보며 말했다.

"그런데 렌딜 님, 저희들 일정이 촉박한 거 아니었나요? 굳이 이런 타이밍에 유적 발굴을 할 필요는 없다고 여겨져서요. 시간 낭비일지도 모르고요."

"그 부분은 걱정하지 않아도 되네. 쉬르 왕국 측의 저항이 의외로 거세서 베릴란트 왕국군이 예정된 날짜보다 늦게 도착할 거라는 연락이 왔다네."

"거세요? 나라가 이 모양인데도요?"

"그 모양이 될 정도로 시민들에게 뜯어낸 세금을 병력에 쏟아부은 결과 아니겠나?"

"그럴 법하네요. 그래도 너무 심하다는 생각은 지우기 힘들지만요."

"그리고 이 부분이 마음에 걸려서 말일세."

렌딜은 멈춰 서더니 모두가 지도를 볼 수 있도록 횃불을 가까이 가져갔다.

유적지를 가리키는 화살표의 추가 설명 부분을 본 그레인의 눈이 가늘어졌다.

"이건……."

발굴된 코어 중 광룡과 관련된 코어는 무조건 성지로 보내라는 지시였다.

"그레인, 전생의 교단이 이런 지시를 내린 적이 있었나?"

"아닙니다. 제가 아는 한, 없습니다."

"저도 들어본 적이 없어요."

"자네 동료들 중 전생에 광룡의 코어를 이식받은 동료는 있었나?"

"없었습니다."

"그렇다면 전생에 상대했던 적들 중에 광룡의 코어를 이식받은 자는?"

"마찬가지로 없었습니다."

렌딜의 거듭된 질문에 그레인은 없었다는 대답을 반복했다.

"빛이 카르디어스 교단을 상징하긴 하지만, 빛과 관련된 코어 자체가 극히 드물었습니다."

"생각해 보니 빛의 속성을 지닌 코어 중 기억나는 건 네가 이식받은 천사의 날개밖에 없네."

둘의 대화에 끼어든 크루겐이 손가락으로 베스티나를 가리켰다.

"천사의 날개가 그렇게 귀한 코어였어?"

갑자기 지목당한 베스티나는 고개를 왼쪽으로 돌리면서 등에 접혀 있는 날개를 내려다봤다.

"네."

"그런데 결사대 입장에서는 귀하다는 이미지보다는 다른 쪽으로 인상 깊게 남았어. 전생에는 이걸 이식받은 하이브리드가 적이었으니까. 그래서 볼 때마다 이가 갈렸지."

전생 때 적지 않은 수의 동료들이 천사의 날개 아래 피투성이가 되어 쓰러졌던 모습을 크루겐은 잊지 않았다.

그렇기에 크루겐은 전생의 흐름대로 천사의 날개가 교단에 넘어가지 않도록 기를 쓰며 손에 넣으려고 했던 것이었다.

"혹시 말일세, 광룡의 코어를 이식받은 자가 있었지만 교단과 결사대와의 전쟁에 등장하지 않았을 가능성은 있다고 보나?"

"그것이… 잘 모르겠습니다."

그레인은 앞서 했던 대답과 달리 없다고 확신하지 못하고 애매모호하게 대답했다.

"회귀한 자네들이라고 해도 전생의 모든 것을 아는 건 아니었구먼."

딸칵.

"어?"

"그러니 방심은 금물이라네."

렌딜은 말을 마치기 무섭게 크루겐을 제치고 앞으로 튀어나왔다.

휙! 휙!

대검을 연이어 휘두른 렌딜의 발 주변에 반 토막 난 화살들이 후두두 떨어졌다.

"바로 지금처럼 말일세."

"죄, 죄송해요! 미리 확인했어야 했는데……."

크루겐은 당황하면서 오른발을 들어 올렸다.

방금 전 밟아서 아래로 살짝 들어갔던 벽돌이 도로 튀어나오며 원래대로 돌아갔다.

“그렇다고 실수 한 번에 너무 기죽지는 말게나.”

렌딜은 크루겐의 머리를 살짝 쓰다듬으며 위로해 줬다.

“그나저나 이곳은 꽤 단순한 구조로구먼. 그리고 이미 발굴이 꽤 진행된 상황이라 시간이 제법 단축되겠어.”

*　　　*　　　*

그레인 일행이 들어간 지하 유적은 교단에 의해 3층까지 발굴이 진행된 상태였다.

아직 누구의 발길도 닿지 않은 4층에 돌입하자, 그레인 일행은 긴장을 늦추지 않고 차근차근 유적 안으로 전진했다.

그러나 까다로운 함정이나 위협이 될 정도로 강한 몬스터는 없었고, 그리 넓지 않은 구조였기에 큰 난관 없이 발굴 작업을 진행할 수 있었다.

그렇게 이틀이란 시간이 흘러간 후 도착한 지하 5층은 유적의 마지막 층이었다.

“흐음, 이런 곳에 이걸 발견할 줄은 몰랐는데. 운이 좋았구먼.”

렌딜은 허리에 차고 있던 주머니의 입구를 열더니, 검은색의 커다란 구를 안에 집어넣었다.

지난번 그레인 일행과 유적을 탐사했을 때 얻었던 것과 같은 모양의 마나 코어였다.

“직접 유적 안으로 들어오길 잘했군. 이것만으로도 톡톡한 성과야. 제자 녀석이 복구 중인 아티팩트가 있는데, 이걸 쓰면 훨씬 수월해지겠어."

입구를 봉한 뒤, 마나의 장벽으로 둘러싸 보호한 주머니를 렌딜은 왼손으로 집어 들었다.

그사이 크루겐은 굳게 닫힌 석문 주위를 꼼꼼히 살펴봤다. 이틀 전의 실수를 반복하지 않기 위해 평소보다 몇 배로 집중한 그의 뺨을 타고 땀방울이 뚝뚝 떨어졌다.

"여기다!"

딸칵.

석문 주위의 벽 안쪽에서 톱니바퀴가 맞물려 돌아가는 소리가 들렸다.

끼이익.

거친 마찰음과 함께 석문 정 가운데를 수직으로 가로지르는 금이 생기면서 문이 두 개로 갈라졌다.

"렌딜 님, 횃불 좀 빌려주세요."

크루겐은 석문을 지나 어두컴컴한 방 안을 둘러보더니, 건네받은 횃불로 석문 바로 왼쪽 벽을 유심이 살폈다.

화르륵!

벽 중간 부분에서 피어오른 불길이 바닥과 수평을 이루며 길게 이어졌다. 벽을 따라 커다란 방을 한 바퀴 돌며 이어진 불길은 방 안을 환하게 비췄다.

'여기는… 도대체 어디지?'

앞서 통과했던 층들의 투박하고 거친 이미지하고 확연히 다른 공간에 모두들 말을 잃었다.

벽돌이나 흙이 아닌 대리석으로 조립된 벽과 천장, 그리고 바닥이 아름다우면서 엄숙한 분위기를 자아냈다.

거대한 방 중앙에 자리 잡은 제단 역시 대리석으로 제작되었지만, 마법으로 보호되어 오랜 세월 속에서도 본래의 색을 잃지 않았다.

제단 주위를 둘러싼 은색 촛대는 조금도 녹슬지 않았고, 그 중심에 있는 제단 위에 모두의 시선이 쏠렸다.

"이건 코어 같아 보이는구먼."

렌딜은 제단 위에 놓인 석판을 유심히 살폈다.

'저건 설마…….'

예전 그레인이 왼팔에 이식받았던 것과 모양은 비슷했지만 석판 안쪽에서 미약하게 흘러나오는 기운은 차가움과도, 뜨거움과도 거리가 멀었다.

"아무래도 광룡의 비늘 같군. 그레인, 자네는 빙룡의 비늘을 이식받았던 적이 있었지?"

"광룡인지 아닌지 모르겠지만, 용의 비늘임은 분명합니다. 그리고 저만의 느낌인지는 모르겠지만, 이곳에서 마치 신전 같은 분위기가 느껴집니다."

"역시 그 문헌에 기록된 이야기가 사실이었나……."

렌딜은 광룡의 비늘을 손끝으로 더듬으며 말끝을 흐렸다.

"자네들, 카르디어스 교 이전에 카르파 교가 있었다는 건 다들 알고 있겠지?"

렌달의 말에 나머지 세 명이 동시에 고개를 끄덕거렸다.

"이곳에 쉬르 왕국이 건국되기 한참 전, 카르파 교가 퍼지기 훨씬 이전에 광룡이 있었다는 전설이 전해져 오고 있었다네. 그리고 카르디어스 교가 생기기 훨씬 전에 광룡을 신으로 숭배하는 믿음 역시 널리 퍼져 있었지."

"그렇습니까?"

"잉? 전생에는 그런 이야기는 들어본 적이 없었는데요."

"현재 가장 강성한 종교가 과거에 존재했던 종교를 왜곡하거나, 존재했다는 흔적 자체를 없애는 일은 역사상으로 흔한 일일세. 아까 내가 말한 내용들도 어렵게 구한 고서에 남아 있던 기록이라네."

"그런 식으로 과거를 왜곡하는 게 가능합니까?"

"시간이란 많은 것을 잊게 해준다는 걸 잊지 말게나. 이제껏 고대 유적지의 발굴을 교단이 독점하다시피한 이유 중 하나가 바로 이런 이유에서라네. 잊혔던 것이 다시 알려지는 걸 막기 위해서."

렌달은 광룡의 비늘을 조심스레 들어 올리더니, 또 다른 주머니에 넣었다.

"아마도 이곳은 광룡을 숭배하는 장소였던 것 같구먼. 그리고 숭배의 대상으로 선택된 게 바로 이 광룡의 코어 같고. 아무것도 모르는 사람이 그냥 봐도 코어는 신비로운 이미지이니 그럴 법도 하겠군."

"그렇다면 쉬르 왕국 전반에 걸쳐 광룡의 코어가 다수 존재하고 있다고 봐도 무방하겠군요."

"그렇지. 이렇게 제단까지 만들어 섬길 정도라면 한두 군데만 있지 않을 테니까."

"아! 혹시 그거 아닐까요? 성수가 개발된 이상 하이브리드의 자질을 지닌 사람들을 더 많이 발견할 테고, 필수적으로 코어가 더 필요할 테니 광룡의 코어가 다수 있을 거라 여겨지는 쉬르 왕국을 통해서……."

"크루겐, 그런 식으로 해석할 수도 있지만 나는 좀 다르게 생각해."

잠자코 셋의 이야기를 듣고 있던 베스티나가 크루겐의 말을 자르며 대화에 끼어들었다.

"코어의 공급만을 위해서 이렇게 무리할 필요가 교단이나 쉬르 왕국에게 있을까? 게다가 그렇게 해서 얻는 코어의 대다수는 비늘이나 하급 코어들일 텐데, 굳이 성지에 일괄적으로 보낼 필요가 있을까?"

"아, 그것도 그렇네. 끄응, 머리가 아파지는데."

"아무튼 지금 당장 해결할 수 있는 의문점은 아니네. 왜 광룡의 코어에 한해서만 교단이 그런 지시를 내렸는지는 여전히 모르겠으니… 이것이 실마리가 되길 바라야지."

렌딜은 광룡의 비늘이 든 주머니를 손바닥으로 들어 올리며 한숨을 내쉬었다.

"휴우, 한동안 골머리 썩겠구먼."

*　　　*　　　*

카르디어스 신성력 1400년 9월 15일.

이레귤러가 비공정을 타고 사막을 가로지른 지 어느덧 2달째에 들어섰다.

마을과 도시를 들를 때마다 그들은 민심의 예상치 못한 변화를 체감했다. 지배층과 교단에 대한 시민들의 반감은 높아만 갔고, 덕분에 별다른 전투 없이도 정보를 입수하고 현지의 도움을 받을 수 있었다.

그렇게 순조롭게 전진하던 비공정이 곧 벌어질 전투를 앞두고 지면 위에 뜬 채로 대기 중이었다.

쉬르 왕국을 대각선으로 양분하는 테이만 강 너머에 수많은 쉬르 왕국의 병력이 진을 치고 있었다.

쉬르 왕국의 수도에 도착하기 위해서 반드시 넘어가야 하는 곳이기에 이레귤러와 쉬르 왕국 양쪽 모두에게 피할 수 없는 결전이 예상된 곳이기도 했다.

"이제야 제대로 몸 좀 풀어볼 수 있겠네."

크루겐은 깍지 낀 양손을 앞으로 쭉 내밀더니 머리 위로 들어 올렸다. 좌우로 양팔을 움직이며 몸을 푸는 그의 얼굴에선 긴장감은 찾아보기 힘들었다.

"아, 아니야. 이러면 안 돼. 방심은 금물이지. 이전까지와는 다를 테니."

그는 아까 했던 말을 곧바로 부정하면서 두 손으로 양쪽 뺨을 가볍게 두들겼다.

"그 전에 더위 대책부터 확실히 해야겠어. 갑판 위로 나온 지 얼마나 되었다고… 덥다, 더워."

크루겐은 왼손을 목에 가져가더니 머플러 안쪽에 넣어둔, 그레인이 만들어준 냉기 결정을 머플러 바깥에서 어루만졌다.

"꼬마 아가씨, 적의 상황 좀 봐줄 수 있겠어?"

"잠깐만."

에르닌은 안대로 가린 오른쪽 눈 대신 왼쪽 눈의 시력을 증폭시켜 멀리 떨어진 테이만 강 부근을 살펴봤다.

"어때? 우리가 들렀던 마을 사람들처럼 고생한 모습이 역력해? 갈증에 시달려서 기진맥진하다든가, 배고픔에 절은 표정들이라든가."

"그런 사람들은 안 보여."

"그래? 하긴 그렇게나 시민들을 쥐어짰으니 병사들이라도 팔팔해야겠지. 그래도 정도가 있지, 그렇게까지 민심을 잃어가면서 나라를 지켜봤자 무슨 소용이야?"

크루겐은 툴툴거리며 깍지 낀 손을 풀었다. 이젠 그의 분신이나 다름없는 무기, 팬텀 대거가 빠르게 크루겐의 양손을 왔다 갔다 했다.

"대신 왠지 모르지만 의욕이 없어 보이는 표정들이야."

"생각해 보니, 저치들도 그리 마음이 편하지는 않겠어. 고향에 두고 온 가족들이 어떤 처지인지 알고 있다면 더욱더."

그렇다고 사정을 봐주면서 물러날 수 없는 노릇.

이번 전투는 꽤나 격렬할 거라는 예상을 하며 크루겐은 팬텀 대거를 검집 안에 집어넣었다.

에르닌은 홀더 안에 있는 시험관들을 하나씩 꺼내면서 어떤 마법이 들어 있는지 꼼꼼히 확인했다.

다른 이들 역시 명령이 떨어지기까지 무기를 점검하거나 굳어진 몸을 풀었다.

"흐음, 몸은 거의 다 풀렸는데… 저쪽은 아직 준비가 안 끝났나 보네."

크루겐은 입가를 가린 머플러를 툭툭 털면서 갑판 중심에서 있는 세 명 쪽을 바라봤다.

*　　　*　　　*

"…인데, 어떤가? 대충 이해는 가나?"

제스테일은 열심히 베스티나에게 무언가를 설명 중이었고, 그런 둘을 그레인이 팔짱을 끼고 말없이 바라보는 중이었다.

"이해는 되지만 실제로 제가 쓸 수 있을지는 모르겠어요."

"자네의 실력이라면 충분히 가능하니 자신감을 갖게."

제스테일의 오른손에 쥐어져 있는 '물건'은 오늘 새벽녘에야 간신히 복구시킨 마법 무기였다.

2주 전에 렌달이 발굴해 낸 마나 코어 덕분에 오랜 시간이 지난 지금 다시 빛을 보게 된, 고대 마법 문명의 흔적이었다.

"이걸 쥐고서 마나를 불어넣으면 스피어 모양으로 변하면서 바람의 힘이 발동되지. 천사의 날개로 이동하는 데 상당한 도움이 될 걸세."

제스테일은 그 무기를 베스티나에게 건넸다.

겉보기에는 베스티나의 손끝에서 팔꿈치까지의 길이 정도 되는 짧은 봉처럼 보였다.

"하지만 아까도 말했다시피 저는 바람의 힘을 다룰 줄 몰라요."

베스티나는 스스로의 힘에 대해 거듭 의문을 제시했다.

천사의 날개를 이식받아 빛의 힘도 다룰 수 있게 되었지만, 그녀의 특기는 어디까지나 냉기를 다루는 힘이었다.

또 하나의 새로운 힘을 다뤄야 한다는 부담감에 베스티나는 계속해서 제스테일의 권유를 거부했다.

"아닐세. 자네는 천사의 날개로 공중을 자유자재로 날 수 있지 않나? 천사의 날개는 빛의 속성을 지닌 코어이지만, 그걸 다루기 위해선 바람의 힘에 대해 이해하지 않고선 불가능하다네."

"아……."

"정 불안하다면 이걸 쓰지 않아도 되네. 하지만 속는 셈치고 한번 시도해 보는 건 어떠한가?"

"알겠어요."

베스티나는 제스테일의 설명 중 하나를 떠올리며 눈을 감았다.

"이 무기를 작동하는 방식은 자네가 지금까지 써왔던 수정구와 크게 다르지 않네."

'억지로 바람을 구현하려고 궁리하지 않고, 우선 마나를 자연스레 주입시키는 것에 집중하자. 그와 동시에 천사의 날개를 처음 움직였을 때의 느낌을 살려서……'

파아앗.

베스티나가 오른손에 쥔 짧은 봉의 앞과 뒤에서 뿜어져 나온 빛이 스피어 형태로 구현되었다.

조심스레 왼쪽 눈을 천천히 뜬 베스티나의 시야에 스피어로 변한 봉이 들어오자 그녀는 깜짝 놀랐다.

"이, 이건……"

"호오, 의외의 결과로군. 원래대로라면 투명해야 하는데, 아무래도 냉기의 힘도 함께 섞여 들어가서 그런 색깔로 되었구먼."

베스티나가 우려한 것과는 반대로, 그녀의 마나로 구현된 스피어를 본 제스테일은 흡족한 미소를 지었다.

단, 색깔만은 제스테일의 예상과는 벗어난 푸른빛이었다.

"혹시 실패한 건가요?"

"아닐세! 이 정도만 해도 충분히 성공이야! 하지만 진짜는 지금부터라네. 날개를 펼쳐보게나."

혹시나 스피어를 떨어뜨릴까 오른손에 힘을 꽉 준 상태에서 베스티나는 천사의 날개를 천천히 폈다.

"어? 날개에서 느껴지는 감각이……."

"어떤가? 예전하고는 다르지? 우선 현재 위치에서 수직으로 올라가 보게나. 최대한 빠르게."

휘잉!

베스티가 한 쌍의 날개를 펄럭이자, 이전보다 몇 배는 빠른 속도로 급상승했다.

"콜록콜록! 이, 이게 뭐야?"

"으윽, 눈에 먼지가 들어갔어!"

이레귤러 멤버들은 입과 코, 그리고 눈에 들어간 모래와 먼지 때문에 곤혹을 치렀다. 갑판에 가라앉았던 모래와 먼지가 위로 떠오른 탓에 일대가 뿌옇게 변해 버렸다.

계속 하늘로 올라가던 베스티나는 날개를 조정하며 방향을 뒤트는 데 성공했다. 이전과 달리 날개를 계속 펄럭이지 않아도 허공에 멈춰 설 수 있었다.

"내 목소리 들리나?"

"네, 넵!"

"공중을 마음껏 활보해 보게나! 빠른 속도로!"

제스테일의 지시에 베스티나는 날개를 조심스럽게 아래위로 움직였다. 아무래도 갑자기 빨라진 속도에 스스로 조심하는 분위기였다.

"이, 이거… 훨씬 제어하기가 힘든……."

날개를 가볍게 펄럭이는 것만으로도 기존보다 더 빠르게 날 수 있었다. 그녀가 오른손에 쥐고 있는, 새롭게 얻은 무기에서 흘러나오는 푸른빛이 양 날개를 은은하게 감쌌다.

수십 번 넘게 날아가다가 멈추기를 반복한 베스티나는, 뭔가 알았다는 듯 고개를 끄덕이더니 본격적으로 속도를 내기 시작했다.

"어, 엄청 빠르네?"

"도대체 저런 속도로 하늘을 날 수 있는 게 가능한 거야?"

베스티나는 훨씬 빨라진 속도로 허공을 가르며 비공정 위를 날았고, 선원들은 그녀의 움직임을 눈으로 좇기에 바빴다.

그녀가 남긴 잔상은 백색이 아닌 옅은 푸른빛의 직선으로 이어졌다.

"마지막으로 이곳으로 도로 내려오게나! 속도를 늦추지 말고!"

제스테일이 들어 올린 오른손을 아래로 내리자, 무슨 의미인지 이해한 베스티나가 올라갈 때 못지않은 속도로 착지했다.

또 한 번 모래바람이 휘몰아쳤고, 이번에는 모두 눈과 입을 막으며 미리 대응한 덕분에 기침 소리는 들리지 않았다.

"이, 이럴 수가……."

갑판 위에 선 베스티나는 이전에는 볼 수 없었던, 백색의 날개를 뒤덮은 은은한 푸른빛에 어안이 벙벙했다.

"어… 어떤가요?"

"대성공이라네! 이전에 자네가 말했지? 지상에서 위로 날아오를 때 미묘하게 걸리는 시간 때문에 위험할 수도 있었다고! 이제는 그럴 걱정은 사라졌네!"

제스테일은 그녀가 이룬 성과를 마치 자신의 일인 것처럼 기뻐하며 흥분했다.

그러나 베스티나는 아무런 대꾸도 하지 못하고 멍하니 서 있을 뿐이었다.

"전에도 느꼈던 거지만, 마나의 컨트롤과 다양한 힘을 다루는 점에 한해서는 자네가 그레인보다 더 낫구먼! 그렇지 않은가?"

"저 정도까지 한다면 인정할 수밖에 없군요."

그레인은 쓴웃음을 지으며 베스티나의 우월함을 인정했다.

그러나 이내 가벼운 미소로 바꾸면서 베스티나가 새 힘을 얻은 것을 순수하게 축하해 줬다.

"하지만 좀 안타까운 부분도 없지 않네. 만약 하이브리드가 되지 않고 인간으로서 마법사가 되었다면, 더 다양한 힘을 다룰 수 있었을 텐데… 아! 이런! 하필이면 이걸 까먹을 뻔했구먼! 그거 다시 줘보게나!"

제스테일은 베스티나의 손에서 봉을 낚아채더니, 옆에 놔둔 주머니에서 무언가를 꺼내 급히 만들기 시작했다.

베스티나에게 도로 돌려준 봉은 아주 길고 가는 와이어로 은색의 팔찌와 연결되어 있었다.

"이 팔찌를 차게나. 이 팔찌와 그걸 연결하는 와이어를 통해 그걸 투척한 뒤에도 마나를 불어넣을 수 있다네."

"트윈 엣지처럼, 말인가요?"

"그렇지. 사실 트윈 엣지를 보고 떠올린 발상으로 내 나름대로 개조했지."

베스티나는 오른쪽 팔목에 찬 팔찌를 이리저리 둘러봤다. 겉에 마법으로 각인된 마법 문자들이 은은한 아름다움을 자아냈다.

"그러면 나는 잠시 눈 좀 붙였다가 다시 일해야겠구먼."

"푹 쉬지 않으시고 말입니까?"

그레인은 제스테일의 눈동자 주변에 마구 드러난 실핏줄이 마음에 걸렸다.

"마력포(魔力砲)의 개발이 거의 막바지에 들어서서 그렇다네. 자네 친구란 사람이 워낙 극성이라 말이지. 그걸 마치면 자네 말대로 오래간만에 푹 쉴 수 있을 걸세."

"저… 그런데 이 무기를 뭐라고 불러야 할까요?"

베스티나의 물음에 제스테일은 잠시 생각에 잠겼다.

"이름은 없다네. 애초에 발굴품이니까. 이름도 적혀 있지 않았고. 이제 이 무기의 주인은 자네이니 자네가 붙여야지."

"이름… 이름이라."

이름 없는 새 무기를 내려다보던 베스티나가 고개를 들어 올렸다.

무기를 쥔 오른손도 함께 올리면서.

"프로셀피나."

막 이름을 붙인 무기를 바라보는 베스티나의 눈빛은 그녀가 다루는 냉기와 달리 따스함이 느껴졌다.

"어디서 따온 이름입니까?"

"날 돌봐준 언니 중 한 명의 이름이야. 유일하게 글을 알고 있어서 나에게 가르쳐 줬던."

"아, 전에 말했던……."

그리고 베스티나보다 먼저 생을 떠나면서 다시는 만날 수 없는 곳으로 가버린 언니.

"자유분방한 모습이 마치 바람 같았거든."

동시에 베스티나가 뒷골목을 떠날 수 있도록 등을 밀어준, 바람 같은 존재.

"잊고 있었어."

"네?"

"언니들을, 그리고 그곳에서 함께했던 시간들을."

베스티나는 프로셀피나를 아래로 내리더니 자신을 보살펴 줬던 언니들의 이름을 하나둘씩 읊기 시작했다.

다시 만나고 싶다는 소망이 절실히 느껴지는 베스티나의 말을 가만히 듣고 있던 그레인이 뒤를 돌아봤다.

자신과 베스티나를 바라보는 아딜나의 시선을 그레인은 이제야 눈치챘다.

"저 역시, 잊고 있었을지도 모르겠군요."

전생의 아딜나를 잊지 않기 위해 현생에서 새롭게 손에 잡은 단검.

그러나 전생의 아딜나가 항상 차고 다니던 단검은 지금의 그녀에게는 없었다.

그레인 혼자만이 기억하는 아딜나는 현생의 시간이 흘러갈

수록 점점 희미해져 갔다.

"뭐야? 더운데 계속 나와 있었어?"

갑판 위로 드레이크가 고개를 좌우로 까닥거리며 등장했다.

"휴우, 날씨는 여전하군. 더 더워지기 전에 후딱 끝내자. 다들 준비되었지?"

미리 대기하고 있던 이레귤러 멤버들 전원이 고개를 끄덕거렸다.

"그러면 간다!"

멈춰 서 있던 비공정이 천천히 다시 움직이기 시작했다.

쉬르 왕국군이 진을 치고 있는 테이만 강 쪽으로.

*　　　*　　　*

저벅저벅.

누군가가 걸어가는 소리가 어두컴컴한 지하실 안에 울려 퍼졌다.

벽에 걸린 횃불을 따라 복도를 걸어가는 쉐일을 한 명의 사제가 기다리고 있었다.

"어서 오십시오."

로브를 걸친 사제의 인사에 쉐일은 가볍게 고개만 끄덕였다.

끼이익.

문이 열리면서 쉐일과 사제는 안으로 들어갔고, 잠시 후 문이 다시 닫혔다.

"특이 사항은?"

"없었습니다."

쉐일이 들어간 곳은 지하에 설치된 비밀 연구소보다 더 아래층에 위치한 감옥.

그곳에는 쉐일이 직접 체포한 이들이 수감되어 있었다.

종교재판으로 회부시키지 않고 포섭 중인 자들이 대부분이었다. 조용하던 감옥 안에 목소리와 발소리가 들리자 수감자들이 문을 쾅쾅 두들겼지만, 둘은 무시하고 안쪽으로 들어갔다.

"롤랜드 사제는?"

"여전히 이쪽의 제안을 거부하고 있습니다."

"애초에 쉽게 넘어올 사람은 아니다. 시간은 충분하니 계속 지켜보도록."

사방에서 문을 두들기는 소리가 들렸지만, 두 사람은 아랑곳하지 않고 대화를 나누었다.

감옥 가장 안쪽의 감방 앞에서 멈춰 선 쉐일은 품에서 열쇠를 꺼냈다.

"그러면 경비병들을 데리고 모두 나가도록."

"알겠습니다."

감방 안으로 들어간 쉐일이 문을 닫자, 시끄럽게 울려 퍼지던 소리가 하나도 들리지 않았다.

감방 중에서도 바깥 소리가 들어오지 않거나 안의 소리가 새어 나가지 않도록 특수 제작 된 곳이었다.

"오, 오셨군요!"

감방 구석에 주저앉아 있던 바릭투스가 벌떡 일어섰다.

"저는 언제 나갈 수 있는 겁니까?"

"너의 이야기는 검토할 구석이 아직 많다."

쉐일의 대답에 바릭투스는 실망했지만, 종교재판에 회부되거나 강제로 하이브리드가 되지 않은 점만으로도 안도했다.

물론 궁극적으로는 이곳을 나간 뒤, 기회를 엿봐 교단을 탈주하는 거였지만.

"제발 제 말을 믿어주십시오! 제 말을 믿고 움직이신다면 지금 하시는 일이 더욱 순조로워질 겁니다!"

"알았으니 그만해라. 나는 너에게 아직 말하는 걸 허락하지 않았다."

"……."

쉐일은 일주일에 한 번, 매번 반나절 이상을 꼬박 투자하면서 바릭투스와 이야기를 나눴다.

원래대로라면 하이브리드로 만들어야 했지만, 바릭투스가 말한 '감춰진 진실'에 대해 상세하게 파고들기 위해서 이곳에 가두었다.

'전생이라.'

워낙 허무맹랑한 이야기였던지라, 처음에는 코웃음을 치며 듣기 시작했다.

그러나 이야기가 진행되면 진행될수록, 허언으로 무시하기엔 들어맞는 부분이 너무 많았다.

그래도 쉽게 받아들이기엔 어려운 내용이었기에 한 달 반에 가까운 시간 동안 차근차근 물어봤다.

'아직도 믿기 힘든 부분이 많지만…….'

만약 거짓으로 꾸며낸 말일 경우를 상정해 일부러 일주일의 간격을 두고 바릭투스와 이야기를 나누었다.

당장의 위기를 벗어나기 위해 지어낸 말이라면, 일주일 뒤 다시 방문했을 때 기억하지 못하고 앞뒤가 맞지 않는 또 다른 거짓말을 할 수도 있다.

'들으면 들을수록 믿기 힘들다기보다, 받아들이기 힘들다는 느낌이 강해져.'

바릭투스가 말한 '감춰진 진실'을 계속 들어서였을까.

절대 변하지 않을 거라는 진실이 하나둘씩 쉐일의 가슴속에서 무너지기 시작했다.

'하지만 조금의 거짓이라도 섞여 있다면, 절대 용서치 않겠어.'

쉐일은 감방 안의 하나뿐인 의자에 앉았다.

반면 바릭투스는 그의 앞에 정자세로 서 있었다.

"그러면 다시 시작해 볼까? 네가 말했던… 그 전생에 있었다는 이야기를 말이지."

제2장

정반대의 운명

카르디어스 신성력 1400년 9월 30일.

사막 한가운데에 위치한, 쉬르 왕국의 수도 쉬르 성.

카르디어스 교단의 교세가 가장 강성한 지역인 쉬르 성 안에 고요함이 감돌았다.

평소에는 성안에 위치한 대성당으로 순례를 오는 낙타 행렬로 분주하기 이를 데 없는 곳이었다.

그러나 지금은 그 누구의 접근도 불허하겠다는 의미의 드높은 불길이 성 바깥쪽을 둘러쌌다.

쉬르 성을 둘러싸고 있는, 드높이 솟아오른 불길이 거대한 원을 그렸다.

통칭 '수호의 불꽃'.

쉬르 왕가에 대대로 전해지는 마법에 의해서 구현되는 불꽃은 쉬르 성이 위기에 처할 때마다 성을 둘러싸 보호했다. 실제로 쉬르 왕국의 오랜 역사 동안 침입자들을 수십여 차례에 걸쳐 막아낸 성과가 있었다.

"……."

그레인은 비공정의 갑판 가장자리에 서서 활활 타오르고 있는 수호의 불꽃을 말없이 응시했다.

그의 뒤에 선 이레귤러의 멤버 중 회귀한 자들 역시 그레인과 같은 방향으로 고개를 향했다.

"우리들, 결국 쉬르 성으로 다시 오긴 했네."

그레인의 옆으로 다가온 크루겐이 쓴웃음을 지었다.

"그래, 다시 왔어."

그레인은 두 눈을 지그시 감았다. 지금보다 훨씬 많은 동료들과 함께 쉬르 성으로 돌격했던 전생의 기억이 뇌리에 떠올랐다.

"그때는… 가까스로 뚫을 수 있었지."

그레인은 왼손으로 오른쪽 팔꿈치를 움켜쥐었다.

그때의 그레인은 화염의 힘을 총동원해서 수호의 불꽃을 억지로 돌파했다. 전생의 그레인이 하이브리드가 된 이후 화상을 입었던, 몇 안 되는 경우 중 하나였다.

적이라는 오해를 받으면서, 자신들의 머리 위로 쏟아지는 화살 비를 견뎌내면서 당시의 결사대원들은 성안으로 돌입했다.

교단의 꼬드김에 넘어가 하이브리드가 될 위기에 처했던 코니안 2세를 구하기 위해서.

그러나 지금은 구하기 위해서가 아니라, 쓰러뜨리기 위해서 왔다.

"슬슬 도착할 때가 되었는데… 왜 이리 늦어? 도중에 무슨 일이 생긴 건 아니겠지?"

비공정 콜드란세 2호의 제독인 드레이크는 정해진 시간이 지났음에도 도착하지 않은 원군을 기다리며 갑판 위를 서성거렸다.

이레귤러는 비공정이라는, 현재의 문명을 아득히 뛰어넘는 이동 수단을 이용한 까닭에 훨씬 빨리 도착했다. 쉬르 성이 지평선에 보일락 말락 하는 위치에 비공정을 대기시킨 그들은 완벽한 승리를 위해 차근차근 전투 준비를 했다.

"드레이크, 좀 진정해라. 너 때문에 다른 멤버들도 초조해하잖아."

보다 못한 리카르도가 드레이크를 멈춰 세우더니 양어깨를 붙들었다.

"제독이면 제독답게 좀 체통을 지켜."

"그게 말이 쉽지, 휴우……. 그나저나 시간이 정말 빨리 흘러가는 기분이야. 베릴란트 성을 구하기 위해 급히 가던 때가 엊그제 같은데, 벌써 쉬르 성을 앞에 두고 있으니 말이야. 계속 이기고 있는 지금이 믿기지도 않고."

도중에 위기는 몇 차례 있었지만, 이렇게 승승장구하는 상황 자체가 드레이크에겐 낯설었다.

페트로의 죽음 이후, 연이은 패배로 인해 회귀를 택할 수밖에 없었던 결사대.

지금은 결사대가 아닌 이레귤러에 있긴 했어도, 전생에 남긴 기억의 잔재에서 완전히 벗어나기엔 아직 무리였다.

"그러기 위해 우리는 시간을 거슬러 간 거 아니었어?"

"그렇긴 하지. 흐음, 그런데 아쉽긴 하네. 저깟 불꽃 정도는 휙 넘어갔으면 좋으련만……."

비공정이 지닌 원래 성능대로라면, 하늘 높이 날아올라 수호의 불꽃을 무시하고 쉬르 성 안에 착지했을 것이다.

대신 이전의 비공정에는 없었던 기능이 드디어 추가되었다.

제스테일을 포함한 비공정 내 모든 마법사들이 매달린 결과, 10개의 마력포가 드디어 완성되었다.

기능을 상실한 비공정의 무기, 오러 캐넌을 본 딴 마력포가 비공정의 왼쪽 갑판 가장자리에 설치되었다. 마력포 주변에는 마법사들이 오작동을 우려해 계속해서 점검 중이었다. 이글거리는 태양 아래 구슬땀을 흘리며 마력포를 조정 중인 이들 중에는 아딜나도 포함되었다.

그로부터 30여 분 뒤, 남쪽으로 정찰을 떠났던 베스티나가 상공을 가르며 비공정을 향해 날아왔다.

"오! 어때? 원군이 오고 있는 걸 확인하고 온 거야?"

"네, 조만간 도착할 거예요."

"좋았어! 어이! 모두 정해진 위치로 돌아가라고!"

드레이크의 지시에 선원들은 재빠르게 움직였다.

많은 이들이 바삐 갑판 위를 오고 가는 가운데, 펠릭스는 창고에서 꺼낸 밧줄을 푸는 중이었다.

"전하, 정말 혼자 마중 나가실 겁니까?"

"굳이 너희들까지 내려올 필요는 없다. 저 불꽃을 꺼뜨릴 힘을 괜한 데에 낭비하지 마라."

펠릭스는 그레인의 어깨에 손을 살짝 얹었다가 떼고선, 풀어낸 밧줄을 비공정 아래로 휙 던졌다.

"그리고 따로 지시할 내용도 있으니 나에게 맡겨라."

"알겠습니다."

밧줄을 타고 비공정에서 내린 펠릭스는 팔짱을 끼고서 원군을 기다렸다.

거친 모래바람을 헤치며 진군 중인 베릴란트 왕국군은 펠릭스를 알아보고는 천천히 속도를 줄였다.

말을 타고 진열의 선두에서 오고 있는 장군들을 알아본 펠릭스가 팔짱을 풀었다.

베릴란트 성에서의 공성전 당시에는 다른 지역을 지키느라 만나지 못했던 이들이었다.

'내가 저들을… 이전 생에는 허무하게 희생시켰단 말인가.'

전생의 무능했던 자신을 탓하는 펠릭스의 표정은 그 어느 때보다 엄숙했다.

베릴란트 왕국군 소속의 장군들이 말에서 동시에 내렸다. 말을 놔두고 펠릭스를 향해 걸어온 그들은 한쪽 무릎을 꿇으며 고개를 숙였다.
"우선, 나라를 위해 여기까지 먼 길을 온 제군들에게 경의를 표한다."
펠릭스가 입을 열자, 병사들은 부동자세를 취하며 창을 수직으로 세웠다.
"너희들에게 명한다. 승리 이전에 모두 무사할 것을 명한다. 물론 전사자가 안 나올 수는 없을 것이다. 하지만 나는 가능한 한, 최소한의 희생만 치르고 다들 고향으로 돌아갈 수 있기를 진심으로 바란다."
휘이잉.
펠릭스와 장군들 사이를 모래바람이 한 차례 훑고 지나갔지만, 눈을 비비거나 찡그리는 자들은 아무도 없었다.
"그리고 또 하나."
펠릭스는 양손을 살짝 움켜쥐었다가 도로 풀었다.
"이미 전달한 내용이긴 하지만, 일체의 약탈과 이유 없는 학살을 금한다. 보급품은 비공정에 충분히 비축되어 있고, 이번 전투가 끝난 후 공에 따라 직위에 상관없이 포상이 공정하게 분배될 것이다. 베릴란트 왕국의 이름으로, 폐하를 대신해서 이 자리에 약속하겠다."
펠릭스는 숨을 가볍게 들이마시며 주위를 둘러봤다.
포상을 공표했음에도 들뜬 표정을 짓는 자들은 아무도 없었다.
"쉬르 왕국은 이전 침공 때 우리들의 터전을 짓밟았다. 많은 이들이 죽었고, 많은 것을 빼앗겼다. 그걸 잊어서는 안 된다."

펠릭스는 오른손을 움켜쥐며 부들부들 떨었다.

말로만 들었던, 전생의 베릴란트 왕국이 어떤 최후를 맞이했는지에 대해 떠올리는 그의 가슴속에 분노가 치밀어 올랐다.

"하지만 똑같이 되돌려 준다고 해서 모든 것이 해결되지 않는다."

그러나 다시 입을 연 펠릭스는 분노를 억제했다.

"저들을 용서하라는 의미는 결코 아니다. 우리는 저들과 다르다는 걸 보여줘야 한다. 저들이 숭배했던 믿음과, 그 믿음의 주체와 우리들은 다른 길을 걸어가야 한다. 그것이 진정한 승리로 향하는 길임을 명심하도록."

"넵!"

"명심하겠습니다!"

병사들의 우렁찬 외침이 비공정 위까지 멀리 울려 퍼졌다.

* * *

베릴란트 왕국군이 쉬르 성 남쪽을 넓게 둘러싸는 포위망을 형성하는 동안, 이레귤러의 멤버들은 펠릭스의 신호를 기다리며 비공정에 대기했다.

다시 초조함에 휩싸인 드레이크만이 뭔지 모를 말을 중얼거리는 가운데, 모두 침묵하며 쉬르 성을 바라봤다.

그러나 그레인의 시선은 성이 아닌, 그 너머의 북쪽을 향하고 있었다.

'맥스라면 분명히 이번 전투에 참여할 거라 여겼는데, 목표는 이곳이 아니었나?'

듀란이 최근에 보낸 편지에는 결사대가 이레귤러와는 다른 경로로 쉬르 왕국에 들어왔다고 적혀 있었다.

현생에 어떠한 삶을 살고 있든 간에, 전생의 배신자였던 자는 절대 용서하지 않는 맥스의 성향상 쉬르 왕국의 왕 코니안 2세를 그냥 놔둘 리 없다.

그레인은 시선을 비공정 아래로 내렸다가 다시 한번 성 건너편을 응시했다.

그러나 결사대는 여전히 보이지 않았다.

'결국 우리들만의 힘으로 저걸 없애야겠군.'

그레인은 활활 타오르고 있는 수호의 불꽃을 바라보며 오른손에 쥔 무언가를 꽉 움켜쥐었다.

바로 그때, 지상에 있던 펠릭스가 고개를 끄덕이자 옆에 있던 병사가 베릴란트 왕국기를 좌우로 흔들었다.

신호를 확인한 렌딜을 중심으로 비공정에 있던 마법사 전원이 일정 간격을 유지하며 갑판 위에 섰다.

"그러면 시작하도록 하겠네."

렌딜은 왼손에 쥔 마법서를 펼쳐 들었다.

오른손으로 마법서 위를 스윽 훑자 마나가 빛을 발하며 페이지가 촤르륵 넘어갔다.

가장 먼저 렌딜을 중심으로 마법진이 갑판 위로 떠올랐고,

뒤이어 다른 마법사들의 마법진이 하나둘씩 떠오르기 시작했다.

수십여 명의 마법사들이 모두 마법진을 형성한 걸 확인한 그레인이 트윈 엣지를 꺼내 들었다.

휙! 휙!

비공정 아래 지면에 한 쌍의 단검, 트윈 엣지가 꽂힌 걸 확인한 그레인이 트윈 엣지에 연결된 와이어를 통해 마나를 주입했다.

모래 위를 뒤덮은 얼음 지대가 빠르게 앞으로 뻗어가더니 수호의 불꽃에 닿기 직전, 좌우로 갈라져 뻗어나갔다.

냉기의 힘을 더욱 강하게 만드는 영역을 구현하는, 그레인의 잠재 기술 툰드라가 수호의 불꽃을 거의 절반 가까이 감싸는데 성공했다.

그러나 수호의 불꽃 자체를 뒤덮어 억누르기에는 아직 무리였다.

"렌딜 님! 지금으로선 여기까지가 한계입니다!"

"알았네."

렌딜은 마법서를 덮자, 그의 머리 위에 구현되었던 열 개의 얼음 창이 쉬르 성을 향해 날아갔다. 뒤이어 다른 마법사들이 구현한 얼음 창이 발사되었다.

툰드라 위를 지나면서 점점 커진 얼음 창의 개수는 100여 개.

수호의 불꽃이 뿜어져 나오는 지면에 박힌 얼음 창에서 강렬한 냉기가 뿜어져 나왔다.

“실패… 는 아니로군!”

재차 마법을 준비 중이던 렌딜의 얼굴에 절망이 자리 잡았다가 사라졌다.

열기를 이기지 못한 얼음 창들이 연이어 녹아버렸지만 그와 동시에 수호의 불꽃이 가라앉기 시작했고, 그 빈자리를 툰드라가 빠르게 차지했다.

“베스티나! 지금입니다!”

“알았어!”

그레인 옆에서 대기 중이던 베스티나가 날개를 펼치며 급히 날아올랐다.

베스티나는 빠른 속도로 쉬르 성을 빙 돌아 북쪽으로 향했다.

툰드라가 수호의 불꽃을 잠재우고 있었지만, 절반이나 남은 나머지 불꽃까지 모두 소멸시키는 역할은 그녀의 몫이었다.

“좀 더 가까이…….”

수호의 불꽃을 넘어 성벽 가까이 상공에서 멈춰 선 베스티나는 마나를 오른손에 쥔 프로셀피나에 모았다.

“발사! 발사해라!”

성벽에 대기 중이던 궁병들이 베스티나를 향해 일제히 화살을 퍼부었다.

그러나 그녀는 빠르게 좌우로 움직이며 화살을 거의 다 피했고, 그녀를 향해 정확히 날아온 화살들은 천사의 날개에서 뿜어져 나온 푸른빛이 모조리 튕겨 나갔다.

"이럴 수가……."

"이건 말도 안 돼……."

베스티나를 노리고 화살을 조준하던 궁병들은 있을 수 없는 일이 펼쳐지자 넋을 잃고서 활을 떨어뜨렸다.

휘이잉!

바람의 스피어, 프로셀피나가 지면에 박히는 순간, 강렬한 눈보라가 휘몰아쳤다.

냉기와 바람의 힘을 동시에 지닌 매서운 눈보라가 활활 타오르는 열기를 억눌렀고, 그레인이 계속 시전 중인 툰드라가 점점 더 빠른 속도로 수호의 불꽃을 꺼뜨렸다.

"으, 으으으……."

"모, 못 버티겠어!"

밤이 아닌 해가 쨍쨍한 낮에, 그것도 눈이 섞인 매서운 냉기가 성벽 위까지 뻗어나가자 병사들은 추위를 견디지 못하고 급히 아래로 후퇴했다.

"으윽……."

계속해서 툰드라를 시전 중인 그레인의 입에서 신음이 흘러나왔다.

전신의 마나가 급속도로 소모되는 후유증으로 의식이 희미해졌고 비 오듯 땀이 흘러내렸지만, 손등으로 닦아낼 여력조차 없었다.

그레인은 오른손에 쥔, 축소된 마나코어를 내려다보며 이를 악물었다.

성 하나를 둘러쌀 정도로 드넓은 원을 툰드라로 그리는 건 그레인이 지닌 마나만으로는 불가능한 일.

마나 코어의 방대한 마나 덕분에 툰드라를 광범위하게 구현할 수 있었지만, 오래 버티기는 무리였다.

"수호의 불꽃이……."

"꺼졌어!"

갑판 위에서 터져 나온 환호성에 그레인이 고개를 들어 올렸다.

완전히 꺼진 수호의 불꽃이 있던 자리를 툰드라가 완전히 차지했다.

그러나 아직 툰드라를 중단할 수는 없었다. 그레인의 툰드라가 중단되면, 언제 사라졌냐는 듯 수호의 불꽃이 솟아오를지 모르는 상황.

그 전에 성안으로 진입하지 못하면 지금까지의 분전은 의미가 없어진다.

"드레이크! 자네 차례일세!"

"넵!"

드레이크는 기다렸다는 듯이 허리에 찬 커틀라스를 뽑아 들었다.

"발사!"

드레이크가 커틀라스를 앞으로 내밀며 외쳤다.

열 개의 마력포에서 직선으로 뻗어나간 광선들이 마나의 장벽에 둘러싸여 보호받고 있던 성문에 직격했다.

"야호! 성공이닷!"

성문을 겹겹이 둘러싼 마나의 장벽을 뚫는 마력포의 위력에 드레이크는 쾌재를 불렀다.

"어? 그런데……."

드레이크의 얼굴에 자리 잡았던 웃음기가 재빠르게 사라졌다.

당장에라도 무너져 내려도 이상하지 않을 정도로 무수한 금이 갔지만, 성문 자체는 완전히 부서지지 않았다.

"이러면 곤란한데! 재, 재장전해야 하나?"

"아냐, 그럴 필요 없어."

에르닌은 아무렇지 않다는 표정으로 등에서 꺼낸 기다란 시험관을 마력총에 장전했다.

콰앙!

쉬르 성의 성문이 폭발음과 함께 불길에 휩싸였다.

시커멓게 불타 버린 성문의 잔해가 산산조각 나버린 카르디어스 교단의 문양과 함께 후두두 떨어졌다.

"어… 이런."

"우린 이제… 끝이야."

성문 안쪽에 있던 병사들은 무너져 버린 성문 너머로 보이는 비공정을 올려다보며 망연자실했다.

*　　　*　　　*

부서진 성벽을 통해 비공정이 성안으로 들어가자마자, 그레인이 구현한 얼음 계단이 지면과 비공정을 이었다.

성문이 박살 나면서 피어오른 먼지가 냉기와 뒤엉키면서 안개처럼 뿌옇게 시야를 가렸다.

이레귤러의 멤버 중 선두로 나선 그레인과 크루겐은 먼지 속에서 무기를 꺼내 들었다.

성안의 인간들에게 자신들은 어디까지나 침략자의 입장.

성을 지키기 위한 강렬한 저항이 자신들을 막을 거라 생각하자, 무기를 쥔 손에 힘이 확 들어갔다.

그러나 그레인과 크루겐은 이내 어이없다는 얼굴로 주위를 둘러봤다.

굳이 무기를 꺼낼 필요도 없는 상황이라 긴장이 풀려 버렸다.

"그레인, 이럴 거라 생각했어?"

"……."

"나는 어느 정도 예상은 했지만, 막상 이런 모습을 보는 게 도저히 적응이 안 돼."

그레인이 구현한 얼음 계단을 타고 뒤따라온 다른 멤버들 역시 둘과 같은 표정이었다. 펠릭스를 따라 성안으로 진입한 베릴란트 왕국군 역시 마찬가지였다.

"도대체가 어찌 된 일이지?"

"여기가 정말 적국의 수도가 맞긴 한가?"

"우리들을 그렇게 몰아붙였던 쉬르 왕국이… 진짜 맞나?"

버젓이 시가지 한복판을 활보하는 이레귤러와 베릴란트 왕국군을 막는 이들은 아무도 없었다.

전의를 상실한 병사들은 베릴란트 왕국군을 보자마자 무기를 내던지고 양손을 들었다.

종교라는 이름의 광기에 물들어 '침략자'들을 막아설 거라 여겼던 시민들은 단 한 명도 찾을 수 없었다.

대신 지겹게 봐왔던, 갈증에 시달리며 축 처진 시민들만이 겁에 질린 눈으로 서로를 부둥켜안고 있었다. 제대로 먹고 마시지 못해 앙상하게 변한 시민들의 몰골은 이레귤러가 이제까지 거쳐 간 마을에서 질리게 봐온 광경이었다.

"결국 여기도 우리가 들렀던 곳과 하나도 다를 바 없었다는 이야기네. 아니, 정정할게. 심하면 심했지 절대로 덜하진 않아."

결국 목마름을 버티지 못하고 말라 죽은 시체들은 이전에 그들이 들렀던 도시나 마을에서는 볼 수 없었던 광경이었다.

"어쩌면 이제까지 우리가 만났던 사람들이 운이 좋았던 건가? 그런데, 으… 역시 저런 건 못 버티겠어."

지나가는 길옆에 방치된 시체를 흘낏 바라본 크루겐이 인상을 찌푸리며 머플러를 코 위로 잡아당겼다. 벌레가 잔뜩 달라붙은 시체들에서 풍기는 악취에 모두의 걸음이 빨라졌다.

그러나 일부러 그렇게 방치된 것처럼, 거리 양옆에 놓인 시체들의 행렬은 아무리 앞으로 가도 끊이질 않았다.

"내가 하늘 위에서 정찰했을 땐, 이런 모습을 보진 못했는데……."

베스티나는 자신이 봐온 것과 전혀 다른 거리의 모습에 당혹함을 금치 못했다.

베릴란트 왕국군을 기다리던 일주일 동안, 그녀는 하루도 거르지 않고 성의 내부 상황을 정찰해 왔다.

에르닌의 마법이 증폭시켜 준 시력으로 병력의 분포와 성 내부를 살펴보긴 했지만, 이런 분위기라는 건 파악하지 못했다.

"수호의 불꽃 때문에 어느 정도 거리는 두고 정찰해야 했으니 자세히 보기엔 무리였겠죠. 그리고 약점을 드러내고 싶진 않았을 테니, 위에서 내린 지시에 따라 숨겼을 가능성이 높습니다."

"그렇다고 해도, 저렇게 많은 시체들을 어디에 숨겼다는 거지?"

"우리가 알아내야겠지. 나에게 맡겨."

크루겐은 나란히 걸어가던 그레인과 베스티나보다 먼저 앞서 가더니, 건물의 문을 열고 안으로 들어갔다.

그렇게 건물 안에 들어가고 나오기를 여러 차례 반복한 크루겐이 잔뜩 찌푸린 얼굴로 그레인 옆으로 달려왔다.

"알아냈어?"

"으으… 이곳 사정이 어떻게 돌아간 건지 대충은 알겠어. 사망자가 발생해도 집 안에 숨겨놓은 거 같은데?"

"그래도 저렇게 밖에 아무렇게나 놔두는 건……."

베스티나는 마치 쓰레기를 내버리듯 건물의 벽 근처에 내팽

개쳐진 시체를 보며 인상을 찌푸렸다.

"지금 저 사람들에게 그런 거 따질 여유 따윈 없을걸? 목마르고 배고픈데 주변에 악취가 진동하면 당장에라도 미치지 않고는 못 배길걸?"

"어쩌면 전투가 시작되기도 전에, 쉬르 왕국은 이미 패배한 것이나 다름없었을지도 모르겠군."

그레인은 수호의 불꽃을 꺼뜨린 이후, 일체의 저항 없이 입성한 지금의 결과를 담담하게 받아들였다.

물론 저들을 불쌍히 여기거나 동정하지는 않았다. 교단에 대한 맹목적인 믿음의 결과로서는 당연했기에.

그렇게 누구의 제지도 받지 않고 조용히 진군한 이레귤러와 베릴란트 왕국군은 성 중앙을 지나 왕궁으로 향했다.

여전히 그들의 무기에는 피 한 방울 묻지 않았고, 성안의 시민들은 자신들을 그냥 지나치는 베릴란트 왕국군을 믿을 수 없다는 눈으로 응시했다.

적국의 병사들이 복수심에 불타 살아 있는 모든 것을 죽이고, 태울 수 있는 모든 것을 불지를 거라 여겼다.

그렇기에 그들에게 가장 최선의 방법은 도망치는 것이었지만, 물이 터무니없이 부족한 상황에서 끝이 보이지 않는 사막을 무작정 걸어가는 건 또 다른 방식의 자살이나 다름없었다.

결국 그들은 드높은 성벽과 수호의 불꽃이라는 쇠창살에 갇혀 서서히 죽어가고 있었다.

"……."

그레인의 바로 뒤에서 따라오고 있던 펠릭스는 여러 감정이 섞인 복잡한 눈빛으로 거리를 둘러봤다.

이레귤러 중에서도 그만은 다른 입장이었기에 시선이 남다를 수밖에 없었다.

'이런 식으로 나오다니, 너무나 비겁하군.'

베릴란트 왕국을 짓밟았던 이들을 향해 분노를 표출하고 싶었지만, 그 대상은 알아서 자멸했다.

"이럴 줄 알았다면 굳이 그런 명령을 내릴 필요도 없었는데……."

지금의 쉬르 성은 약탈할 것도 남아 있지 않은 텅 빈 공간이나 마찬가지였다. 전투에 앞서 그가 베릴란트 왕국군에 내린 명령은 그야말로 사족이 되어버렸다.

"어? 저쪽에 사람들이 모여 있는데?"

크루겐은 뙤약볕에 아랑곳하지 않고 인파로 웅성거리는 곳을 발견하고 오른손으로 가리켰다.

병사들이 간간히 껴 있긴 했지만, 대다수는 평범한 시민이었다.

그들은 저항하기 위해서가 아니라, 무언가를 갈구하는 눈빛으로 그레인 일행을 넌지시 바라봤다.

펠릭스가 제일 앞으로 나서자, 시민들은 급하게 물러서며 길을 비켜줬다.

"저들에게 필요한 건 아무래도 저것 같군."

검은색의 높은 벽이 커다란 원을 그리고 있었고, 그 안에 감쳐져 있는 것은 거대한 오아시스였다.

벽 주변에는 앞서 봐왔던, 갈증으로 말라 죽은 시체들이 간간히 보였다.

"……."

그레인은 코니안 2세를 구하기 위해 쉬르 성으로 들어갔던 전생의 기억을 더듬었다.

그때는 이런 식으로 오아시스를 둘러싸 그 누구의 접근도 허락하지 않았던 벽은 존재하지 않았다.

"전하, 어떻게 하겠습니까?"

그레인은 펠릭스를 바라보며 작은 목소리로 말했다.

이전에 들른 마을이나 도시에서는 갈증에 고생하던 사람들에게 물을 마시도록 허락해 줬다.

그러나 지금은 예전과 똑같은 결정을 내리기엔 망설여졌기에 펠릭스의 의사부터 파악해야 했다.

펠릭스는 대답 대신 말없이 허리에 차고 있던 무언가를 손에 쥐었다. 그는 쌍둥이 동생인 스코트가 준 너클, '더블 임팩트'를 양손에 하나씩 꼈다.

"정말 괜찮으시겠습니까?"

"어쩔 수 없다. 우리는 저들을 괴롭혔던 교단과 다르다는 걸 보여줘야 하니까."

펠릭스는 오른손을 꽉 움켜쥐더니 오아시스를 둘러싼 벽을 향해 내질렀다.

쿵!

충격파가 사방으로 퍼지면서 벽 안쪽의 오아시스의 수면이 출렁거렸다.

쿵!

이번에는 펠릭스의 왼손이 아까 가격했던 위치를 정확하게 때렸다.

시민들은 지면의 흔들림을 이기지 못하고 제자리에 풀썩 주저앉았다. 그러나 이내 놀라면서 도로 벌떡 일어섰다.

그들이 그토록 갈구하던 물을 가로막던 거대한 벽에 금이 쫙쫙 그어지더니, 파편이 되어 우수수 무너져 내렸기 때문이다. 시민들은 눈앞에 펼쳐진, 광활한 오아시스를 믿을 수 없다는 눈으로 뚫어져라 바라봤다.

펠릭스는 말 한 마디 없이 그레인 쪽으로 돌아왔다.

예전 같으면 물을 마시라고 권하던 크루겐도 이번에는 시민들을 가만히 지켜보기만 했다.

"무, 물이야……."

누군가 말한, '물'이라는 단어를 들은 시민들은 그레인 일행의 눈치를 보면서 조심스럽게 오아시스로 다가갔다.

그들은 정말로 마셔도 되는지 눈빛으로 신호를 보냈지만 펠릭스는 팔짱을 낀 채로 아무런 대답도 해주지 않았다.

막상 물을 앞에 두고 이러지도 저러지도 못하며 마른침을 삼키는 와중에, 한 명이 용기를 내어 오아시스의 물을 양손으로 퍼 올렸다.

그는 펠릭스 쪽을 한번 쳐다보더니 혓바닥으로 양손에 담은 물을 할짝거렸다.

여전히 펠릭스가 지켜보기만 하자, 그는 아예 오아시스에 얼굴을 집어넣고 물을 들이켰다.

"마, 마셔도 되는 거야?"

"무, 물이다! 물이라고!"

뒤에서 지켜만 보던 시민들이 일제히 오아시스로 달려들더니 허겁지겁 물을 들이켜는 데 여념이 없었다.

더 나아가 오아시스 안으로 뛰어들더니 물을 마시는 걸 넘어서서, 몸을 씻는 '호사'까지 누리는 이들이 속출했다.

"비켜! 비키라고!"

"뭐야? 내가 먼저라고! 순서를 지켜!"

급기야는 먼저 물을 마시겠다며 앞에 있는 사람을 밀치고 뛰어드는 이들과, 그들을 붙잡고 싸우는 이들이 늘어났다.

조금 전만 하더라도 기진맥진해 간신히 서 있던 이들이라 볼 수 없을 정도로 격렬했다.

펠릭스는 인파로 북적이는 오아시스를 뒤로하고 걸음을 옮겼다.

뒤늦게 소식을 접한 시민들이 항아리를 들고 오아시스로 달려갔고, 그레인 일행과 스쳐 지나갔다. 그 누구의 접근도 불허할 정도의 압도적인 펠릭스의 기세도, 오늘만큼은 그 누구에게도 통하지 않았다.

그렇게 많은 인파가 오고 가는 가운데, 노인 한 명이 펠릭스 옆에 쑥 나타나더니 연신 고개를 조아렸다.

“정말로 감사합니다! 여러분들이 아니었다면, 모두 죽었을지도 모릅니다! 여러분들은 구세주이십니다!”

“구세주?”

걸음을 멈춘 펠릭스가 노인 쪽으로 몸을 돌렸다.

“착각하지 마라.”

“네?”

“우리가 너희들을 구하기 위해 여기까지 왔다고 여기지 마라.”

펠릭스는 차갑게 가라앉은 목소리로 대답하면서 경멸의 눈빛을 감추지 않았다.

거대한 덩치의 펠릭스가 만들어낸 그림자 안에 갇힌 노인은 겁에 질려 부들부들 떨었다.

“저… 저는 단지…….”

“할아버지! 뭐 하세요? 빨리 물 마시러 가요! 물! 물이라고요!”

손자로 보이는 소년이 노인의 손을 붙잡고 억지로 끌고 갔다.

그동안 거의 마시지 못했던 물을 실컷 들이켜는 시민들의 얼굴에는 웃음꽃이 피었지만, 정작 물을 마시게 해준 펠릭스의 얼굴에는 웃음기가 하나도 없었다.

이제까지 했던 것처럼 시민들의 갈증을 해소해 주면서 쉬르 왕국을 자연스레 점령하려는 의도였지만, 생각과 다르게 행동해 버린 자신이 어설프게만 느껴졌다.

"감정적이 되어버렸군. 미안하다."

"아닙니다. 전하의 입장이라면 충분히 그럴 수 있습니다."

"입장이라……."

펠릭스는 뒤를 돌아보며 씁쓸한 표정을 지었다.

"너무 시간을 지체했군. 가자."

오랫동안 그들을 괴롭혀 왔던 갈증을 해소하기 위해 오아시스로 달려가는 시민들.

그 누구의 제지도 받지 않고 왕궁을 향해 걸어가는 그레인 일행.

피가 난무할 거라 여겼던 쉬르 성에서의 전투는 허망함 속에서 시작조차 하지 못했다.

*　　　*　　　*

왕궁으로 들어가는 입구 옆에 위치한, 성지의 대성당 다음으로 웅장함을 자랑하던 쉬르 성의 대성당.

왕국 내의 또 다른 대성당인 올테스 대성당과 함께 쉬르 왕국의 국민들에게는 제2의 성지나 다름없었던 이곳은 평소에 많은 순례객들로 북적이던 장소였다.

그러나 그레인의 시야에 들어온 대성당은 전혀 그런 기색을 찾아볼 수 없었다.

대성당이 자랑하던 화려함과 웅장함은 시민들의 분노가 덧씌워지면서 초라함으로 바뀌었다.

"그레인, 그냥 지나가도 되지 않을까? 성안이 이 지경인데 성직자들이 남아 있을 리 없잖아."

크루겐은 벽 아래 수북하게 쌓인 돌덩어리들을 발로 툭 걷어 찼다.

성당 벽에는 교단에 대한 온갖 욕설이 마구 써져 있었고, 스테인드글라스는 모조리 깨져 성한 것이 하나도 없었다.

"그래도 확인은 해봐야 해. 들어가자."

그레인은 박살 난 문을 지나 성당 안으로 들어갔다.

뒤따라 들어온 크루겐은 교단을 향한 시민들의 분노를 재차 확인하며 혀를 내둘렀다.

"우와… 안은 밖보다 더 심한데?"

바닥에는 온갖 오물과 쓰레기들이 여기저기 쌓여 있었고, 박살 난 의자의 파편이 지저분하게 널브러져 있었다.

그리고 당연하게, 이곳에 있어야 할 교단의 성직자들은 단 한 명도 보이지 않았다.

그레인 일행은 성당 안에 맴도는 악취에 코를 움켜쥐고서 수색하기 시작했다. 대성당이라는 이름에 걸맞게 많은 방들과 주변에 건설된 다른 건물을 뒤지다 보니 어느새 일행 모두가 땀투성이가 되어버렸다.

그러나 유독 크루겐만은 다른 곳을 살피고 있었다.

"예전에 우리들이 이용했던 비밀 통로가… 이쯤이려나?"

크루겐은 성당 바닥에 깔린 카펫을 휙 뒤집더니, 손끝으로 바닥을 꼼꼼하게 훑었다.

그렇게 10여 분 넘게 바닥을 살펴보던 크루겐이 바닥에 그려진 문양 중 하나를 붙잡고 오른쪽으로 돌렸다.

끼이익.

마찰음과 함께 전에 보이지 않았던, 지하로 통하는 입구가 모습을 드러냈다.

크루겐이 지하로 내려가 안을 수색하는 동안, 허탕을 친 나머지 일행이 비밀 통로의 입구 부근으로 모여들었다.

10분 정도 지난 후에 다시 위로 올라온 크루겐이 몸에 묻은 먼지를 탁탁 털었다.

"크루겐, 안에는?"

"몇 명 숨어 있긴 해."

"그래?"

그레인은 허리에 찬 트윈 엣지의 검자루를 움켜쥐려고 왼손을 뒤로 돌렸다. 그러자 크루겐은 손을 내밀며 그레인의 왼손을 붙들더니 고개를 가로저었다.

"그런데 인간은 아니고 모두 하이브리드야. 게다가 우리와 안면이 있는 애들이라 어떻게 해야 할지 갈등돼."

"내가 아는 자들이라고?"

"응, 너도 보면 알 거야. 어이, 계속 거기에 있지 말고 나와."

크루겐은 비밀 통로의 입구에 대고 말했다.

그러나 어두컴컴한 지하 안에선 아무런 대답도 없었다. 크루겐은 입술을 삐죽 내밀면서 아래로 이어지는 계단을 팬텀 대거로 툭툭 건드렸지만, 여전히 반응은 없었다.

"흐음, 섭섭한데. 내 목소리, 벌써 잊어버린 거야? 같이 던컨 교관님 아래에서 일했었잖아?"

크루겐이 던컨이라는 이름을 말하는 순간, 지하 안쪽에서 덜커덩 하는 소리가 들렸다.

"모두 나와. 시민들은 없으니 안심하고 나와도 돼."

크루겐의 거듭된 설득에 지하 안쪽에서 부스럭하는 소리가 들렸다.

잠시 후, 법의를 걸친 세 명의 남녀가 천천히 위로 올라왔다.

20대 초반으로 보이는 남성 두 명과 여성 한 명은 잔뜩 겁에 질린 얼굴로 그레인 일행을 둘러봤다.

그들이 걸친 법의는 원래의 흰색 대신 땟국이 흘렀고, 여타 시민들처럼 갈증에 시달린 탓에 말라붙은 입술은 심하게 터 있었다.

"딘, 크리스찬, 카일라, 모두 오래간만이로구나. 너희 세 명이 같은 교구에 배속되었는지는 몰랐네."

크루겐이 싱긋 웃으면서 세 명의 이름을 순서대로 이름을 말했다.

"아직도 모르겠어? 나야, 나, 크루겐. 그리고 저 녀석은 그레인이고. 너무 오래간만이라 몰라보는 거야?"

"그레인하고 크루겐?"

"진짜로?"

"이레귤러 소속인 그레인과 크루겐이 정말로 너희들이었어?"

눈을 커다랗게 뜬 딘과 크리스찬, 그리고 카일라는 과거 던컨 아래 함께 일했던 그레인과 크루겐을 뚫어져라 쳐다봤다.
외모는 예전 처음 만났을 때와 거의 변함이 없었다.
그러나 둘에게서 풍기는 분위기는 옛날과는 완전히 달라졌다.
"믿기지 않아?"
크루겐은 머플러를 내려 얼굴을 보여주려고 했지만, 어둠 속에 녹아들었다가 나온 지 얼마 안 된 상태라는 걸 깨닫고 그만두었다.
"아차, 가끔 깜빡한단 말이야. 아무튼 예전에도 이렇게 머플러를 두르고 다녔으니 내가 크루겐이라는 건 알겠지? 이런 무더위에 얼굴을 가릴 사람은 솔직히 나 말고 없잖아?"
크루겐의 장난기 섞인 질문에 세 명은 동시에 고개를 연신 끄덕거리며 진지하게 답했다.
"정말로 너희들이었구나……."
세 명 중 크루겐과 가장 친했던 카일라가 둘의 앞에 섰다.
"이제야 제대로 알아보는구나."
크루겐은 오래간만에 재회한 세 명이 웃으면서 자신과 그레인을 반겨주길 바랐다.
그러나 카일라와 다른 두 명은 여전히 긴장을 풀지 못하고 눈을 깜박거릴 뿐이었다.
"아직도 안 믿겨?"
"원래 너희 두 명은 우리들 중에서도 특출 났지만, 그렇게 될 줄은 꿈에도 몰랐거든. 교단과 정면으로 맞선다는 것 자체를 우리들은 떠올릴 수도 없었어."

던컨 아래에서 일하던 다섯 명이 둘로 나뉘어, 다른 곳으로 배속된 지도 어느덧 3년째.

그사이 두 명과 나머지 세 명 사이의 벌어진 격차는 너무나 컸다.

"아는 자들인가?"

"네, 전하."

자신들의 눈에는 범접할 수 없을 정도로 강해 보이는 그레인이 공손하게 대하는 대상에게 세 명의 시선이 몰렸다.

"그렇다면 저들의 처분은 너희들에게 맡기겠다."

펠릭스의 입에서 '처분'이라는 단어가 나오자, 세 명의 안색이 새하얗게 질렸다.

그레인이 함께 일했던 세 명을 향해 한 걸음 내디디자, 카일라는 움찔하면서 부들부들 떨기 시작하더니 급기야는 주저앉아 버렸다.

"그, 그레인… 사, 살려줘……."

"……."

그레인은 안도의 말을 건네는 대신, 손에 쥐고 있던 무언가를 카일라의 얼굴 앞에 쓱 내밀었다.

저들에게 가장 필요한 게 무엇인지 그레인은 이미 파악하고 있었다.

"이런, 내가 눈치도 없이 무작정 길게 말했네. 너희들 진짜 목말랐을 텐데 말이야."

크루겐은 그레인을 따라 자신의 수통을 카일라 옆에 있는 딘에게 건넸다.

"자, 마셔."

"정말로 마셔도 돼?"

"당장 마시지 않으면 도로 회수… 는 안 할 테니 그런 눈으로 바라보지 말아줘. 에휴, 너희들 앞에선 농담도 못 하겠다. 아, 독이나 이상한 건 타지 않았으니 안심하고 마음껏 마셔. 베스티나, 너도 좀 줄래?"

"알았어."

그렇게 하나둘씩 건네준 수통 안의 물을 세 명은 쉬지 않고 들이켰다.

애써 참고 있었던 갈증을 해소하기 위해 물을 허겁지겁 마시는 그들에게서 두려움은 찾아볼 수 없었다.

그레인은 착잡한 눈으로 세 명을 내려다봤다.

하이브리드이긴 해도, 엄연히 교단 소속인 그들도 다른 시민들과 똑같은 고통 속에서 살아왔음에 안타까웠다. 오직 고통에 한해서만 공평하다는 사실에 분노가 치밀어 올랐다.

그럼에도 그레인은 감정을 억눌렀다. 그저 묵묵히 세 명이 물로 배를 채우는 모습을 바라보기만 했다.

딘과 크리스찬은 물이 가득 찬 배를 어루만지며 행복한 표정을 지었고, 카일라는 수통을 머리 위로 들어 올리더니 마지막으로 남은 한 방울까지 남김없이 입안에 넣었다.

"휴우, 이제야 좀 살 것 같아. 물이 이렇게 소중한지… 미처 깨닫지 못했어."

물기가 남아 있는 혀로 입술을 훑은 카일라는 긴장이 풀린 얼굴로 수통을 어루만졌다.

그러나 자신에게 집중된 시선에 그녀는 어떤 처지인지 다시 깨달으며 입을 굳게 다물었다.

애써 잊고 있었던 두려움에 일어서지 못하고 계속 주저앉아 있었다.

"카일라, 딘, 크리스찬."

그레인은 한쪽 무릎을 꿇으며 자세를 낮추더니, 세 명과 눈높이를 맞췄다.

"성안에서 무슨 일이 일어났는지 설명해 줄 수 있겠어?"

*　　　*　　　*

카일라가 말하고 다른 두 명이 옆에서 보충해 주는 식으로 진행된 이야기는 시작 자체가 어려웠을 뿐, 한번 시작된 후에는 막힘없이 줄줄 이어졌다.

1년 전, 그들이 쉬르 성의 대성당으로 배속된 당시는 베릴란트 왕국을 침공하는 데 실패한 직후라 성안의 분위기는 뒤숭숭했다.

신의 이름 아래 반드시 승리하리라 믿었던 전쟁에서 패배하자 굳건했던 카르디어스 교에 대한 믿음이 어수선한 분위기 속에서 점차 금이 가기 시작했다. 베릴란트 왕국의 보복을 두려워하면서 협상을 해야 한다고 여러 계층이 공통으로 주장했다.

그러나 쉬르 왕국의 왕 코니안 2세는 베릴란트 왕국은 절대

응하지 않을 거라며 지레짐작하고 다시 전쟁을 준비하기 위해 세금을 대폭 인상 했다. 급기야 세금을 납부하지 않은 자들에게 정도를 넘어서는 처벌이 연이어 이어졌다.

거기에 이전까지는 교단에 자발적으로 내던 성금이 강제로 부여되자 여기저기서 불만이 터져 나왔다.

이에 코니안 2세는 현 정책에 이의를 제기하던 신하와 장군들을 전원 투옥시켰고, 시민들의 항의는 교단의 병력을 투입해 잠재웠다.

교단에 맹목적인 믿음을 보여주긴 했어도 나름 합리적으로 국가를 이끌어오던 코니안 2세는 이전과 전혀 다른 행보를 걸어가고 있었다.

"사실 코니안 2세는… 더 이상 왕이라 보기도 힘들었어. 그야 그렇잖아? 하이브리드가 된 이상 교단의 명령을 거부할 수 없었을 테니까. 너희들처럼 이레귤러도 아니었고."

하이브리드가 된 왕은 교단의 꼭두각시가 되어버렸고, 교단이 원하던 성과에 미치지 못할 경우 '시련' 속에서 고통받아야 했다. 같이 휘말리지 않기 위해 대성당 뒤의 숙소에 격리된 그들은 멀리서도 들리는 비명 소리에 이불을 뒤집어쓰고 부들부들 떨어야만 했다.

시련이 끝난 뒤 코니안 2세는 저항하지 못하는 신하들에게 화풀이를 했다.

바로 하이브리드의 힘으로.

"코니안 2세가 하이브리드가 되었다는 이야기를 들었을 때부터, 이 나라가 제대로 돌아가지 않을 거라고는 예상했지만… 실제로는 더 심했군."

한 개인이 하이브리드가 되는 것과, 한 나라의 왕이 되는 것은 다른 차원의 문제다.

그걸 막기 위해 전생의 결사대는 코니안 2세를 하이브리드가 되지 못하도록 막았다. 그러나 코니안 2세를 자신을 구해준 은혜에 보답하기는커녕 결사대를 향해 검을 겨눴고, 그걸 잊지 않은 결사대의 대장 맥스는 회귀 후 코니안 2세를 방치했다.

원래의 운명대로 하이브리드가 되도록.

"그런데 그렇게 해서까지 걷어 간 세금은 도대체 어디에 쓰인 거야? 테이만 강의 병력도 그렇고, 이곳의 병사들도 제대로 싸울 준비는 안 되어 있는 것 같던데."

"그건… 세금의 상당수가 교단 측으로 넘어가서……."

"그랬어? 어쩐지."

정작 시민들을 혹독하게 짜내면서 걷어간 세금은 일부만이 병력 보충에 쓰였고, 결과적으로 전쟁의 패배로 인한 후유증은 고스란히 쉬르 왕국만의 몫이 되어버렸다.

"아, 참. 너희들 말고 다른 성직자들은 어디 갔어?"

크루겐의 물음에 카일라는 고개를 숙이더니 입술을 질끈 깨물었다.

"보름 전쯤에, 상층부에서 급히 부른다면서 밤을 틈타 이곳을 떴어. 그리고……."

"결국 돌아오지 않았다, 이 말이로군."

그레인은 교단 측이 대성당에서 모든 성직자들을 철수시켰으면서 왜 저 세 명만 남겨놨는지도 쉽게 이해되었다.

교단 소속의 인간들이 모두 떠난다면, 시민들은 정말로 교단에게 버림받았다는 걸 알아채고 극단적으로 나올 수 있다. 도망치려던 자신들을 죽일 각오로 쫓아올 수도 있기에.

그리고 언젠가 터질 시민들의 불만을 자신들이 아닌, 세 명에게 돌리기 위해 희생양으로 남겨뒀을 가능성도 부정할 수 없었다.

"그래도 명색이 대성당인데, 너희 세 명만 남긴 건 좀 이상하잖아? 다른 하이브리드들도 함께 간 거야? 너희 셋만 쏙 빼놓고?"

"아니, 우리들 말고 더 있긴 했어. 하지만……."

카일라는 말끝을 흐리면서 아까 숨어 있었던 지하 통로의 입구를 내려다봤다.

"무슨 의미인지 알겠어. 말하지 않아도 돼."

크루겐은 어둠 속에서 봤던 세 구의 시체를 떠올리며 카일라의 어깨를 토닥였다.

"카일라, 광룡과 관련된 코어는 종류를 막론하고 성지로 보내라는 교단의 지시를 혹시 알고 있어?"

그레인의 질문에 카일라는 고개를 끄덕거렸다.

"응, 그래서 한동안은 대성당에서 일하기보단 유적지를 더 많이 돌아다녔어."

"사실 우리 셋이 이곳으로 배속된 이유는 발굴 작업에 특화

되어서였거든. 너희들과 달리 우리들은 던컨 교관님을 떠난 이후로도 계속 발굴 작업에 투입되었어."

"지금 와서 느낀 거지만, 던컨 교관님은 참 좋은 사람이었어. 같이 다니던 두 분 역시 마찬가지였고. 다른 교구로 배속되고 나니, 우리들이 얼마나 운이 좋았는지 새삼 깨닫게 되었지."

딘과 크리스찬은 하이브리드가 된 이후 그나마 가장 행복했던 때를 말하며 회상에 젖었다.

그러나 그레인은 그들의 회상을 잠자코 들어줄 수만은 없었다.

그들의 운명을 결정해야 하는 순간이 바로 지금임을 잊지 않았다.

"카일라, 딘, 크리스찬."

그레인은 아까처럼 똑같이 세 명의 이름을 불렀지만, 전과 다르게 무거움이 실려 있었다.

"앞으로 어떻게 할 작정이지?"

세 명은 굳어진 얼굴로 입을 꾹 다물었다.

그들의 시선은 그레인과 크루겐에게 고정되었다.

교단과 맞서고 있는 옛 동료들이 믿기 힘들면서도 대단하게 보였다.

그렇다고 저 둘처럼 교단과 정면으로 맞서 싸울 결심을 쉽게 할 수 없었다.

"교단은 너희들을 노예로 부렸음에도, 마지막에는 헌신짝처럼 버렸어. 받은 만큼 갚아줘야 하지 않겠어?"

"그렇다고 우리들처럼 교단과 반드시 싸워달라는 이야기는 아니야. 너희들과 비슷한 처지의 하이브리드들이 머무르고 있는 은신처로 가는 선택지도 있어. 당분간 포로 취급을 당해야 할 텐데, 그건 미리 양해 좀 부탁할게."

그레인과 크루겐은 서로 다른 선택지를 제시했다.

둘 다 교단에서 벗어난다는 공통점에 세 명의 얼굴에 화색이 돌았다.

그러나 오랫동안 고생했기 때문인지, 이내 웃음기를 지우며 원래의 표정으로 돌아갔다.

"왜 우리들을 구해주려는 거야?"

크루겐은 뒤통수를 긁적이면서 시선을 옆으로 돌렸다.

"그거야, 뭐… 한때나마 던컨 교관님 아래에서 같이 일했잖아. 아주 모르는 사이도 아니니까. 그렇지? 그레인."

"그래."

"정말로……?"

카일라의 눈에 눈물이 살며시 고이기 시작했다.

"정말로… 우리들을 살려주는 거야? 진짜?"

'살려주다니?'

카일라의 예상 못 한 말에 그레인은 잠시 생각에 잠겼다.

"교단에서 우리들에 대해 무슨 이야기를 했지?"

"…잔인하게 죽인 뒤에, 실험체로 쓴다고……."

그레인의 눈썹 사이가 살짝 좁혀졌고, 머플러에 가려진 크루겐의 입술이 일그러졌다.

“카일라, 잘 생각해 봐. 옛 동료인 너희 셋을 두고 하는 우리들의 말과, 너희들을 버리고 지들끼리 도망친 자들의 말 중 어느 쪽이 더 신뢰된다고 생각해?”

“우리는 교단과 달라.”

그레인은 교단에 대한 분노를 최대한 억제하면서 담담하게 말했다.

모두를 구할 수 없다는 건, 전생에서 이미 뼈저리게 체험했다.

그러나 구할 수 있는 능력 한도 내에서는 최대한 많은 이들을 교단이 만든 구렁텅이에서 구출하고 싶었다.

같지 않으면서도, 같은 운명을 지닌 자들을 상대로는 더욱 더.

“뭐 해? 이렇게 구질구질한 곳에 있지 말고 나가자고. 셋 다 함께.”

“가자.”

크루겐과 그레인은 카일라를 향해 손을 내밀었다.

어찌해야 할까 망설이던 카일라가 둘의 손을 붙잡은 순간, 긴장이 풀린 나머지 고개가 아래로 푹 수그러졌다.

“피곤해?”

“으, 으응…….”

“우리들, 사실 거의 일주일 넘게…….”

“한잠도 못 잤…….”

옆에서 카일라를 지켜보던 딘과 크리스찬이 눈을 깜박거리더니 옆으로 쓰러졌다.

"정말… 힘들었어……."

카일라는 그레인의 어깨에게 축 늘어진 몸을 기대더니, 깊게 잠들었다.

* * *

왕궁 안으로 들어온 그레인 일행은 그 누구의 제지도 받지 않고 전진했다.

몇 안 되는 경비병들은 지친 모습으로 벽에 등을 기대고 있었다. 근위병들은 단 한 명도 보이지 않았고, 도중에 마주친 시녀들은 그레인 일행을 보고 놀라기는커녕 멍하니 멈춰 설 뿐이었다.

병사들과 시녀들은 크루겐의 물음에 마치 남의 일인 것처럼 무표정한 얼굴로 대답했다.

그래도 한 나라의 왕이 있는 공간인 만큼 어느 정도 긴장감이 감돌아야 정상이지만, 왕궁 밖과 마찬가지 분위기가 계속 이어지자 그레인은 찝찝한 기분을 떨쳐내기 힘들었다.

문을 열고 알현실 안으로 들어가자마자 의구심은 너무나 쉽게 풀렸다.

왜냐하면 그들이 모셔야 하고 지켜야 할 대상 자체가 있어야 할 자리에 없었기 때문이다.

"역시……."

주인을 잃어버린 왕좌를 본 순간 펠릭스는 길게 한숨을 내쉬었다.

그레인 일행을 막아서야 할 경비병들은 온데간데없고, 대신 그들이 버리고 간 무기가 바닥에 덩그러니 놓여 있었다. 입구에서 왕좌 사이를 잇던 카펫은 마구 구겨진 채로 알현실 구석에 처박혀 있었다.

"도망쳤군."

예상된 결과이긴 하지만, 막상 두 눈으로 확인하게 되니 그레인 일행 모두 허탈한 기분을 지우기 힘들었다.

패배를 직감하면서도 끝까지 자리를 고수했던 스코트와 밀레느와는 정반대의 선택이었다.

"이 안쪽의 비밀 통로로 도망쳤나 본데?"

그레인은 알현실 중앙을 가리키며 혀를 찼다.

굳이 수색할 필요도 없이, 카펫이 놓였던 자리 중앙에 지하로 통하는 입구가 떡하니 자리 잡고 있었다.

미처 닫을 겨를도 없이 다급히 도망쳤다는 증거였다.

"그런데 오늘 아침까지는 분명히 여기에 있었다고 시녀가 말했는데."

"그렇다면 수호의 불꽃이 꺼지자마자 도망쳤을 가능성이 높아."

그래도 혹시나 하는 마음에 알현실 구석구석까지 샅샅이 훑어봤지만, 그레인 일행 외에는 알현실 안에는 아무도 없었다.

다들 허탈한 기분에 침묵을 지키는 가운데, 지하 감옥을 살펴보러 갔던 리카르도가 문을 열고 들어왔다.

"리카르도, 상황은 어때?"

"투옥된 사람들 대부분이 죽어 있었어."

"하긴, 나라가 이 모양인데 죄수들에게 물을 줄 리가 없겠지."

"제스테일 영감님이 알던 분도 있어서 많이 안타깝더라. 그런데… 역시 도망쳤네?"

리카르도는 코니안 2세가 사라진 방 안을 둘러보며 인상을 찌푸렸다.

그러나 이대로 낙담하고 있을 수만은 없었다. 코니안 2세를 붙잡지 않는 이상, 쉬르 왕국을 완전히 정복할 수는 없는 노릇이었기에.

"전하, 코니안 2세를 추적하러 가겠습니다."

"저도 같이요."

"그렇다면 나는 성안의 분위기를 수습해야겠군. 가능한 한 생포하도록."

"알겠습니다."

펠릭스는 주인이 없는 방을 미련 없이 나왔다.

크루겐이 먼저 지하 통로의 입구 안으로 들어갔고, 다음으로 그레인이 아래로 통하는 사다리에 발을 얹었다.

"나도 가겠어. 다른 경로로 도주했을 가능성도 있으니까 상공에서 찾아볼게."

베스티나는 자신의 날개를 가리키며 추적에 참가하겠다고

말했다.

"만약 저희들이 먼저 발견한다면 신호는 어떻게 보낼까요?"

"괜찮아. 너희들의 위치를 항상 확인하면서 추적할 테니까."

베스티나는 품에서 금속판을 꺼내 그레인에게 보여주었다.

예전 멜린다가 교단에서 도망칠 때 트윈 엣지가 있는 방향을 가리켜 주던 그 물건이었다.

*　　　*　　　*

뜨거운 햇빛 아래 갈증과 배고픔에 시달리던 성안의 사람들은 오랜만에 만끽하는 물과 자유에 환호성을 질렀다.

단지 오아시스를 둘러싼 벽을 무너뜨린 것만으로도 베릴란트 왕국군은 성안의 시민들에게 '침략자'가 아닌 '구원자'가 되었다. 코니안 2세의 이해할 수 없는 압정에 시달리다 보니, 갈증만 해소해 줄 수 있다면 누가 지배하든 상관없다는 분위기가 되어버린 것이다.

반면 성을 버린 이들은 추적을 따돌리기 위해 초조함 속에서 걸음을 서둘렀다.

근위병들이 대열을 이뤄 우거진 수풀 사이를 헤쳐 나갔고, 그들의 호위 아래 코니안 2세가 무거운 발걸음을 옮겼다.

탈출에 성공한 왕족은 코니안 2세와 둘째 왕자 벨린, 단 두 명이었다. 나머지 왕족들은 코니안 2세의 정책에 반대하다가 모두 투옥된 지 오래였다.

따르는 신하 하나 없이 소수의 근위병들만 대동한 코니안 2세의 피난길은 초라하기 그지없었다.

'어디서부터 잘못된 거지?'

코니안 2세는 자신의 운명이 어디서부터 뒤틀리기 시작했는지 기억을 더듬었다.

선왕으로부터 왕위를 계승받은 이후, 그는 별다른 탈 없이 나라를 운영해 왔다. 왕가의 전통에 따라 카르디어스 교단의 신도로서 신의 가르침을 착실히 따랐다.

순탄했던 과거를 순서대로 떠올리던 그의 얼굴이 순간 확 일그러졌다.

당시에는 더 큰 행복으로 가는 지름길이라 여겼던 운명의 변환점이, 알고 보니 나락으로 떨어지는 구렁텅이였기 때문이다.

'그래, 그때부터였어.'

신의 선택을 받았다는 교황 아르디언의 말이 모든 것을 바꿨다.

코어를 이식받을 때의 고통은 끔찍했지만, 하이브리드로서의 힘을 처음으로 발휘할 때는 그저 새로운 힘을 손에 넣었다는 사실만으로도 매우 기뻐했다.

그 뒤, 그는 교단의 명을 따라 베릴란트 왕국으로의 침공을 이끌었다. 전황은 순조롭게 흘러갔고, 예상보다 훨씬 빨리 베릴란트 성을 포위했다는 소식에 그 누구보다 기뻐하기도 했다.

그러나 기대하던 승전보 대신 쉬르 왕국군이 전멸에 가까운 피해를 입고 후퇴 중이라는 보고를 접하고 낙담했다.

그 후로부터 지옥이 시작되었다.

다시 전쟁 준비에 전념하라는 교단의 지시를 거부했다가, 교황 아르디언의 '분노'를 온몸으로 받아야 했다.

교황 아르디언이 떠나면서 남긴 감시자들은, 왕좌 뒤에 설치된 장막에 모습을 감추고서 코니안 2세의 결정과 행동을 좌지우지했다. 조금이라도 거슬리는 행동이나 판단을 하면, 시련이라는 이름의 고통을 미치기 직전까지 안겨주었다.

그런 그들이 열흘 정도 전에 쥐도 새도 모르게 자취를 감추었다.

'무작정 기뻐하기보단, 왜 그자들이 자리를 떴는지 눈치를 챘어야 했는데…….'

반복된 시련 속에서 코니안 2세는 한 나라의 왕으로서 지녀야 할 판단력이 흐려졌고, 주변 사람들을 다양하게 나누지 못하고 단 두 가지로만 분류하게 되었다.

자신을 따르는 자와 거역하는 자로.

'교단이 모든 걸 망쳤어. 망할 교황의 꼬드김에 넘어가지만 않았다면 내가 이 지경이 되지는 않았을 텐데!'

코니안 2세는 이를 악물며 카르디어스 교를 탓했지만, 그 종교를 빌미로 자신을 거역하는 자를 투옥하고, 고문하고, 죽였던 사실은 그의 머릿속에 완전히 지워진 상태였다.

'내 왕국이 이렇게 허무하게 남의 손에 넘어갈 줄이야…….'

그는 미련을 떨쳐내지 못하고 고개를 돌려 성이 있는 남쪽을 연신 바라봤다.

계속 전진하던 근위병들은 제자리에 멈춰선 코니안 2세를 기다리며 진열을 지켰다. 그러나 그와 달리, 근위병들은 불만이 가득한 표정을 감추려 하지 않았다. 조금이라도 더 빨리 도망쳐야 하는 판국에 미련을 버리지 못하는 코니안 2세가 원망스러울 뿐이었다.

휘익!

바람을 가르는 소리와 함께 무언가가 코니안 2세의 얼굴 가까이를 스치고 지나갔다.

"누, 누구냐!"

코니안 2세는 깜짝 놀라며 주위를 둘러봤지만, 근위병들과 아들 외에는 아무도 보이지 않았다.

"이, 이건 뭐지?"

땅속 깊숙이 박힌 스피어를 본 코니안 2세의 전신에 식은땀이 주르륵 흘러내렸다.

벌벌 떠는 손으로 왼쪽 뺨을 훑자, 살짝 긁힌 상처에서 피가 묻어난 걸 확인하고 제자리에 풀썩 주저앉았다.

"어? 무슨 일이지? 몸이 으슬으슬거리는 게……."

"추, 추워!"

스피어 근처에 있던 근위병들이 자신들을 감싼 냉기에서 벗어나기 위해 황급히 사방으로 흩어졌다.

스피어에서 흘러나온 냉기가 두꺼운 얼음벽을 형성하면서 코니안 2세와 벨린을 벽 안쪽에 가두었다.

"서둘러라! 적들이 오기 전에 당장 이걸 부숴라! 어서!"

코니안 2세의 외침에 근위병들은 각자의 무기로 얼음벽을 가격했다.

그러나 흠집만 날 뿐 부서질 기미조차 보이지 않았다. 참다못한 코니안 2세가 연신 윽박을 질렀지만, 근위병들은 어찌할 바를 모르고 모여 있기만 했다.

“에잇! 쓸모없는 것들!”

코니안 2세는 재빨리 오른팔 소매를 걷어 올리더니 손으로 커다란 불길을 일으켰다.

화르르.

“녹아라!”

자신에게 거역하던 신하들을 불태울 때 쓰던, ‘신의 힘’이라 코니안 2세가 이름 붙인 불길이 얼음벽을 휘감았다.

그러나 거창한 이름에 어울리지 않게, 얼음벽의 겉만 살짝 녹아내렸을 뿐 더 이상의 변화는 없었다.

화룡의 비늘이 지닌 힘으로썬, 하이브리드로서 제대로 단련하지 않은 그의 역량으로는 얼음벽을 녹이기엔 터무니없이 부족했다.

“뭣들 하느냐! 보고만 있지 말고 당장 이 얼음벽을 부숴라!”

결국 코니안 2세는 혼자서 얼음벽을 없애기를 포기하고 병사들을 독촉했지만, 이번에는 반응이 사뭇 달랐다.

근위병들은 서로의 얼굴을 바라보더니 고개를 끄덕거리며 원래 가던 방향으로 걸음을 옮겼다.

왕과 왕자를 놔두고서.

"너희들… 서, 설마 나를 버리고 가는 것이냐!"
코니안 2세의 일갈에 근위병들이 순간 걸음을 멈췄다.
그러나 뒤를 돌아 그를 흘낏 쳐다봤을 뿐, 다시 돌아오지 않았다.
"감히 주군을 버리고 도망치다니… 부끄럽지 않느냐!"
코니안 2세의 분노에 찬 외침이 허망하게 울려 퍼졌다.
자신은 백성들을 버리고 도망쳤다는 사실을 망각하고서.

* * *

비밀 통로를 지나 코니안 2세를 추적하던 그레인과 크루겐은 출구 쪽에서 기다리고 있던 베스티나를 따라 수풀을 헤치며 달렸다.
얼마 지나지 않아 그들은 코니안 2세를 발견하고 무기를 꺼내 들었지만, 당연히 자신들을 막아설 거라 생각했던 근위병들은 단 한 명도 보이지 않았다.
얼음벽에 갇혀 오들오들 떨고 있는 두 명, 코니안 2세와 벨린 왕자 외에는 아무도 없었다.
"생각보다 멀리 도망가진 못했군."
그레인은 혹시나 매복한 병력이 있는지 확인하기 위해 냉기를 멀리 퍼뜨렸다.
부스럭하는 소리와 함께 놀란 들짐승들이 우수수 수풀 속에서 빠져나왔지만 사람은 한 명도 없었다.

"베스티나, 당신 말대로 정말 근위병들이 모두 도망쳤군요."

"하늘에 떠 있을 때 코니안 2세를 놔두고 떠나는 걸 확인했었어."

그레인은 초라한 몰골의 코니안 2세를 매서운 눈빛으로 노려봤다.

그레인의 시선이 코니안 2세의 얼굴에서 전생의 자신이 소유했던 힘이 느껴지는 그의 오른팔로 이동했다.

"화룡의 비늘이라……."

"에계계, 저거였어? 그래도 명색이 한 나라의 왕이니 꽤 좋은 코어를 이식해 줄 줄 알았는데, 그것도 아니었잖아. 교단이 쉬르 왕국을 어떻게 여겼는지 대충 짐작이 가네."

"네놈들은……."

코니안 2세는 그레인 일행을 노려보면서 등 뒤로 감춘 오른손을 꽉 움켜쥐었다.

"네 입장에선 초면이겠네. 나와 그레인은 아니지만. 베스티나, 이젠 얼음벽을 거둬도 괜찮을 거 같은데?"

크루겐의 말에 베스티나가 바람의 스피어 프로셀피나를 뽑아 들자, 얼음벽이 순식간에 녹아 사라졌다.

"받아라!"

그리고 기다렸다는 듯이 코니안 2세의 화염구가 그레인을 노리고 날아갔다.

그레인은 전혀 당황하지 않고 냉기가 서린 트윈 엣지를 서로 교차시키며 앞으로 내밀었다.

그를 거역하던 신하들을 순식간에 불태운 불길이, 그레인의 냉기 앞에 허무하게 사라졌다.

연거푸 자신을 향해 날아오는 화염구를 막아내는 그레인의 눈동자에는 조금의 미동도 없었다.

“으으…….”

다섯 번째 화염구를 구현한 코니안 2세는 다시 한번 그레인을 공격하려 했지만, 체내의 마나가 거의 바닥난 터라 작은 불길만 손에 피어났다.

“더 이상은… 으윽.”

코니안 2세는 비틀거리며 옆으로 걸어가더니 거친 숨을 몰아쉬며 나무에 등을 기댔다.

그레인은 냉기를 거두고서 트윈 엣지를 검집에 집어넣었다.

“역시 별거 아니잖아?”

크루겐은 팬텀 대거로 저글링하며 코니안 2세에게 천천히 다가갔다.

허리에 찬 밧줄을 왼손에 쥐고 있었지만, 이대로 체포로만 끝내기엔 아쉬움이 남았다.

“그레인, 어떻게 할까?”

“전하께선 가능한 한 생포하라고 지시하셨지.”

“그렇다고 반드시 살려서 데리고 오라는 의미는 아니었잖아? 솔직히 나는 저 인간의 얼굴만 봐도 살의가 치밀어.”

회귀자들에게 있어서 전생의 코니안 2세는 은혜를 원수로 갚은 인간 말종이나 다름없는 존재.

그리고 현생의 그는 배신자보다 더 못한 인간이 되어버렸다.

그레인 역시 이대로는 부족하다는 느낌을 받았지만, 크루겐처럼 감정적이지는 않았다.

"손가락 서너 개 정도는 전하께서도 이해해 주시지 않을까?"

"크루겐, 그래도 우선은 포로로 끌고 간 뒤에……."

"그 인간은 포로로 잡을 가치조차 없다, 그레인,"

수풀 너머에서 들린 누군가의 목소리에 그레인이 트윈 엣지를 강하게 움켜쥐었다.

익숙한 음성이었지만, 절대 이런 장소에서 들을 거라 생각 못 했던 목소리였다.

"맥스?"

"오래간만이로군."

수풀 밖으로 모습을 드러낸 맥스는 불길에 휩싸인 오른손을 살짝 움켜쥐었다.

그리고 당연하다는 듯 맥스와 함께 온 렌과 파르티온.

같이 올 거라 예상했던 듀란은 보이지 않았다.

"……."

"……."

코니안 2세와 벨린 왕자를 사이에 두고 그레인과 맥스는 서로를 응시했다.

반면 렌은 그레인이 아닌 한 쌍의 날개를 노려보며 인상을 찌푸렸다.

"흥, 결국 천사의 날개를 네 것으로 만들었네."

어쩔 수 없는 상황이었다고 해도, 62번째 대원이었던 체일런을 그녀가 죽였다는 사실을 잊지 않아서였을까.

베스티나를 보는 렌의 눈빛은 여전히 탐탁지 않았다.

"코니안 2세."

맥스가 한 걸음 앞으로 나오자, 렌과 파르티온은 반대로 한 걸음 뒤로 물러섰다.

"너는 그 어떤 일이 있더라도 결사대를 지지해 주겠다고 약속했었지."

"무, 무슨 소리인가! 짐이 언제 그런 말을 했다고……."

"짐?"

맥스는 코니안 2세를 노려보며 기가 찬다는 반응을 보였다.

"아니, 짐은……."

코니안 2세는 뒤늦게 자신의 처지를 깨닫고 말끝을 흐렸다.

본인을 제외한 그 누구도 그를 한 나라의 왕으로 보고 있지 않았다.

심지어 같은 운명이 되어버린 아들조차도.

"나는… 그런 말, 한 적이 없다!"

"그래, 맞다."

현생에서는.

그럼에도 맥스와 그레인의 기억에는 무엇이든지 내줄 수 있다며 감사해하던 코니안 2세의 말이 생생하게 남아 있었다.

"그레인, 그때 너도 같은 자리에 있어서 잘 알고 있겠지? 한 나라의 왕이라는 인간이, 우리들에게 어떤 말을 남겼는지를."

맥스의 물음에 그레인은 대답하지 않았지만, 그의 말을 부정하지는 않았다.

"코니안 2세, 네가 우리들과의 약속을 깨지만 않았다면, 우리들의 옛 운명은 비극으로 끝나지 않았을……."

맥스는 일부러 하던 말을 멈추고 그레인의 반응을 잠자코 지켜봤다.

그의 예상대로, 그레인은 감정을 주체하지 못하고 양손을 불끈 쥐었다.

만약 결사대가 내민 손을 쉬르 왕국이, 코니안 2세가 잡아줬다면 전생은 다른 방향으로 진행되었을 수도 있다.

어쩌면 결사대가 몰락하지 않고 다시 일어설 수 있었을지도 모른다.

'그리고… 아딜나가 회귀 직전에 죽지 않았을 수도 있었어.'

아딜나와의 인연이 끊어지는, 안타까운 비극으로 이어지지 않았을 수도 있다는 가정까지 이어지자 그레인의 눈빛은 냉정함과는 거리가 멀어졌다.

분노는 시간이 흐르면 퇴색되게 마련이다.

교단에 대한 분노뿐만 아니라, 결사대를 저버렸던 배신자들에 대한 분노 역시 마찬가지.

'그래, 내가 증오해야 할 대상은 교단뿐만이 아니었지.'

전생의 행보만으로 모든 것을 판단해서는 안 된다는 가치관을 관철하려고 노력했던 그레인.

그러나 과거로 거슬러간 그의 뇌리에는 활활 타오르는 분노만이 남았다.

예전 그의 오른팔에 이식되었던 화룡의 어금니처럼.

"그레인! 진정해."

"아……."

손에서 느껴지는 압박감에 그레인은 정신을 차렸다.

칼집에서 트윈 엣지를 반쯤 꺼낸 그레인의 왼손을 크루겐이 꽉 붙들고 있었다.

"역시 너는 모질지 못하군."

그레인이 마지막에는 이성을 되찾을 것까지 예상했다는 듯, 맥스는 무덤덤하게 말했다.

"그렇기에 저 인간의 운명을 결정짓는 역할은 나의 몫이다."

맥스는 그레인의 대답을 기다렸고, 아무런 말도 없자 코니안 2세의 바로 앞으로 걸어갔다.

"그동안 교단의 시련에 수없이 고통받았겠군."

시련이라는 단어에 코니안 2세와 왕자 벨린이 동시에 움찔거렸다.

혹시나 감시자들이 찼던 팔찌가 있는지 맥스의 팔을 살펴봤지만, 그들 입장에서는 다행스럽게 팔찌 같은 건 보이지 않았다.

"물론 인간으로 되돌아간다면 더 이상 시련에 고통받을 일은 없겠지만."

"그게 무슨 소리인가? 다시 말해봐라!"

"하이브리드로서의 힘을 잃게 되지만, 시련을 받지 않는 인간으로 되돌아갈 수 있는 방법이 있다."

"시련에서 벗어날 수 있다고? 정말인가!"

코니안 2세는 믿을 수 없다는 표정으로 맥스를 올려다봤다.

'인간으로 되돌아갈 수 있다고?'

그레인은 놀란 눈으로 맥스를 응시했다.

이런 상황에서, 그런 말이 나올 줄은 전혀 예상 못 했기 때문이다. 그것도 코니안 2세를 상대로.

"단, 그렇기 위해서는 한 명분의 하이브리드가 필요하다. 누군가의 희생이 있어야, 다른 누군가가 인간이 될 수 있다."

"그, 그게 무슨 소리인가?"

맥스는 대답 대신 두 자루의 단검을 앞으로 툭 던졌다.

"아, 아바마마……."

"아들아……."

부자는 서로를 응시했다.

자신을 키워준 아버지에 대한 은혜, 자신이 키운 자식에 대한 애정 따윈 조금도 찾아볼 수 없는 눈빛이 서로 교차했다.

화르르!

맥스가 만들어낸 불길이 벽처럼 높이 솟아오르며 부자와 다른 이들의 사이를 둘로 나눴다.

"이 불길이 다 가라앉기 전까지 결정을 내리길 바란다."

맥스가 되돌아서자, 서로를 마주 본 아버지와 아들은 거의 동시에 마른침을 꿀꺽 삼켰다.

맥스의 말이 진실인지 아닌지 판단부터 해야 했지만, 아버지와 아들은 이성적인 판단을 내릴 여유가 없었다.

그저 시련에서 벗어날 수 있다는 말 한 마디가 안겨준 달콤함에 이끌려 이성보단 본능에 따라 움직이기 시작했다. 땅바닥에 놓인 두 자루의 단검을 중심으로, 두 명은 서로를 마주한 채로 원을 그리며 기회를 엿봤다.

모두의 침묵 속에서 감돌았던 정적은, 아들인 벨린이 먼저 단검을 움켜쥐는 순간 깨졌다.

울렁이는 불길 너머에서 단검이 서로 맞부딪히는 소리와 함께, 고함과 욕설이 울려 퍼졌다.

다른 이들이 여전히 입을 다물고 있는 것과 대조적으로 코니안 2세와 벨린 왕자의 입에서 비명과 신음이 연이어 들려왔다.

"으아악!"

외마디 비명이 울려 퍼지면서 둘 중 한 명이 풀썩 쓰러졌다.

잠시 후, 불길이 사라진 자리에 남은 시커먼 재를 밟고 누군가가 건너왔다.

"야, 약속했지? 그, 그러니……."

비틀거리면서 맥스를 향해 걸어오고 있는 코니안 2세는 고통에 인상을 쓰면서도 입만은 웃고 있었다.

"나를 원래대로… 으윽!"

맥스를 향해 뻗은 손이 그에게 닿기 직전, 코니안 2세가 옆으로 쓰러졌다.

그는 출혈을 멈추기 위해 허리를 강하게 움켜쥐었지만, 손가락 사이로 흘러나온 피로 손이 흥건하게 젖었다.

"인간… 으로……."

"하지만 나는 죽어가는 하이브리드를 되살리는 방법은 알지 못한다."

맥스는 한쪽 무릎을 꿇더니, 고통으로 신음 중인 코니안 2세의 머리를 오른손으로 감싸 쥐었다.

"으아악!"

비명과 함께 코니안 2세의 얼굴이 불길에 휩싸였다.

화룡의 비늘을 이식받았을 때 느꼈던, 그리고 시련을 받을 때보다 몇 배는 강한 고통이 그를 괴롭혔다.

"무, 물! 물! 물!"

코니안 2세는 불길을 꺼뜨리기 위한 물을 찾았지만, 있을 턱이 없었다. 얼마 전까지만 하더라도 그를 추위에 떨게 했던 그레인을 바라보며 애원했지만, 돌아오는 건 아무것도 없었다.

"……."

다른 부위를 제외하고 오직 얼굴만을 불태우도록 불을 조정한 맥스의 눈은 차갑기 그지없었다.

"나는… 이렇게… 죽을 수는… 없……."

비명을 지를 기운조차 사라진 코니안 2세는 남은 힘을 짜내 하늘을 향해 고개를 돌렸다.

"신이시여… 이 어린 양을… 왜 버리시나이까……."

얼굴이 시커멓게 타들어간 코니안 2세는 고개를 땅바닥에 떨궜다.

그렇게 교단에 이용당하고 고통받았음에도, 마지막에는 미련을 버리지 못하고 신을 찾았던 코니안 2세.

전생에는 승리자로 남았던 그는 현생에서 허무한 죽음을 맞이했다.

인간으로 되돌아가기 위해 인간임을 포기한 대가였다.

그레인 일행은 코니안 2세의 죽음을 잠자코 바라보기만 했다. 렌은 후련하다는 얼굴로 코웃음을 쳤고, 파르티온은 얼굴만 타버린 시신으로 다가가 무언가를 찾기 시작했다.

"맥스."

그레인은 자신에게 등을 보인 맥스에게 말을 건넸다.

믿고 안 믿고 여부를 떠나서 그가 코니안 2세에게 했던 말은 절대 그냥 지나칠 수 없었다.

"하이브리드를 인간으로 되돌릴 수 있는 방법이 정말로 존재하나?"

"거짓말은 아니다."

교단을 쓰러뜨리는 것만큼이나 회귀자들이 소망한 것 중 하나를 찾아냈다고 말하는 맥스의 표정은 그리 밝지 않았다.

"하지만 너무나 잔혹한 방법이지. 게다가 그 방법으로 인간이 된다 한들, 교단은 너희나 우리들을 가만 놔두지 않을 것이다. 지금 시점에는 사실상 없는 거나 마찬가지다."

"한 명을 인간으로 되돌리기 위해선, 다른 한 명의 하이브리드의 희생이 필요하다는 말도 사실이었나?"

"그렇다."

맥스는 그레인 쪽으로 돌아서며 눈을 마주했다.

그레인 입장에선 맥스에게 물어볼 것이 아직 많이 남아 있었지만, 더 이상 파고들기 힘든 분위기였다.

"왠지 미련이 남은 표정이로군. 코니안 2세의 최후를 네 손에 맡겼어야 했던가?"

"그건……."

그레인은 이미 시체가 되어버린 코니안 2세를 내려다보며 망설였다.

"나는 네가 할 수 없는 것을 할 수 있다."

배신할지도 모르는, 그리고 배신했던 자들이 다시 배신하지 못하도록 처절하게 응징하는 일.

"반대로, 나에게 불가능한 일을 너는 할 수 있지."

전생에는 중립으로 남았던 자들을 같은 편으로 끌어들이는 일.

"이번 건은 네가 할 수 없었던 일에 불과했다. 우리는 어느 한쪽이 틀린 게 아니다. 다른 거다. 단지 그것뿐이다."

틀리다는 말과 다르다는 말.

그레인은 틀리다고 생각했지만 맥스는 다르다고 말했다.

"난 받아들일 수 없다."

"그것 역시 인정한다. 아무튼 전생의 복수는… 이렇게 끝을 맺었군. 너는 여전히 납득하지 못하겠지만."

"코니안 2세의 최후를 네 손으로 마무리 짓기 위해 여기에 온 것인가?"

"그건 아니다. 내가 없었어도 네 나름대로의 방식으로 코니안 2세는 응징받았을 거다. 그렇다면 내 쪽에서 납득하지 못했겠지만."

맥스는 입술 끝을 올리면서 쓴웃음을 지었다.

"어차피 스스로 몰락 중인 쉬르 왕국 정도는 너희들의 힘이라면 쉽게 쓰러뜨릴 거라 예측했다. 그래도 혹시 실패할지 모른다는 불안감을 지우지 못해 오긴 했지만, 쓸데없는 걱정에 불과했군."

"그렇다면 왜?"

거듭된 그레인의 추궁에 맥스는 동쪽을 바라봤다.

"어쩌면 전생보다 더 참혹한 패배로 끝날지 모르는 위험 요소를 사전에 제거하기 위해서다. 그 전에……."

맥스는 파르티온에게 건네받은 두루마리를 펼쳐 내용을 확인했다.

"역시 정보대로로군. 만약을 대비해 비밀리에 숨겨놓은 금은보화가 저장된 위치를 그린 지도였어. 시련 속에서도 이것만은 교단에 양보하지 않았군. 집념이라고 해야 할지, 탐욕이라 해야 할지……."

맥스는 조금의 망설임도 없이 지도를 그레인을 향해 내밀었다.

"자, 받아라."

"너의 몫은?"

"이미 취했다."

맥스는 고개를 옆으로 돌리더니 코니안 2세의 시체를 내려다봤다.

그레인은 맥스가 내민 손을 바라보기만 했고, 결국 크루겐이 대신 지도를 낚아챘다.

"파르티온, 준비는 다 되었나?"

"네."

커다란 주머니에 두 구의 시체를 각각 담은 파르티온은 손에 묻은 핏자국을 옷에 비벼 닦아냈다.

"전에 네가 말한 적이 있었지? 우리는 같은 길을 걸어갈 수 없다고."

맥스는 코니안 2세의 시체를 담은 주머니를 한쪽 어깨로 짊어지며 말했다.

"하지만 같은 도착지를 향하는 만큼, 언젠가는 다시 만나게 될 거다."

그레인과 서로 다른 방향을 바라보며 이야기하던 맥스는 이내 고개를 가로저었다.

"아니… 어쩌면 어느 한쪽은 도착하지 못할지도."

말을 마친 맥스는 동쪽의 사막을 향해 걸음을 옮겼다.

파르티온 역시 시체를 어깨에 짊어지고 그를 따라갔지만, 렌은 곧바로 가지 않고 제자리에 서서 머뭇거렸다.

"99호."

그레인을 이름이 아닌 결사대의 번호로 부른 렌은, 잠시 머뭇거리더니 숨을 크게 들이마신 뒤 입을 다시 열었다.

"아딜나는… 잘 지내고 있어?"

"아딜나?"

"그 뒤로 어떻게 되었는지 걱정되거든."

"걱정?"

그레인은 왜 아딜나의 안부를 묻는지 자체에 대해서 날카롭게 쏘아붙이고 싶었지만, 이내 그만두었다.

렌의 표정에는 조금의 비아냥도 엿볼 수 없었기 때문이다.

"지금은 비공정에 머무르고 있다."

"너와 함께 행동하는 거야?"

"그렇다."

"결국 교단과 싸워야 하는 운명에선 벗어나지 못했구나."

한숨을 내쉬는 렌의 표정은 어딘가 모르게 슬퍼 보였다.

"설마 전생에 대해 알게 된 건 아니겠고?"

"아니다."

그레인의 무뚝뚝한 대답에 렌은 살며시 미소를 지었다.

여전히 비아냥은 찾아볼 수 없는, 순수한 의미의 미소였다.

"그래, 그랬구나. 정말로 다행이야."

말을 마친 렌은 맥스가 간 방향으로 걸음을 옮겼다.

멀어져 가는 렌의 뒷모습을 바라보면서 그레인은 복잡한 감정에 빠졌다.

그레인을 결사대의 옛 번호로 부르면서, 회귀하지 못하고 전생과 다른 길을 걸어가는 아딜나를 이름으로 부르는 렌의 태도를 이해하기 힘들었다.

그러나 아딜나에 대해 진심으로 걱정하고 있다는 것만은 느낄 수 있었다.

같은 결사대 소속이었지만 아딜나에 대해 그리 관심을 두지 않았던 전생과 다르게.

"이거 참, 전하께 어떻게 변명해야 할지는 둘째 치고 너무 굉장한 걸 알게 되었는데……."

크루겐은 허탈한 표정으로 지도에 묻은 피를 툭툭 털어냈다.

"그레인, 아직도 믿기지 않아. 하이브리드가 인간으로 되돌아갈 수 있다니. 맥스가 한 말이 정말 사실일까?"

"제가 알고 있는 맥스라면, 이런 상황에서 거짓말을 하진 않을 겁니다. 우선 듀란의 연락을 기다려 보고 판단하겠습니다."

"만약 그 방법이 정말로 있다면, 하이브리드들끼리 서로 죽고 죽이는 비극이 일어날 가능성이 높다고 봐."

베스티나는 기대감보다는 불안한 미래를 예측하며 근심을 떨쳐낼 수 없었다.

하이브리드에서 다시 인간으로 돌아갈 수 있는 해결책을 들었음에도 모두의 표정은 밝지 못했다.

누군가의 희생이 있어야 얻을 수 있는 자유는 그들에게 무겁게만 느껴졌다.

* * *

"맥스."

"……"

"그 여자에 대해서는 왜 안 물어봐?"

렌의 물음에 맥스는 걸음을 멈췄다.

그러나 대답하지 않고 다시 걷기 시작했다.

"회귀를 하면서까지 구했던 여자잖아. 걱정되지 않아? 아니면 헤어졌다고 완전히 미련을 버린 거야?"

여전히 맥스의 대답은 없었고, 긍정도 부정도 아닌 애매모호한 반응은 렌의 화를 돋우기만 했다.

경쟁자가 사라졌다고 즐거워하는 얼굴은 결코 아니었다.

혹시라도 맥스가 자신을 선택한다 해도 전혀 기뻐할 수 없었다.

"너는 그 여자가 기억하지도 못하는 전생에 대해 말했어. 그리고 교단과의 투쟁에 끼어들게 만들었고. 완전히 마음이 떠난 게 아니라면, 최소한 안부라도 물어봐야 하는 거 아니야?"

"나는……."

"차라리 99호처럼 전생에 일어난 일에 대해 감추는 편이 훨씬 낫다고 봐. 내 말이 틀렸어?"

렌의 지적에 시체를 담은 커다란 주머니 위에 얹은 맥스의 손에 힘이 꽉 들어갔다.

"지금의 나는……."

"그래, 말해봐. 지금의 너는?"

"델리아 옆에 있을 자격이 없다. 단지 그뿐이다."

몇 번이나 들었던, 똑같은 대답에 렌은 할 말을 잃었다.

멍하니 제자리에 멈춰 선 그녀를 지나 맥스는 계속 걸어갔다.

델리아가 있는 비공정과 더욱 거리가 멀어지는 방향으로.

*　　　*　　　*

"그래? 그랬단 말이지?"

집무실에서 보고를 받던 교황 아르디언은 의자에 앉아 편안한 얼굴로 문서를 한 장, 한 장 넘겼다.

보고서를 들고 온 사제의 심각한 분위기와 반대로 아르디언은 대수롭지 않다는 반응을 보였다

"알았다. 물러나도록."

"네, 예하."

사제가 인사를 하고 밖으로 나가자, 홀로 남게 된 아르디언은 미소를 지으며 창문 쪽으로 걸어갔다.

유리를 통해 안으로 들어오는 빛을 정면으로 받고 있음에도 그는 눈 한 번 깜박이지 않았다.

"생각보다 오래 버티진 못했지만, 예측된 결과와 크게 다를 바 없군."

이레귤러와 베릴란트 왕국군으로 구성된 연합 세력이 쉬르 왕국의 수도를 점령하고, 나머지 지역이 빠르게 점령되는 중이라는 보고는 아르디언의 예상대로였다.

쉬르 왕국의 왕 코니안 2세와 제2왕자 벨린이 성을 탈출해

행방불명되었다는 소식은 의외였지만, 그에게 그다지 중요하지 않은 내용이었다.

그저 왕으로서도, 하이브리드로서도 코니안 2세는 그릇이 부족했다는 판단에 확신을 가져다줄 뿐이었다.

"어차피 노예는 또 만들면 돼."

쉬르 왕국은 교단이 마음대로 부릴 수 있는 나라 중 하나에 불과했다.

아직 대륙의 절반 이상이 카르디어스 교를 믿고 있고, 성수로 인해 하이브리드의 '생산량'이 많아진 현재 교단의 위세는 여전히 기세등등했다.

"그리고 쓸모없어진 노예는 버릴 수밖에 없지."

이미 빈털터리가 되어버린 쉬르 왕국은 그에게 더 이상 가치가 없었다.

오히려 교황 아르디언 개인으로만 따지면 쉬르 왕국에서만 챙길 수 있는 것은 거의 손에 넣은 상태였다.

"생각하면 할수록 웃기는군. 고작 이것 하나 때문에 모든 걸 토해내다니."

아르디언은 탁자 위에 놓여 있던 유리잔을 집어 들고서 살짝 흔들었다.

정성 들여 세공된 유리잔 안의 물이 찰랑거렸다.

물을 인질 삼아 거둬들인 막대한 금액의 세금을 교단은 쉬르 왕국 내의 유적들을 발굴하는 데 투자했다.

그렇게 해서 쉬르 왕국 전역에서 발굴한 코어의 대다수는 광룡의 비늘이었다.

코어의 질로 따지면 좋은 성과는 아니었지만, 지금 아르디언에게 중요한 건 코어의 높고 낮음이 아닌 광룡의 코어이냐 아니냐였다.

"아직 발굴되지 않은 지역이 있지만, 그건 서두르지 말고 서서히 진행하면 되겠고……."

아르디언은 탁자 한가운데를 차지한, 직사각형 모양의 커다란 성물함을 쓰다듬었다.

카르디어스 교단의 문양이 수놓인 천으로 감싸인 성물함 안에는 엄격한 기준 아래 선별된 광룡의 코어들이 종류별로 가득 담겨 있었다.

"들어오도록."

문을 열자, 밖에서 대기 중이던 경호원들이 성물함을 들었다.

아르디언은 한동안 미뤄놨던, '강해지기 위한 의식을' 치르기 위해 성지 아래에 위치한 지하 성당으로 내려갔다.

'역시 그 누구도 아닌, 내가 강해지는 길이 정답이야.'

자신이 아닌 타인은 언제 어디서 배신할지 모른다.

특히 예전보다 강한 힘을 얻게 된 타인은 배신할 가능성이 더욱 높아진다.

외양보다 훨씬 오랜 시간을 살아오면서 아르디언이 겪었던, 거듭된 배신 속에서 터득한 불변의 진리.

그러나 스스로가 강해진다면 배신의 걱정에서 완전히 해방

된다.

"도착했습니다."

"그러면 의식을 거행하겠다. 모두 밖으로 나가도록."

끼이익.

거친 마찰음과 함께 문이 닫히면서 지하 성당 안은 어둠에 갇혔다.

홀로 남은 아르디언이 눈을 뜨는 순간, 황금색 눈동자가 어둠 속에서 빛을 발했다.

제3장

예상치 못한 변수

수도인 쉬르 성이 점령된 이후, 쉬르 왕국은 급속도로 베릴란트 왕국의 지배하에 들어갔다.

베릴란트 왕국군은 국왕 스코트의 지시 아래 각 요충지들을 점령했고, 유적지를 몰래 발굴 중이던 교단의 수하들을 체포하는 일 역시 잊지 않았다.

사실 치열한 혈전 없이 베릴란트 왕국군에 점령되는 지역이 대다수였다. 왕인 코니안 2세가 백성들을 버리고 도망쳤다는 소문이 퍼지자 싸우지도 않고 항복하는 지역이 속출했기 때문이다.

일부 지역을 제외하고는, 대다수의 국민들은 코니안 2세의 폭정에서 벗어났다는 사실 하나만으로도 기뻐하며 타국의 지배를 순순히 받아들였다.

피폐해졌던 시민들의 삶이 안정되어감과 동시에 눈에 띄는 변화가 나타났고, 가장 큰 변화를 보이는 곳은 왕국의 수도인 쉬르 성이었다.

* * *

카르디어스 신성력 1400년 11월 5일.

쏴아아.

오아시스 위에 떠 있는 비공정의 양옆이 열리면서 안에 싣고 왔던 물이 폭포처럼 쏟아졌다.

내려갔던 수면이 원래대로 높아지는 장관에 오아시스 주위로 몰려든 시민들이 지켜보고 있었다.

병사들의 지시 아래 시민들은 차례대로 줄을 서서 항아리에 물을 담았고, 그사이 비공정은 오아시스를 떠나 착륙지로 따로 지정된 성 근처의 사막 위로 이동했다.

"휘유~ 이걸로 한동안은 문제없겠지?"

비공정 콜드란세 2호의 제독 드레이크는 쉬르 성을 바라보며 이마의 땀을 손등으로 훔쳤다.

코니안 2세의 폭정을 두려워하며 성을 떠났던 시민들이 대거 돌아온 까닭에 오아시스의 물만으로는 부족한 터였다.

이레귤러 측의 예상 못 했던 난관은 드레이크의 제안으로 쉽게 해결되었다.

비공정의 빠른 속도와 엄청난 적재량을 활용해 멀리 떨어진 강에서 물을 퍼오는 방식으로 많은 시민들의 갈증을 해결해 줬다. 이에 그치지 않고 성에서 멀지 않은 유적지에서 수원을 발견해 성에 집중된 인구를 분산시켰다.

"저쪽은 별다른 문제가 없으면 조만간 완성될 것 같고……."

드레이크는 북쪽으로 시선을 돌렸다. 원래 유적지였던 자리는 지하 깊숙한 곳에서 솟아오른 물로 가득 찼고, 그 주위에 빈민들을 위한 새로운 보금자리가 건설 중이었다.

지평선 아래로 저무는 해를 말없이 바라보는 그의 옆에 갑판 위로 올라온 그레인이 다가왔다.

"드레이크, 별일 없나?"

"보다시피 아주 평온해. 그래도 모르니 한번 확인해 볼까? 어이!"

드레이크는 마스트 위에서 정찰 중인 선원에게 신호를 보냈고, 아무런 이상이 없다는 보고를 받고 고개를 끄덕거렸다.

"우리 예상과는 다르게 너무 평화로운데……."

드레이크는 왼팔에 달고 있는 갈고리를 살짝 들어 올렸다.

별다른 피해 없이 쉬르 성을 점령한 지도 벌써 한 달이 넘었지만, 성을 탈환하기 위한 쉬르 왕국의 반격은 없었다.

시선을 다시 쉬르 성으로 돌린 드레이크가 씁쓸한 미소를 지었다.

"왜 웃어?"

"사실 말이야, 저 쉬르 성에서 엄청난 혈전을 예상했잖아?"

"그랬지."

"그런데 많은 이들을 죽이고, 건물들을 부수고, 성을 불태우기는커녕 물을 퍼와 시민들을 살리고, 집을 잃은 사람들을 위해 살 곳을 건설하고… 아직도 적응이 안 돼."

쉬르 왕국과의 전쟁은 회귀자들에게 있어서 복수전이기도 했다.

그들은 은혜를 원수로 갚은 전생의 쉬르 왕국을 잊지 못했다. 그러던 차에, 이번에는 아예 처음부터 적으로 등장한 쉬르 왕국에게 전생에 받은 것만큼 그대로 갚아주려고 했었다.

그러나 쉬르 왕국은 적인 이레귤러의 입장으로 봐도 허무하리만치 몰락해 버렸다. 병력 피해도 거의 없었고, 교단의 주요 세력 중 하나를 쉽게 굴복시킨 점은 호재임이 분명했지만 찝찝한 기분을 떨쳐내기 힘들었다.

드레이크는 갈고리를 좌우로 빙그르 돌려봤다. 핏방울 하나 묻지 않은 갈고리 끝이 어색하게만 느껴졌다.

"우리들의 방침이 결사대와 다르다고 해도, 쉬르 왕국에 한해서는 좋게 볼 수 없는 입장이잖아? 예전 뒤통수 맞았을 때의 응어리가 아직도 남아 있어. 너도 그렇잖아?"

"그렇지."

"전에 벌어진 일을 가지고 지금 따지는 게 합리적이지 않다고 해도, 저치들 상대로 굳이 우리가 이성적으로 나와야 하는 생각마저도 들어서 말이야."

드레이크는 입술을 삐죽 내밀며 투덜거렸다.

비단 그 혼자만이 아닌 이레귤러 내 회귀자들이 공통적으로 가진 감정이었다.

"그래도 여전히 실감이 잘 안 나. 이 나라가 이렇게나 변할 줄은 정말 몰랐어."

쉬르 왕국이 건국된 이래, 거의 국교나 다름없었던 카르디어스 교는 경외에서 증오의 대상으로 바뀌었다.

각 교구의 성당들은 완전히 철거되거나 마구간으로 쓰이는 수모를 겪었고, 미처 왕국을 떠나지 못한 성직자들은 발각되는 족족 줄줄이 투옥되었다.

그레인 일행에게 구출되어 비공정에 머무르고 있는 예전 성직자들은 교단에 마음이 떠난 후여서인지 별다른 동요를 보이진 않았다. 대신 교단 소속이었다는 걸 부끄러워하며 다른 이들과 접촉을 최대한 피하는 중이었다.

"내가 델타 섬을 전과 다르게 바꿔봤지만, 결국 한정된 공간이라서 가능한 일이었어. 이렇게 한 나라를 통째로 바꿀 수 있으리라고는 기대하지 않았거든."

"예전처럼 우리들끼리만 있었다면 불가능했겠지."

"어? 너도 그렇게 생각했구나. 하이브리드가 아닌 인간들과도 함께 지내다 보니 시야가 많이 넓어진 것 같아."

이전에도 하이브리드가 아닌 조력자들이 있었지만, 비밀리에 연락을 주고받아야 했다.

같이 행동할 때도 있었지만 전면에 나서는 건 결사대였고 그들은 말 그대로 조력자에 머물렀다.

그러나 지금은 비공정이라는 특수한 이동 수단 덕택에 같은 공간 안에서 다양한 입장의 인간들과 함께 지낼 수 있었다. 의견 차이로 인해 생기는 충돌을 피할 수 없었지만, 가급적 많은 이들이 납득할 수 있는 방향으로 교단을 쓰러뜨리기 위한 투쟁이 진행 중이었다.

최소한 현재까지는.

"솔직히 전생……."

그레인은 하려던 말을 멈추고 뒤를 돌아봤다.

갑판 위를 청소하는 선원들이 있긴 했지만, 멀리 떨어져 있어서 둘의 대화를 듣기엔 무리였다.

"…전생의 우리들은 고지식했고, 요령이 없었지."

"맞아, 이것도 저것도 아닌 경우가 꽤 많았어. 그런데 어쩔 수 없었잖아? 교단의 노예로만 지내다 보니 세상이 어떻게 돌아가는지 알 리 없었지. 교단이 시키는 대로 움직이다 보니, 사회성도 많이 결여된 점도 부정할 수 없었고 말이야."

하이브리드들 중에서도 시련을 받지 않는 이레귤러들로만 구성되었던 전생의 결사대는 분명히 강했었고, 그들만의 힘으로 교단을 위기로 몰아붙였던 때도 있었다.

그러나 거대한 집단을 쓰러뜨리기 위해서 힘이 필요했지만, 힘 하나만으로는 충분하지 않다.

그들은 나이에 걸맞지 않게 어렸고, 몇 안 되는 조력자를 제외하고 인간은 어느새 그들의 적이 되어버렸다.

결국 결사대는 패배한 후 회귀라는 방법을 택해 처음부터 다시 시작해야 했다.

"하지만 맥스는 전생보다 더 자신만의 고집이 강해진 느낌이야."

"우리들이 이것이라면, 대장은 저것이 된 거겠지. 어찌 보면 대장도 우리들처럼 전생에 택하지 못했던 길 중 하나를 걷고 있는 걸지도 모르겠어. 같이 걸어가긴 꺼려지지만, 누군가는 지나가야 하는 길을… 아차."

드레이크는 하던 말을 멈추고 그레인의 눈치를 살폈다.

결사대를 떠났음에도, 맥스를 아직도 대장이라 칭하는 자신을 보고 있는 그레인이 쓴웃음을 지었기 때문이다.

"오랫동안 입에 붙은 칭호이니 쉽게 바뀔 수 없겠지."

"흠흠! 이거 참, 고치려고 해도 잘 안 된단 말이야."

"난 신경 안 써."

그레인은 별다른 표정 변화 없이 저물어가는 해를 바라봤다.

드레이크는 시선을 아래로 내리더니 갑판의 가장자리를 빙 둘러싼 난간을 어루만졌다.

"전생의 대장이 왜 그렇게나 포르테가를 같은 편으로 끌어들이려고 애썼는지 이제는 충분히 이해가 가. 이렇게 멋진 배를 타게 될 줄을 누가 알았겠어?"

비공정을 타고 다닌 지 거의 1년 가까운 시간이 흘러갔지만, 드레이크에게 비공정은 여전히 신비로운 존재 그 자체였다.

반면 그레인은 드레이크처럼 순수하게 비공정을 바라볼 수만은 없었다.

에르닌이 하이브리드가 되었기에 얻을 수 있었던 기회.

결과적으로 큰 이득을 얻었지만, 한번 빗나갔던 운명을 다시 맞이해 버린 에르닌을 생각할 때마다 그레인의 마음은 무거워질 수밖에 없었다.

"게다가 비공정 덕분에 제스테일 님하고 이야기가 잘 통하게 되었어. 난 뭔가 구상하기를 좋아하고, 제스테일 님은 구상을 실현하는 것에 파고드는 성격이라 죽이 잘 맞거든. 전생에는 서로 말 한번 제대로 못 했던 사이였던 게 믿기지 않을 정도야."

현생의 제스테일은 단순한 조력자를 넘어서서, 이레귤러에 없어서는 안 되는 존재가 되었다. 스승인 렌딜 못지않은 마법적 지식과 그걸 구현하는 능력은 비공정을 운영하는 데 큰 비중을 차지했다.

"덕분에 시야도 많이 넓어진 기분이고. 넌 어때?"

"나는……."

그레인은 하려던 말을 멈추고 생각에 잠겼다.

맥스와의 일 때문인지, 처음과는 다른 대답이 떠올랐다.

"시야가 넓어졌다기보다, 뒤죽박죽이 된 느낌이야."

"그래?"

맥스와의 예상치 못했던 만남.

전생의 원한을 담았으면서 전혀 다른 방향으로 이뤄진, 코니안 2세에 대한 응징.

예전 같으면 맥스의 방침에 반박하고 맞섰겠지만, 실제로는 그러하지 못했다.

'나 역시 전생에 있었던 일들에서 완전히 자유롭지는 못할지도 모르겠어.'

"그런데 참 묘해."

"음? 뭐가?"

"이전에는 코니안 2세를 구했잖아. 당연히 국가 단위의 전폭적인 지원을 기대했지만 아니었지. 반대로 뒤통수를 거하게 맞았고. 이번에는 처음부터 적으로 나타났으니, 제대로 본때를 보여주겠다고 벼르고 있었거든? 그런데 허무하게 항복하고, 한술 더 떠서 이번에는 우리들을 환대하고 있으니 이거 원……."

특히 에리스 백작 부인을 비롯한 쉬르 왕국 출신의 조력자들은 시민들의 전폭적인 지지를 등에 업고 업무에 나섰다.

비공정의 멤버들 중 쉬르 왕국에 대해 그 누구보다 잘 아는 그들의 움직임 아래, 쉬르 성은 빠르게 정상화되었다.

자신들을 배교자라 욕하던 때를 깡그리 잊고 손바닥 뒤집듯이 환대하는 시민들에게 씁쓸해했지만.

"이제는 정말로 전생과 달라졌다는 느낌이 확 가슴에 와닿아."

"맞아."

그레인은 등 뒤에 차고 있는 트윈 엣지의 검자루를 살며시 움켜쥐었다.

"좋은 의미로든, 나쁜 의미로든 간에 말이지."

상황은 여러모로 봐도 이레귤러에게 유리하게 흘러가는 중임은 분명했다.

그 대신, 날카로운 검 같았던 복수심이 시간이 흘러가면서 점차 무뎌지는 기분을 지우기 힘들었다.

* * *

저녁 식사 후, 비공정 내 렌딜의 집무실에서는 평상시와 똑같이 이레귤러의 핵심 멤버들이 모여 회의를 시작했다.

그레인과 크루겐, 펠릭스와 드레이크, 렌딜로 구성된 멤버에 오늘은 의외의 인물이 한 명이 더 추가되었다. 특별한 때를 제외하고는 항상 연구실에 틀어박혀 있던 제스테일이었다.

"흐음, 역시 쉬르 왕국 출신이라 우리들과는 다른 시각을 가지고 있구먼."

렌딜은 노제자의 말을 들으며 고개를 끄덕거렸다.

제스테일은 간만에 연구가 아닌, 답이 정해져 있지 않은 화제에 대해 활발하게 이야기를 전개했다. 교단에 지속적인 충성을 다하는 나라임에도 불구하고, 왜 교단이 쉬르 왕국을 쉽게 버렸는지에 대한 주제였다.

2시간 넘게 진행된 회의가 막바지에 달할 무렵, 제스테일이 내린 결론은…….

"애매해서일 걸세."

"애매하다, 는 말씀입니까?"

그레인의 되물음에 제스테일은 물을 한 모금 들이켠 뒤 입을 열었다.

"쉬르 왕국은 넓은 영토에 비해 실속이 그리 크지 않은 나라일세. 사막이 왕국의 상당 부분을 차지한다는 점이 크게 작용하지. 그마나 찾을 수 있는 지리상의 이점이라면… 바로 옆에 베릴란트 왕국이 있으니, 베릴란트 왕국으로 병력을 빠르게 투입하기 편하다는 점 정도?"

실제로 교단이 베릴란트 왕국을 침공하던 당시에 쉬르 왕국군을 대거 동원했다.

결과는 교단과 쉬르 왕국의 패배로 끝났지만.

"물론 쉬르 왕국은 오랜 시간 동안 카르디어스 교단에 대한 믿음을 고수해 왔네. 국교로 지정할 정도로 말일세."

"하지만 믿음이 강하다 해도, 믿음이라는 건 돌변하게 마련입니다."

"지금의 상황이 바로 좋은 예일세. 광신에 가까운 믿음이었다면 쉬르 왕국의 국민 전원이 마지막 죽는 순간까지도 교단을 위해 싸우다 죽었어야 했겠지. 그러나 다행스럽게도 국민들은 그렇게까지 이성을 잃지는 않았다네."

"제 생각에는 베릴란트 왕국의 침공이 실패한 이후, 교단이 태도를 바꿨다고 추측됩니다."

"그렇게 생각한 이유는?"

"교단 입장에서는 단 한 번의 실패에 불과한 패배에 불평을 토로하는 쉬르 왕국을 탐탁지 않게 여겼을 겁니다."

"맞네. 앞서 말한 대로 교단이 필요로 한 건 신의 이름 아래, 그 어떤 상황에 처하더라도 우리들과 맞서 싸울 광신도들이었을 테니까."

제스테일은 아버지인 자신을 배교자로 고발한 아들을 떠올리며 지그시 눈을 감았다.

"내 아들처럼."

제스테일의 아들은 현재 쉬르 왕국을 떠나 카르디어스 교단에 몸을 의탁한 상태였다.

앞서 언급했던 광신도가 다름 아닌 아들이라는 사실이 뼈아프게 다가왔지만, 그는 미련을 떨쳐내고 말을 이어갔다.

"교단은 코니안 2세를 하이브리드로 만드는 것만으로, 쉬르 왕국을 마음대로 다룰 수 있게 되었지. 쉽게 손에 넣은 만큼, 버리는 것 역시 쉽지. 게다가 막상 노예로 삼고 보니 생각보다 체력이 부실하고, 시킬 수 있는 일마저 한정된 노예에 크게 미련을 둘 리 없지 않은가?"

"……."

"현실의 노예처럼 다른 사람에게 되팔 수 없는 존재이니… 가급적 짜낼 수 있을 만큼 빨리 짜낸 뒤에 떠나는 쪽이 합리적이라네."

쉬르 왕국에 대해 돌려 말한 그레인과 달리, 제스테일은 직설적인 표현을 서슴지 않았다.

모국에 대한 미련과 애증과는 별도로 제스테일의 판단 자체

는 냉정했다

"그런 이유로 교단이 쉬르 왕국에서 짜낸 게 빛과 관련된 코어라네. 왜 그것들을 중점적으로 모아서 성지에 보냈는지는 아직도 모르겠지만, 그 과정에서 엄청난 비용이 투자되었음은 굳이 확인하지 않아도 알 수 있네. 그리고 그 비용은 당연히 쉬르 왕국의 국민들에게 짜내서 썼겠지."

교단에 착취당하던 모국에 대해 무덤덤한 어투로 설명하던 제스테일이 잔을 들어 입에 가져갔다.

벌컥벌컥.

연거푸 석 잔의 물을 마셨지만 타들어가는 속은 어찌할 수 없었다.

"아니, 이렇게 된 이상 좋게 생각하는 쪽이 낫겠구먼. 유적은 가축이나 곡식처럼 무한정 생산되지는 않으니까, 지속적으로 교단에 피를 빨리기보단 이런 식으로 한 번에 털리는 게… 하아."

제스테일은 애써 긍정적으로 상황을 받아들이려 했지만, 마지막에 내뱉은 한숨에 답답함이 그대로 묻어 나왔다.

"그럼에도 교단의 행보에는 여전히 이해할 수 없는 부분이 산재해 있습니다."

"나도 같은 생각일세. 스승님께서도 같은 생각이십니까?"

"좀 더 지켜봐야 알 것 같구먼."

전생과 현생에 걸쳐 오랜 기간 동안 교단에 맞서 싸워온 회귀자들이 세 명이나 있음에도, 마땅한 대답을 제시하지는 못했다.

전생의 흐름과는 확실하게 다른 방향으로 전개 중인 현생에서 회귀로 인한 이점은 점점 사라져만 갔다.

'그래, 언젠간 이런 날이 올 줄 알았어. 더 이상 회귀로 얻은 것들에 의존해서는 안 돼.'

"그나저나 그 아가씨는 아직도 안 오는구먼. 생각보다 시간이 걸리나?"

렌딜은 닫힌 문 쪽을 넌지시 바라보며 물을 들이켰다.

"이스트라 교관님이 보낸 문서를 확인 중이라서 그럴 겁니다."

"첫 페이지를 본 것만으로도 표정이 심상치 않던데. 아무튼 그 아가씨가 오면 제스테일, 자네는 자리를 좀 비켜주게나. 이레귤러의 원 멤버들끼리만 은밀히 나눠야 하는 이야기이니 말일세."

*　　　*　　　*

"역시 그 비법에 대해서였군요."

1시간 뒤, 렌딜의 집무실로 온 델리아의 설명에 그레인은 담담하게 대답했다.

그레인의 예상대로 하이브리드를 인간으로 되돌리는 데 성공했다는 내용이었다.

그러나 하이브리드는 물론이고, 비공정의 멤버에게 기쁜 소식임에도 델리아의 표정은 어두웠다.

비단 그녀뿐만이 아니라, 그레인을 비롯한 네 명의 하이브리드 역시 마찬가지 표정이었다. 그러다 보니 처음에는 놀람과 동시에 기뻐하던 렌딜과 제스테일은 다른 이들의 눈치를 보며 감정을 가라앉혔다.

'코니안 2세를 추적할 때 우연히 조우한 맥스에게 들은 내용대로라면…….'

"비약을 만들기 위해 반드시 들어가야 하는 재료가 있습니다."

이스트라가 보낸 문서를 한 장씩 넘기던 델리아의 말투는 이전에 비해 딱딱해졌다.

"어떤 건가? 내 능력이 닿는 한 구해보도록 하겠네!"

렌딜은 양손을 탁자 위에 대더니 기대 가득한 눈빛으로 델리아를 정면으로 바라봤다.

아무래도 딸인 에르닌과 관련된 이야기인 만큼 기대를 품지 않을 수 없었다.

"하이브리드의 시신입니다."

"뭐?"

렌딜은 넋을 잃은 얼굴로 서 있다가 의자에 털썩 앉았다.

자연스레 그의 시선은 그레인을 비롯한 하이브리드들을 한 명씩 훑어봤다. 가장 놀래야 할 그들은 감정을 드러내지 않고 입을 굳게 다물었다.

"델리아 양, 정말인가?"

"네."

렌딜은 재차 물어봤고, 기대와 달리 똑같은 대답만이 돌아왔다.

소중한 딸을 다시 인간으로 되돌릴 수 있다는 희망은 선부르게 택할 수 없는 길로 이어져 버렸다.

"하필이면 그거라니. 그건 구하는 것 자체부터 문제가 될 터인데……."

팔꿈치를 탁자에 대고서 왼손을 이마에 가져간 렌딜은 다시 한번 주위를 둘러봤다.

"잠깐, 그레인 자네… 아까 '역시 그 비법에 대해서였군요'라고 대답했었지? 이미 알고 있었나? 혹시 자네들 모두?"

제스테일과 델리아, 그리고 자신을 제외한 이들의 반응을 살펴본 렌딜의 목소리가 미세하게 떨렸다.

그레인과 크루겐은 맥스를 통해 미리 들은 내용이었기에 고개를 끄덕거렸다.

펠릭스와 드레이크는 당시 그 자리에 없었지만, 직후에 보고받았기에 마찬가지로 굳은 표정이었다.

"네, 지난번 맥스를 만났을 때 들었습니다."

"왜 진작 나에게 알리지 않았었나?"

원망이 섞인 렌딜의 질책이 이어졌지만 그레인은 감정적으로 나오지 않고 냉정을 지켰다.

"아까 들으셨겠지만 내용 자체만으로도 충격적이므로 신중할 수밖에 없었습니다. 준비 없이 그 비법에 대해 모두에게 말했다면 큰 혼란을 야기했을 것입니다."

"혼란?"

"인간으로 되돌아가기 위해 하이브리드끼리 서로 죽고 죽이는 일이 생길 가능성을 배제할 수 없습니다. 이전에 결사대 소속이었던 자들은 믿을 수 있다고 쳐도, 이 비공정 안에는 다른 하이브리드들도 있습니다."

"아… 이런……. 그럴 수 있었겠군."

"게다가 쉽게 믿을 수 없는 내용이기도 합니다. 쉽게 믿고 싶지도 않았고요. 전하와 드레이크, 그리고 크루겐과 지금 이 자리엔 없는 베스티나를 제외하고는 동료들에게도 말하지 않았습니다."

"그래도 나에게만이라도 미리 알려줄 수는 있지 않았는가?"

"진짜라는 확신이 들기 전까지는 섣부르게 말할 수 없었던 점, 양해 부탁드립니다."

그레인은 '그 비법'에 대해 숨길 수밖에 없었던 이유를 차분하게 설명했다. 도중에 렌딜의 어조가 높아지긴 했지만, 그레인은 같이 흥분하지 않고 냉정함을 유지했다.

잠시 후, 흥분을 가까스로 가라앉힌 렌딜이 땅이 꺼질듯하게 한숨을 내쉬었다.

"휴우… 내가 이런데, 자네들은 더 답답했겠지. 이해하네. 아니, 미안하네."

"저 역시 이해합니다. 하나뿐인 따님에 관련된 일이니 그러실 수 있습니다."

"자네는 내 딸의 은인인데, 은인 상대로 언성을 높였다니…

면목이 없구먼. 그러면 어떤 식으로 그 비법이 시행되는지에 대해서도 알고 있었나?"

"그건 아닙니다. 구체적으로 어떤 과정을 거치는지에 대해서는 저희들도 듣지 못했습니다. 델리아, 설명해 주실 수 있습니까?"

"네, 잠시만요."

델리아는 숨을 한번 크게 들이쉬고는 문서에 적힌 내용들을 찬찬히 읽어 내려갔다.

"…하이브리드의 시신에서 코어를 분리한 후 특수한 과정을 거쳐 추출한 성분으로 비약을 제조했고……."

비약을 실험자에게 일정 기간 동안 정기적으로 복용시킨 후, 마지막으로 복용한 자의 신체에서 코어를 제거하면 완성된다고 문서에 기록되어 있었다.

해당 실험은 지원자를 대상으로 진행되었고 다행히 전원 성공했다는 내용을 델리아가 설명하던 때, 크루겐이 상기된 얼굴로 문서 중앙을 손가락으로 가리켰다.

"그레인! 여길 봐!"

실험에 성공한 이들은 총 세 명으로, 그중 맨 앞에 적힌 이름은 크루겐은 물론 그레인에게도 낯설지 않았다.

"체이니?"

"은신처로 간 뒤에도 내내 걱정했었는데, 이젠 시련에서 완전히 벗어났구나. 정말 다행이야. 정말로."

크루겐은 눈물을 글썽이며 자신의 일인 것처럼 기뻐했다.

그레인 역시 기쁘기는 마찬가지였지만, 맥스의 말이 맞았다는 걸 깨닫고 고심 중이었다.

"비약의 재료를 입수하는 과정에 대해 구체적으로 언급되어 있습니까?"

"잠시만 기다려 주세요."

그레인의 질문에 델리아는 문서를 처음부터 빠르게 훑어봤다.

마지막까지 확인한 그녀는 땀 때문에 이마에 달라붙은 앞머리를 살짝 위로 넘겼다.

"이스트라 님이 구출당할 당시 가지고 나온 재료가 소량 있었다고 하는군요. 그리고 결사대에서 추가로 보내줬다고 합니다. 애당초 이 비법 자체를 먼저 알게 된 쪽이 결사대이니 당연한 거겠죠."

"그렇다면 혹시 결사대 내의 배신자들의 시신이라든가, 아니면 전투 중 사망한 교단 측의 하이브리드라든가……."

"그런 일은 없다고 나오는군요. 재료를 자체 생산하지는 않았고, 교단의 비밀 연구소에서 탈취한 것들이라고 적혀 있군요."

"아, 그럴 수도… 있었겠군요."

그나마 최악의 경우는 아니라는 걸 확인한 그레인이 숨을 길게 내쉬었다.

너무 깊게 생각하다 보니 스스로의 시야가 좁아졌음을 확인하면서.

"하지만 더 큰 문제는 따로 있습니다. 여러분들에 대해서죠."

"네?"

"일반적인 하이브리드가 아닌 이레귤러를 인간으로 되돌리기 위해선, 똑같이 시련을 받지 않는 이레귤러의 희생이 필요할 거라는 예측도 기록되어 있어요."

그레인은 눈을 크게 뜨며 등받이에서 등을 뗐다.

우두둑.

펠릭스는 탁자를 움켜쥐고 있던 오른손에 힘을 줬음을 뒤늦게 깨닫고 손바닥을 펼쳤다.

뜯겨 나간 탁자의 파편이 아래로 우수수 떨어졌다.

드레이크는 아예 머리를 감싸 쥐고서 고개를 절레절레 저었고, 크루겐은 한 손으로 턱을 괴고선 다른 손으로는 탁자 위를 말없이 툭툭 건드리기만 했다.

아까와 달리 이번에는 하이브리드인 자들이 동요하기 시작했다.

"델리아 양, 예측인 이유는 무엇인가?"

결국 인간인 렌딜이 대화를 이어나가는 수밖에 없었다.

"아직 이레귤러의 시신을 확보하지 못했다고 하는군요. 하지만 아무래도……."

"거의 확실하다, 이 말이로구먼."

이레귤러는 하이브리드 중에서도 소수에 해당하는 존재.

그 소수들로 모여서 구성된 집단이 결사대였고, 그 결사대를 탈퇴한 자들이 '이레귤러'에 소속되어 있다.

결국 이레귤러들에게 인간으로 돌아가는 길은 시련을 받는 다수의 하이브리드들보다 더 힘들게 되어버렸다.

자신과 같은, 극소수의 시련을 받지 않는 자가 죽지 않는 한.

집무실 안에는 고요함이 감돌았고, 델리아는 혹시나 하는 생각에 다시 한번 문서를 찬찬히 훑어봤다.

침묵 속에서 문서를 넘기는 소리만이 들리던 도중, 문밖에서 들리는 노크 소리에 델리아가 급히 문서를 덮었다.

렌딜의 허락을 받고 들어온 이는 집사 플로이드였다.

"무슨 일인가?"

"렌딜 님을 뵙고자 하는 손님들이 비공정 아래에서 기다리고 있습니다."

"지금 나는 누굴 만날 기분이 아니네."

렌딜은 몸을 옆으로 돌려 등을 보였다.

그러나 플로이드는 그의 말을 전하러 나가지 않고 망설이고 있었다.

"그것이… 워낙 먼 곳에서 오신 귀한 분들이라서 이대로 돌려보내기엔 난감합니다."

"먼 곳이라니? 그리고 귀한 분이라니?"

* * *

플로이드의 안내를 받아 집무실 안으로 들어온 이는 폴리어스 왕국의 메르간 후작이었다.

카르디어스 교단을 적대하지도, 그렇다고 신봉하지도 않는 폴리어스 왕국의 고위 인사가 방문하자 비공정 안은 들썩거렸다.

"이쪽입니다."

플로이드가 문을 열자, 40대 중반의 남성이 뒷짐을 지고서 집무실 안으로 들어왔다.

"먼 길을 오시느라 고생이 많으셨습니다."

세 명의 수행원들과 함께 온 메르간 후작에게 렌덜이 인사를 먼저 건넸다.

"베릴란트 왕국의 대마법사를 이렇게 직접 뵙게 될 줄은 몰랐습니다. 그리고 옆에 계신 분은……."

살짝 마른 얼굴의 메르간 후작은 렌덜의 왼쪽에 서 있는 거구의 남성을 올려다봤다.

워낙 눈에 띌 수밖에 없는 펠릭스와 방문객들의 시선이 교차하는 순간, 수행원들은 움찔거리며 뒤로 한 걸음 물러섰다.

정작 메르간 후작의 얼굴에는 미소가 활짝 피어났지만.

"오오, 소문으로만 듣던 펠릭스 대공이시군요… 영광입니다."

"과찬이오."

펠릭스의 무뚝뚝한 답변에도 메르간 후작은 싱글벙글 웃을 뿐이었다.

무슨 이유에서인지 모르겠지만, 펠릭스가 마음에 쏙 들었는지 원래 마련된 자리 대신 그의 옆자리에 앉을 정도였다.

"하이브리드란 정말 대단하군요. 전하의 활약상을 듣긴 했지만, 이렇게 직접 뵈게 되니 소문이 과장되기는커녕 오히려 사실을 축소시킨 게 아닌가 싶습니다. 허허허!"

메르간 후작은 너털웃음을 터뜨리며 펠릭스를 연신 칭찬했다.

그러나 나머지 세 명의 표정은 썩 좋지 않았다.

"그레인, 이런 느낌 예전에도 겪지 않았었나?"

"다시 겪게 될 줄은 예상했지만."

"크루겐, 너도 기억하고 있었어? 아무튼 저런 식으로 나오던 인간들은 대부분 그랬지?"

세 명은 전생의 경험을 토대로 주변에 들리지 않도록 속삭이며 의견을 주고받았다.

하이브리드의 강함 자체에 매료되어 접근해 온 인간들이 어떤 식으로 접근했고, 어떻게 대했는지, 그리고 마지막에는 어떤 입장을 취했는지에 관하여.

그러다 보니 메르간 후작이라는 인간이 어떤 말을 꺼낼지에 대해서도 대충 짐작이 되었다.

"흠흠, 다른 곳에서 오신 분들이 기다리고 있으니 본론으로 들어가고 싶소이다만."

"아! 이런… 제가 너무 혼자서만 말했군요."

"왜 저희들을 찾아오셨는지, 영문을 알고 싶소이만."

예고도 없이 비공정을 찾아온 이는 사실 메르간 후작 일행만이 아니었다.

마치 약속이라도 한 듯 각각 다른 왕국에서 온 귀족들이 비공정 아래에서 대기 중이었다.

"비공정에 있는 하이브리드들 모두가 원래 교단 소속이라고 들었습니다만, 사실입니까?"

"그렇소."

"혹시 다른 곳에 파견 나가 있거나, 남는 여유 병력은 없습니까?"

"없소."

메르간 후작의 연이은 질문에 렌딜 대신 펠릭스가 짧게 대답했다.

그레인은 예상대로 흘러가는 대화에 마음속으로 탄식했다.

결국 마지막에는 어떤 말이 나올지 빤히 보였기에, 대화에 끼어들까 생각도 해봤지만 우선은 두고 보기로 했다.

예상은 말 그대로 예상일 뿐, 항상 들어맞는다는 보장은 없었기에.

그러나 이것 역시, 예전과 다르게 진행되기를 바라는 또 하나의 예상에 불과했다.

"그렇다면 시련을 받지 않는 하이브리드를 육성할 수 있는 비법을 당연히 가지고 계시겠지요?"

'역시…….'

그리고 그레인의 우려대로, 메르겐 후작은 세 명이 예상했던 말을 내뱉었다.

"물론 공짜로 알려달라는 이야기는 결코 아닙니다."

메르간 후작이 손가락을 튕기자, 뒤에 서 있던 수행원 중 한 명이 무언가를 꺼내 그에게 건넸다.
"이건 어디까지나 계약금입니다. 비법을 전수받고, 하이브리드의 육성이 제대로 진행된다면 이거의 10배를 드리겠습니다."
손바닥 크기만 한 상자 안에 담긴 보석들이 반짝이며 빛을 발했다.
메르간 후작은 보석함을 옆에 있는 펠릭스 쪽으로 슬쩍 밀었지만, 펠릭스는 아예 시선을 반대 방향으로 돌렸다.
"그런 비법은 없소."
"에이, 없을 리가 있습니까? 그 좋은 비법을 독점하시기보다는, 이렇게 수요가 있을 때 파는 쪽이 더 이득이라고 생각되는……."
"독점?"
가만히 둘의 이야기를 듣고 있던 렌딜의 날카로운 목소리가 끼어들었다.
"지금 독점이라고 말했소?"
"네?"
자리에서 벌떡 일어선 렌딜은 탁자 위에 두 손을 가져갔다.
"하나밖에 없는 내 딸이 강제로 하이브리드가 된 이후……."
애써 억누르고 있던 분노를 더 이상 참을 수 없게 된 렌딜은 전신을 부들부들 떨었다.
"나는 딸을 이렇게 만든 교단을 철저하게 짓밟기 위해, 가진 걸 모두 털어 저 청년들과 같은 길을 걸어가기로 결심했소."
"후, 훌륭한 선택이십니다."

메르간 후작은 살짝 겁먹은 표정으로 박수를 쳤지만, 따라 하는 이는 아무도 없었다.

"내 딸과 같은 하이브리드가 자유롭게 살기 위한 선제 조건이 바로 카르디어스 교단의 멸망이오."

렌딜은 양손을 움켜쥐면서 이야기를 이어나갔다.

마지못해 하는 칭찬 따위, 그의 귀에 들어오지 않았다.

"만약 메르간 후작께서 우리들의 목표에 동참한다면, 도와드릴 수는 있소."

"그건 좀… 교단이 좀체 큰 것도 있고, 저는 어디까지나 이웃 영지와의 분쟁을 좀 더 쉽게 해결하기 위해서 온 것에 불과해서……."

"그리고 우리들이 필요로 하는 건 그런 것이 아니라, 인간으로 되돌아가는 비법이오. 그게 있다면 오히려 우리 쪽에서 거액을 내고서라도 사고 싶소."

렌딜의 말에 메르간 후작은 눈을 동그랗게 뜨며 믿을 수 없다는 표정을 지었다.

"그런 쓸데없는 비법도 있습니까? 그것보다… 이해가 안 가는군요. 애써 얻은 힘을 굳이 포기하기엔 너무나 아깝지 않습니까?"

"그렇다면 물어보겠네. 자네는 자네의 자식을 하이브리드로 만들기 위해, 코어를 이식할 각오가 되어 있나?"

"네? 그, 그게 무슨 망발입니까?"

"그 망발을 지금 이 자리에서, 자네가 나에게 했다는 걸 잊지 말게나."

"……."

분노가 고스란히 묻어나온 렌딜의 일침에 메르간 후작은 할 말을 잊었다.

교단과의 투쟁에 있어서, 쓸데없이 적을 만들어서는 안 되는 렌딜의 입장이라면 조용히 거절하는 선에 그치는 게 타당하다.

그러나 하필이면 희망이 안타까움으로 바뀐 최악의 타이밍에 메르간 후작은 비공정을 방문했다.

강한 신념으로 뭉친 '이레귤러'라 하여도 금전적 이익 앞에서는 냉정하게 판단할 거라는 기대는 완전히 부서져 버렸다.

"렌딜 님! 진정하세요! 그래도 명색이 손님이잖아요!"

"난 지금 최대한 인내심을 발휘하고 있네."

"눈! 그 눈 좀 어떻게 해봐요! 지금 당장에라도 누구 하나 때려잡을 듯한 눈빛이라고요!"

"알았네."

대답과는 달리 렌딜의 태도에는 변함이 없자 드레이크는 진땀을 흘렸다.

"그레인, 저분 성격이 원래 이랬던가?"

"아마도. 전생에 렌딜 님을 섭외하러 갔던 듀란이 치를 떨었을 거다."

"아, 그랬었지? 같이 지내는 내내 워낙 잘 대해주시다 보니 까맣게 잊고 있었어."

그레인과 크루겐은 서로 귓속말을 나누며 에르닌을 통해 처음 만났을 당시의 위압감을 재차 확인 중이었다.

차가운 말투 속에 노기를 고스란히 드러내는 렌딜.

렌딜을 만류하느라 쩔쩔매고 있는 드레이크.

자신이 무엇을 잘못했는지 여전히 파악하지 못하는 메르간 후작.

그 외 다른 사람들의 침묵 속에서 집무실 안의 분위기는 무거워지기만 했다.

"저, 저는 그저 서로에게 좋은 거래일 거라 생각하고서 온 것인데……."

메르간 후작은 충분히 이성적으로 나올 거라 생각한 상대가 예상 밖의 반응만 보이자 들리지 않게 푸념했다.

안타깝게도, 상대방은 평소보다 훨씬 감정적이었기에.

수행원들은 지금 당장 떠나야 한다는 눈빛으로 메르간 후작을 바라봤지만, 그는 포기하지 않았다.

"그, 그렇다면 용병으로 절 도와주실 수는 없습니까? 아까 말했다시피, 제 영지 근처에서 끊이지 않고 분쟁이 발생하고 있는 터라……."

"그 대가로 우리들과 함께 교단에 맞서 싸워줄 것을 요구한다면 받아들이겠나?"

메르간 후작은 잠시 고민했지만, 여러 각도로 고찰해 봐도 무리수에 불과했다.

"곤란합니다."

"그러면 더 이상 나눌 이야기는 없겠구먼."

렌딜은 오른팔을 옆으로 뻗더니, 검지 끝으로 집무실의 출구 쪽을 가리켰다.

플로이드는 미리 문을 열고서 주인과 같은 방향으로 손을 내밀었다.

태도는 정중했지만, 당장 나가라는 무언의 독촉이었다.

결국 메르간 후작은 입을 꾹 다물고 문 쪽으로 걸어 나갔다. 모두에게서 등을 돌린 그의 얼굴은 상당히 일그러져 있었다.

"아, 이 말을 까먹을 뻔했구먼."

"네? 혹시 마음이 바뀌셨습니까?"

빠르게 뒤돌아선 메르간 후작은 언제 화를 냈냐는 듯 환하게 웃으며 대했다.

"여기까지 먼 길을 왔으니, 조언 하나 해드리도록 하겠소. 아직 교단과는 접촉 안 한 것 같은데, 아예 그쪽과 접하지 않기를 권하겠소. 그들은 우리들처럼 당신네들을 자비롭게 그냥 돌려보내진 않을 것이오. 하이브리드에 관하여 교섭하려고 한 행위 그 자체만으로도 배교자로 몰고 갈 것이니."

"……."

말을 마친 렌딜은 다시 손을 들어 문 쪽을 가리켰다.

열린 문을 통해 복도를 걸어가는 메르간 후작의 화난 목소리와, 그를 만류하는 수행원들의 말이 들렸지만 렌딜은 반응하지 않고 물이 든 잔을 집었다.

벌컥벌컥.

물을 연거푸 세 번이나 들이켠 후에야 렌딜은 감정을 추스른 얼굴로 길게 한숨을 내쉬었다.

"참아줘서 고맙네."

"네? 저희들 말입니까?"

"그렇다네."

영문을 모르겠다는 그레인과 다른 하이브리드들의 시선이 렌딜에게 몰렸다.

"하이브리드인 자네들이 화를 내는 것과, 딸이 하이브리드인 내가 화를 것과는 여러모로 다른 의미였을 테니까."

"무슨 뜻인지 알겠습니다."

"휴우, 그래도 마음이 편치 않아. 저 후작은 다음에 만날 땐 적으로 나타날 가능성이 높겠군."

"에이, 어차피 저런 생각을 가진 사람은 아군으로도 필요 없어요. 쉬르 왕국의 경우만 봐도 알 수 있듯이, 차라리 처음부터 적으로 나타나는 쪽이 훨씬 대하기 편해요."

크루겐은 평소의 익살맞은 표정으로 너스레를 떨었다.

"그러면 갈 사람은 갔으니, 아까 말하던 주제로 돌아가야겠구먼."

렌딜이 플로이드 쪽을 쓱 쳐다보자, 그는 알아서 밖으로 나가더니 문을 닫았다.

"자네들, 그 비법에 대해서 다른 이들에게 알릴 건가?"

렌딜의 제안에 하이브리드들은 서로 얼굴만 멀뚱멀뚱 바라볼 뿐, 대답하지 못했다.

"계속 숨기고만 있다가 유출될 경우, 자네들이 직접 알리는 쪽보다 여파가 더욱 심할 걸세."

"하지만 지금 알린다면 모두의 기세가 꺾일 가능성이 높습니다."

실제로 그 비법을 알게 된 그레인과 다른 하이브리드들은 희망을 품기는커녕 낙담했었다.

"저희들이 회귀에 대해 함구하고 있는 것처럼, 유의해 주시면 됩니다."

"하긴, 자네들은 훨씬 더 큰 비밀을 감추고 있었지."

"인간으로 되돌아갈 수 있는 방법이 개발되면, 어떤 식으로는 하이브리드들 사이에서 분쟁이 일어날 거라 이전부터 예측하긴 했습니다. 그러나 방법 자체부터 문제될 줄은 예상하지 못했습니다. 때가 되기 전까진 절대 비밀에 부쳐야 합니다."

그레인은 이 자리에 참석하지 않은 베스티나에게 사전에 논의했고, 그녀 역시 같은 결론을 내렸다.

"이건 엄밀히 따지면 교단을 쓰러뜨린 뒤 고민할 문제에 가깝습니다. 저희들이 지금 당장 인간으로 되돌아간다 한들, 교단이 가만히 둘 리 만무합니다."

"오히려 붙잡아서 새로운 실험체로 쓸 가능성도 높고. 그렇지?"

그레인의 말에 크루겐이 맞장구를 쳐주자 드레이크와 펠릭스도 고개를 끄덕거렸다.

자유를 얻기 전에 힘을 포기하는 건 너무 위험한 선택이다.

하이브리드가 된 그들 입장에서는 본능적으로 깨달을 수밖에 없는 이치였다.

"자네들 말대로구먼. 미래를 대비하는 건 현명한 행동임은 분명하지. 그렇다고 너무 먼 미래를, 그것도 올지 안 올지 모르는 먼 날을 벌벌 떨며 두려워하는 건 힘의 낭비라고 할 수 있으니… 잠깐."

문 너머에서 들리는 노크 소리에 렌딜은 하던 말을 멈췄다.

그는 노크 소리를 제외하고 어떤 소리도 문밖으로, 안으로 새지 못하도록 구현한 마법을 거뒀다.

"플로이드인가?"

"네, 지금 다음 손님이 대기 중입니다."

"이런, 그놈 한 명만이 아니었지. 비공정에 탑승했나?"

"그건 아닙니다."

"보나마나 비슷한 제의를 하겠구먼. 당분간 그 누구도 만날 수 없다고 전하게."

도로 앉으려던 렌딜은 갑자기 생각을 바꾸며 다시 일어섰다.

"아니, 내가 직접 말하겠네. 그래도 먼 길을 달려온 사람들인데, 내가 직접 말해야겠지."

"그렇다면 비공정에 올라올 수 있게 말해놓겠습니다."

"그럴 필요도 없네. 내가 내려가겠네. 거절당할 게 뻔한 사람들을 번거롭게 위로 올라오게 할 수는 없지 않은가?"

렌딜은 약간 흐트러진 옷매무새를 다듬은 뒤 방구석에 놓아둔 지팡이를 집어 들었다.

"아까처럼 흥분하시면 안 돼요."

"나는 같은 실수는 안 하네."

평소의 얼굴로 돌아간 렌딜은 가볍게 웃으며 크루겐의 충고를 받아넘겼다.

"흐음?"

렌딜이 문을 여는 순간, 하녀 트리아나가 노크를 하려던 손을 슬쩍 거뒀다.

"자네는 또 웬일인가?"

"저… 간단히 끼니를 때울 음식을 가져왔습니다만."

"이젠 필요 없게 되었네."

"아, 저희들은 필요해요. 긴장해서 그런지 배가 고프거든요."

크루겐은 우두커니 서 있는 트리아나에게서 음식이 든 쟁반을 쏙 빼냈다.

다시 문이 닫히자, 크루겐을 포함해 네 명의 하이브리드만 남게 된 집무실 안에는 크루겐 혼자 사과를 먹는 소리만이 감돌았다.

"고독한 싸움이 되겠군."

침묵을 깨뜨리는 펠릭스의 말에 크루겐은 사과를 베어 물려던 입을 크게 벌린 채로 굳어버렸다.

"너희들은 그때에도 이렇게 싸웠었나?"

"그래도 그때에 비하면 지금이 훨씬 낫습니다. 최소한 베릴란트 왕국의 지원을 받을 수 있고, 조력자의 수도 많고, 실속이 없다고 평가되어도 쉬르 왕국을 우선은 확보했으니까요."

"그런가."

"그리고… 아닙니다."

그레인은 하려던 말을 급히 삼키며 말을 얼버무렸다.

'하마터면 결사대도 포함되어 있다고 말할 뻔했어. 맥스의 의도를 여전히 모르니… 도대체 무슨 생각일까?'

*　　　*　　　*

카르디어스 신성력 1400년 11월 12일.

쉬르 왕국 북쪽에 위치한 평원에 눈보라가 매섭게 휘몰아쳤다.

차가운 냉기가 감도는 이곳에는 겉보기에 아무것도 없는 허허벌판이었지만, 하늘을 향해 높게 솟아 있는 거대한 탑이 모습을 감추고 있었다.

전생의 결사대가 시간 회귀술을 발견했던, 그 유적이었다.

"모두들 힘내십시오. 거의 다 왔습니다."

유적의 최상층에 도착한 듀란은 일행들을 격려하며 굳게 닫힌 문 앞으로 걸어갔다.

그와 함께 온 결사대원들의 얼굴에는 지친 기색이 역력했지만, 마지막 층이라는 말에 긴장이 풀렸다.

'이곳을 다시 오게 될 줄은 몰랐는데…….'

당시에는 막연하게 '고대의 마탑'이라 부르던 곳.

탑 주위를 둘러싸는 거대한 마법진에 의해 은폐되어 있는 고대 마법 문명의 유산.

물론 당시에는 이곳에 결사대에게 마지막 기회를 주게 될 '시간 회귀술'이 있을 거라고는 예상조차 못 했었다.

'전생대로라면…….'

그들 앞을 가로막을 몬스터나 함정은 더 이상 없을 게 분명했다.

문을 열고 안으로 들어간 뒤, 낡은 제단 위에 시간 회귀술이 기록된 석판을 회수하는 걸로 이번 임무는 끝나게 된다.

그래도 방심은 금물이었기에 듀란은 긴장을 풀지 않고 문에 걸린 마법을 차근차근 해제하기 시작했다.

"모두 물러서십시오."

문 앞에 작은 마법진을 그린 듀란이 후퇴하자, 다른 결사대원들은 다시 긴장하며 문과의 거리를 벌렸다.

파아앗.

마법진 위로 솟아오른 빛이 어두컴컴했던 주변을 환하게 밝혔다.

워낙 복잡한 결계로 막힌 문이었기에 마법진이 발동한 뒤에도 당장 열리지 않았다.

빛에 반응해 문 위로 고대 문자들이 피어오르며 사라지는 걸 보며 기다리는 수밖에 없었다.

'확실히 예전보다 어려웠어.'

무려 50층에 달하는 탑.

전생에는 고대의 마탑을 결사대보다 먼저 발견했던 교단은

20층까지 발굴 작업을 진행했다가 포기했었다.

그 후 결사대는 40층까지 올라갔지만, 더 이상 올라가 봤자 의미가 없다는 의견으로 분분했었다. 끝까지 올라가자는 맥스의 고집이 없었다면 교단을 향한 결사대의 저항은 전생에 끝났을 것이다.

듀란은 고개를 좌우로 돌리더니, 지금은 없는 두 명을 떠올렸다.

결사대의 양 주축이었던 그레인과 맥스.

전생의 기억을 토대로 이번의 발굴 작업은 듀란 혼자서도 가능했지만, 역시 두 명의 부재가 안타깝게 느껴졌다.

특히 그레인과 함께할 수 없었던 점이 더욱더.

'이레귤러 측에 도움을 요청할 걸 그랬나?'

듀란은 좀 더 수월하고 확실한 방법을 떠올렸다가 이내 고개를 가로저었다.

렌딜의 딸 에르닌이 하이브리드가 되도록 방치한 일은 그냥 넘어갈 수 없었다. 그것도 결사대의 수장인 맥스가 저지른 일이었기에, 두 남자 사이에 생긴 골이 아물기엔 많은 시간을 필요로 한다.

'아무튼 이번에도 무사히 시간 회귀술을 입수하게 되었어. 예정보다는 많이 늦었지만…….'

원래는 더 일찍 와서 석판을 회수할 계획이었지만, 여러 사정이 겹쳐 이제야 마무리 짓게 되었다.

듀란은 회귀한 이후 전생에 기억하고 있는 모든 것들을 기록

했지만, 시간 회귀술에 대해서만은 포기했었다.

작은 석판 안에 마법으로 기록된 시간 회귀술의 마법식은 워낙 방대한 양이었기 때문이다.

무엇보다 다른 기억들처럼 한두 군데 틀려도 그냥 지나칠 수 없었다. 제대로 완성되지 못한 시간 회귀술을 발동시킬 경우, 회귀가 아닌 다른 현상이 발생할 여지가 다분하다.

굳이 발굴하지 않고 탑과 함께 소멸시키는 방법도 고려해 봤지만, 직접 시간 회귀술을 손에 넣는 쪽을 택했다.

전생처럼 실패를 반복하지 않는다는 보장은 없었기에.

"음?"

등 뒤에서 들리는 발소리에 듀란이 급히 뒤돌아섰다.

혹시 낙오되었다가 뒤늦게 따라오는 인원인지 확인하려고 주위를 둘러봤지만, 그가 데리고 온 열 명은 바로 근처에 모여 있었다.

"정말 그 녀석 말대로 이런 곳이 있었군."

후드로 얼굴을 가린 남성의 오른손에는 해머가 쥐어져 있었다.

녹색 액체가 뚝뚝 떨어지는 해머는 듀란에게 처음 보는 물건이 아니었다.

현생이 아닌 전생에.

"쉐일?"

"호오, 정말이로군. 날 단번에 알아볼 거라 말했었는데, 진짜일 줄이야."

후드를 뒤로 젖힌 쉐일에게 듀란은 시선을 뗄 수 없었다.

"정말로 쉐일, 당신이……."

"나는 너를 한 번도 본 적이 없는데, 너는 나를 단번에 알아보는군."

순간 듀란은 소름이 돋는 느낌과 함께 경직되었다.

"교단의 추기경이라서 알고 있는 걸까? 아니면 이전에 봐서 알고 있는 것일까?"

"……."

"아무래도 그놈의 말이 사실인 것 같군."

쉐일은 그동안 가설로만 여겼던 이야기들이 하나씩 맞아 들어감에 가볍게 미소를 지었다.

듀란은 침묵을 지키면서 쉐일이 걸어온 방향의 통로를 주시했다.

'다행히 단독으로 온 것 같군. 아니… 왜 혼자서? 교단의 병력을 동원하지 않고 왜?'

그러나 그가 이곳을 어떻게 알고 찾아왔는지에 대해서는 나중에 생각할 문제였다.

전생에는 둘도 없는 조력자이자, 결사대원이었던 고든의 친구였지만 지금은 적.

듀란은 양손을 아래로 내리더니, 흡혈귀의 힘을 사용할 준비를 마쳤다.

"으아악!"

순간 듀란은 비명을 지르면서 두 무릎을 꿇었다.

"으으… 으아악!"

다시는 겪지 않을 거라 여겼던, 격렬한 고통이 그를 엄습했다.

전생과 현생에 한 차례씩 겪었던, 바로 코어를 이식받았을 때 느꼈던 통증이었다.

"어… 어찌 된 일이지?"

듀란은 희미해져 가는 의식 속에서도 정신을 잃지 않고 주위를 둘러봤다.

"으, 으윽… 으아악!"

"사, 살려줘……."

비명과 신음은 듀란의 입에서만 흘러나오지 않았다.

같이 온 열 명 중, 시련을 느끼지 못하는 세 명마저도 다른 이들과 똑같이 고통으로 몸부림쳤다.

"호오, 제대로 통하는군. 정말 다행이야."

"으윽… 이럴 리가… 없는데……."

"그레인에게 썼을 때보다 강하게 적용시키니, 확실하게 효력이 나타나는군."

쉐일은 방패 대신 검은색의 '무언가'를 왼손으로 움켜쥐고 있었다.

"시련에서 해방된 너희들이 왜 다시 시련을 겪어야 하는지, 궁금한 것 같아 보이는데……."

쉐일은 고통으로 몸부림치는 결사대원들 사이를 가로질러 갔다.

듀란은 쓰러진 채로 손을 뻗어 쉐일을 막으려고 했지만, 그는 시선조차 주지 않고 문 앞에 섰다.

"그걸 네놈들에게 설명해 줄 이유는 나에게 없다."

끼이익.

거친 마찰음과 함께 열린 문을 통해 안으로 들어간 쉐일의 눈이 크게 떠졌다가 원래대로 돌아갔다.

"이것이… 그 녀석이 말했던 그것인가."

거리낌 없이 앞으로 걸어간 쉐일은 제단 위에 떠 있는 석판에 손을 뻗었다.

"흐음."

쉐일은 오른손으로 집어 든 석판을 이리저리 돌려봤다.

겉보기에는 아무런 장식도 없는 낡은 석판에 불과했다. 그러나 표면에 손바닥을 갖다 대자 마나의 흐름이 미약하지만, 분명하게 느껴졌다.

"이것도 역시 그놈 말대로군."

쉐일은 왼손으로 무언가를 계속 움켜쥔 상태에서 오른손을 살짝 웅크렸다가 펼치면서 마나를 발산시켰다.

"어……."

그의 손에서 흘러나온 마나가 석판 안에 마나와 반응하더니 빛을 발했다.

천장까지 뻗어나가던 빛의 폭이 좁아지면서 쉐일의 얼굴을 비췄다. 빛은 이내 작은 문자들로 형상화되어 석판을 넘어서는 문장들을 완성시켰다.

쉐일은 부들부들 떠는 손으로 석판을 제단 위에 올려놓은 뒤, 허공에 떠 있는 문장의 오른쪽 아래 부분을 왼쪽으로 넘겼다.

바릭투스에게 들었던 내용대로.

그러자 진짜 책장 넘기는 것처럼 기존에 떠오른 문자들이 지워지더니 새로운 문자들이 떠오르면서 문장이 이어졌다.

"정말로… 진짜? 이것마저도 그 녀석이 말했던 대로인가?"

빛의 문자가 나열되며 만들어내는 문장을 한 줄씩 읽을 때마다 쉐일은 눈동자를 깜박거렸다.

바릭투스의 이야기 중 가장 믿을 수 없었던 내용이었지만, 그 이상으로 기대를 품고서 그를 여기까지 오게 했던 이유.

회귀.

석판 위로 떠오르는 내용들은 다분히 은유적인 표현으로 가득 차 있었지만, 시간을 되돌리는 마법에 대한 설명임을 쉐일은 직감했다.

"하, 하하……."

경악, 허탈함, 분노, 희망.

여러 감정이 뒤엉킨 웃음이 쉐일의 입에서 흘러나왔다.

"정말로 그랬단 말인가. 하하… 나는 계속 눈이 먼 채로 살아오고 있었단 말이로군."

쉐일은 자신의 의지로 이끌어가고 있다고 여겼던 운명이 다른 이들에 의해 조절되었다는 진실을 깨닫자 기가 찼다.

크게 기대하지 않았다고 여겼지만, 본심은 달랐다.

조금도 믿지 않고 바라지 않았다면 여기까지 오지는 않았을 테니.

"드디어, 절대 이룰 수 없었던 꿈을 실현시킬 수 있게 되었어."

결사대든, 이레귤러든, 교단이든 이제 아무런 상관이 없었다.

그 무엇보다 이뤄지길 바랐지만 실현 불가능하다고 여기며 진작 포기했던 희망만이 쉐일의 뇌리에 맴돌았다.

고든을 다시 살리지 못한다면, 그가 살아 있었던 당시로 시간을 되돌리면 된다.

소중했던 친구를 다시 살릴 수 있다면, 그것만으로도 충분하다.

"그리고 미리 맥스를 처단해 버린다면……."

그러나 평소에는 품지 않았던 희망에 너무 고취되어서였을까.

결사대원들을 고통에 휩싸이게 만들었던, '검은 무언가'를 움켜쥐고 있던 왼손의 힘이 조금씩 약해졌다.

"으윽……."

이전보다 조금 약해진 고통 속에서 듀란이 이를 악물고 아주 천천히 몸을 일으켰다.

이대로라면 쉐일은 시간 회귀술이 기록된 석판을 가지고 교단으로 복귀할 것이다. 그리고 결사대든, 이레귤러든 어느 쪽이라도 교단을 벼랑 끝까지 몰아붙인다면, 교단 측 인사들은 회귀를 택해 과거로 돌아갈 것이 뻔했다.

바로 결사대가 전생에 그러했던 것과 같이.

그러나 지금 가장 우려되는 부분은 쉐일이 자신들을 가만히 놔둘 리 없다는 점이었다. 그에게 있어서 증오 그 자체인 결사대원들을 살려둘 리 만무했다.

다행히 쉐일은 석판에 기록된 내용들을 읽는 데 정신이 팔렸고, 쉐일은 동료들이 쓰러지면서 찢겨진 상처에서 흘러나온 피에 주목했다.

듀란은 쉐일의 등을 주시하면서, 들키지 않도록 조심스럽게 마나를 주변으로 퍼뜨렸다.

마나의 흐름에 따라 바닥을 따라 이동한 핏방울들이 한곳으로 모이면서 점점 커지기 시작했다.

'지금이야!'

"으윽!"

송곳처럼 날카롭게 변한 피가 쉐일의 왼손을 스치고 지나갔다.

손등 위에 길게 자리 잡은 상처에서 피가 주르륵 흘러내렸고, 아래로 떨어진 석판이 제단 모서리에 튕겨 옆으로 튕겨 나갔다.

쉐일은 급하게 오른손을 뻗었지만 허공을 붙잡았을 뿐이고, 다시 한번 뻗어나간 피의 송곳이 석판의 한가운데를 정확하게 꿰뚫었다.

"안 돼!"

절망에 찬 쉐일의 비명이 방 안에 울려 퍼졌다.

바닥에 떨어진 석판은 완전히 산산조각 나버렸다.

"이, 이래서는 안 돼! 이렇게 허무하게 박살 나서는 안 돼! 안 된다고!"

쉐일은 부들부들 떠는 손으로 파편들을 주워 맞춰봤지만, 빛의 문자는 다시 떠오르지 않았다.

"……."

힘이 빠진 쉐일의 왼손에서 '검은 무언가'가 바닥에 툭 떨어졌다.

그와 동시에 듀란을 포함한 결사대원들이 고통에서 해방되었다.

곧바로 반격하려고 했지만 시련의 여운이 아직 남아 있던 터라 그를 포함한 다른 결사대원의 움직임은 예전 같지 않았다. 비틀거리면서 몸을 일으켜 세우는 게 고작이었다.

"가질 수 없다면, 차라리……."

자신의 손으로 없애 버리는 쪽을 택한 듀란이 다시 바닥에 쓰러졌다. 결사대원들이 그를 부축하러 달려들었지만, 기력을 거의 소진한 듀란은 스스로의 힘으로 일어설 수 없었다.

"하, 하하, 하하하……."

무릎을 꿇은 쉐일의 입에서 이전과는 달리 허탈함만이 담긴 웃음소리가 새어 나왔다.

"그래, 그럴 리가 있나. 시간을 되돌리다니, 말도 안 되는 소리야."

그는 눈앞에 일어난 일을 부정하며 일어서더니 뒤를 돌아봤다.

"하이브리드, 네놈들은 정말로……."

결사대원들을 노려보는 그의 눈동자 주위에 빨간 실핏줄이 선명하게 드러났다.

"나에게 마지막 희망까지 앗아가는군."

쉐일은 같은 실수는 반복하지 않겠다는 듯, 떨어뜨렸던 '검은 무언가'를 재빠르게 주워 들었다. 그리고 바로 옆에 고여 있던 작은 핏덩어리를 발로 짓밟았다.

"하지만 이것마저 빼앗길 수는 없다."

쉐일은 독을 품은 해머, 베놈(Venom)을 오른손으로 강하게 움켜쥐었다.

잠시나마 품었던 희망만큼, 결사대원들을 향한 살의가 원래 있었던 분노와 증오에 덧붙여졌다.

"그리고 너희들의 생은 여기까지다!"

쉐일은 분노로 일렁이는 눈동자로 그들을 노려보면서 왼손에 있는 '검은 무언가'를 움켜쥐었다.

"으윽!"

"으아악!"

그들은 시련이 올 것을 미리 각오했지만, 신음과 비명이 나오는 것까지 막을 수는 없었다.

그나마 왼손의 상처 때문에 시련의 강도는 이전보다 조금이나마 약했다. 듀란은 고통 속에서도 정신을 잃지 않고 어떻게

이 위기를 탈출해야 할지 궁리했다.

그러나 다른 결사대원들에게는 아니었다.

쿵! 쿵!

쉐일이 분노를 담아 내려친 해머가 결사대원들의 팔과 다리를 짓이겼다.

"으… 으아악!"

더해진 또 하나의 고통에 몸부림쳤다. 해머 베놈의 독이 그들의 전신으로 서서히 퍼져 나갔기 때문이다.

쉐일은 결사대원들의 일부러 목숨을 완전히 끊지 않고, 한 명씩 죽기 직전까지만 몰아붙였다.

시련과 독, 두 가지 고통 속에서 비명과 신음이 메아리치듯 퍼져 나갔다.

"이제 너 혼자뿐인가?"

서서히 죽어가는 결사대원들 사이로 걸어간 쉐일은 듀란의 앞에 섰다.

해머 베놈을 높이 들어 올린 순간, 세 명의 결사대원들이 쉐일의 발목을 양팔로 감싸며 붙들었다.

전생에는 결사대였지만, 회귀하지 못해 전생의 기억을 하지 못하는 이들이었다.

"도망… 치십시오."

"듀란 님… 이라도 살아서……."

"저희들은… 이미 늦었으니……."

쾅!

쉐일은 자신을 막은 이들의 양팔과 다리만이 아닌, 전신을 가격하며 짓이기기 시작했다.

듀란은 결사대원들의 피와 살점이 마구 튀어오는 참혹한 광경을 바라봐야만 하는 현실에 울부짖었다.

이런 식으로 먼저 보내서는 절대 안 되는 이들이었기 때문이다.

"주… 죽어서는 안 됩니다! 모두 같이 살아서 돌아가야 합니다! 사실은… 크윽!"

말하고 싶었다.

이전부터 동료였다고.

일방적으로 지휘를 내리고 받는 관계가 아닌, 동등한 관계였다고.

전생에 이어 현생에도 같은 뜻 아래 뭉친, 절대 잃어버리고 싶지 않은 자들이었다고.

"사실은……."

절망에 아우성치던 듀란은 이내 입을 다물고 눈을 질끈 감았다.

저들의 바란 대로 자신만이라도 살아서 돌아가야 했다.

"헉, 헉……."

쉐일은 거친 숨을 내쉬면서 얼굴에 튄 핏자국을 손등으로 닦아냈다.

완전히 숨을 끊어놓은 세 명의 시체를 발로 툭 걷어찬 쉐일이 뒤를 돌아서자, 전에 없던 붉은색의 벽이 그와 듀란 사이를 양분했다.

동료들의 피로 만들어낸 견고한 벽 너머에서 듀란은 순간 이동 마법을 시전 중이었다.

파아앗!

듀란이 있던 자리 위로 빛이 번쩍였고, 잠시 후 피의 벽이 허물어지며 사라졌다.

듀란은 온데간데없었고 대신 마법진만이 바닥에 남아 있었다.

쾅!

"결사대… 이레귤러… 하이브리드."

마법진이 있던 자리를 산산조각 낸 쉐일은 해머 베놈에서 손을 뗐다.

"너희들을 영원히 용서하지 않겠다!"

강하게 움켜쥔 그의 오른손 아래로 핏방울이 뚝뚝 떨어졌다.

* * *

카르디어스 신성력 1400년 12월 5일.

끼이익.

감방의 문이 열리면서 쉐일이 안으로 들어갔다.

"오, 오셨군요!"

바릭투스는 벌떡 일어서더니 환하게 웃으며 쉐일을 맞이했다.

거의 일주일에 한 번씩은 이곳을 찾아왔던 쉐일의 발길이 한동안은 뜸했었다.

이대로 평생 감옥에 갇혀 생을 마감할지 모른다는 두려움에 벌벌 떨던 차, 그의 방문은 반갑기까지 했다.

그러나 확연히 달라진 쉐일의 분위기에 바릭투스의 얼굴에는 웃음기가 싹 사라졌다.

전에는 없던, 얼굴과 손 여기저기에 긁히고 베인 상처들이 바릭투스의 눈에 들어왔다.

그것보다 더욱 신경 쓰이는 점은, 이전보다 차갑게 변한 눈빛이었다.

"바릭투스."

탁자 위에 깃털 펜과 잉크병을 내려놓은 쉐일은 아무것도 적혀 있지 않는 종이 뭉치를 바릭투스의 발 앞에 휙 내던졌다.

"이제까지 나에게 말했던, 전생에 대한 내용들을 중요한 내용 위주로 여기에 기록해라."

"저, 전부 말입니까?"

"그렇다."

멍하니 흰 종이들을 바라보던 바릭투스는 이내 정신을 차리고 의자에 앉았다.

그렇게 이른 아침부터 시작된 문서 작성은 정오를 지나 저녁까지 이어졌다.

그러나 햇빛이 들지 않는 지하 감옥 안에서는 촛불 하나만이 시야를 밝혔고, 변화 없이 흘러가는 시간이 바릭투스에게는 지루하기만 했다.

도중에 배고픔을 이기지 못한 바릭투스의 배에서 연신 꾸르륵하는 소리가 흘러나왔다. 바릭투스는 쉐일 쪽에서 알아서 눈치채 주기를 바랐지만, 그는 감방 벽에 등을 기댄 채로 맞은편 벽만을 바라볼 뿐이었다.

그렇게 기나긴 문서 작성은 늦은 밤이 되어서야 끝을 맺었다.

"이걸로 끝입니다. 이제 좀… 쉬어도 될까요?"

"아니다."

쉐일은 감방 구석에 놔두었던 또 다른 문서들을 집어 들었다.

쉐일은 이전까지 바릭투스의 이야기를 듣고 직접 작성했던 문서들과, 바릭투스가 직접 쓴 내용들을 비교하기 시작했다.

지금 쉐일에게 필요한 건 새로운 사실보단, 이전에 들었던 이야기를 재차 확인하는 것.

특별히 중요하다고 판단된 부분은 직접 읽으면서 바릭투스의 검증을 받았다.

"…성지로 호송 중이던 포르테가의 여식을 도중에 빼돌린 자들은 사실 네가 꼬드긴 사람들이었고."

"그, 그랬습니다."

그로 인해 그레인이 결사대를 탈퇴했지만, 또 하나의 무시

못 할 집단인 이레귤러가 결성되었다는 생각에 미치자 쉐일은 들고 있던 문서를 강하게 움켜쥐었다.

"그때 일은 저, 정말로 잘못했습니다!"

"…또 한 명의 결사대원이었던 페트로에게 이레귤러의 자질이 있다는 걸 알렸던 것 역시 너였고?"

"네, 넵!"

쉐일이 질문하고 바릭투스가 대답하는 패턴의 반복이 다음 날 아침까지 이어졌다.

바릭투스는 고개를 꾸벅이며 졸다가도 쉐일의 질문에 화들짝 놀라며 대답하곤 했다.

그러나 쉐일은 조금도 화내지 않았다. 오히려 이렇게 피곤한 상태에서 무의식적으로 나오는 대답일수록, 거짓이 아닐 거라는 판단 때문이었다.

"이제 거의 끝이로군. 마지막으로 확인하겠다. 전생을 기준으로 결사대였던 자들, 그들을 도와줬던 이들의 명단을 따로 작성해 봐라. 회귀자들은 따로 분류하도록."

쉐일이 종이 한 장을 건네자 바릭투스는 기다렸다는 듯이 목록을 작성했다.

마지막이라는 말 때문이었을까, 바릭투스가 쥔 깃털 펜이 거리낌 없이 종이 위를 지나갔다.

"마쳤습니다."

종이에는 전생에 결사대였던 이들의 이름이 적혀 있었고, 그 아래에는 조력자들의 이름이 나열되었다.

"이들 중 밑줄을 친 자들이 회귀한 이들입니다."

쉐일은 자신의 이름이 버젓이 조력자들의 목록 한가운데에 있는 걸 발견하고 실소를 지었다.

그러나 전에는 행방불명이라고 들었던 결사대원의 번호 옆에 이름과 현재 지위가 적혀 있음을 발견하고 인상을 찌푸렸다.

"이자는… 교황이 거느리고 있는 경호원 중 한 명인데?"

전생에 대해 듣게 되고, 이제는 믿게 되어서였을까.

쉐일은 아르디언에게 예하라는 호칭을 더 이상 붙이지 않았다.

"네! 맞습니다! 지난번 실수로 잊어버렸다가 뒤늦게 기억해낸 결사대원입니다. 인간이라면 알고 있던 걸 잊어버리거나 까먹을 수도 있는 법 아닙니까?"

"하긴 그렇겠지."

쉐일은 고개를 끄덕이며 납득했다.

이제까지 실수가 하나도 없었던 쪽이 오히려 이상한 편이었다고 여기면서.

"그러면 이제 정말로 끝입니까?"

"아니, 아직 하나 남았군. 네가 말했던, 전생에 시간 회귀술을 발견한 장소는 이전에 알려준 곳 말고 또 있나?"

"제가 기억하는 한, 한 곳뿐입니다."

"그런가. 그랬군."

쉐일은 담담하게 대답했다.

한번 좌절을 겪어서였는지 큰 미련을 보이진 않았다.

"잠깐만."

쉐일은 감방 문을 열더니, 경비병에게 무언가를 건네받고 다시 문을 닫았다.

"계속 갇혀 있느라 구경도 못 하지 않았나?"

쉐일이 들고 있는 와인병을 본 순간, 바릭투스는 침을 꼴깍 삼켰다.

"정말 마셔도 됩니까?"

"나는 되었으니 너나 마셔라."

"가, 감사합니다."

바릭투스는 와인으로 채워진 나무 잔을 단숨에 들이켰다.

술기운이 퍼져 나가면서 머리가 핑 돌았지만, 한 잔으로 만족하기엔 감질났다.

쉐일은 재차 나무 컵에 와인을 채웠고, 바릭투스는 연신 들이켰다. 그렇게 석 잔을 연거푸 마신 바릭투스의 얼굴이 붉게 달아올랐다.

"저, 그러면 약속하신 대로 저를 이곳에서… 엇?"

바릭투스는 하던 말을 멈추고 비틀거렸다. 그가 떨어뜨린 나무 잔이 떼구루루 굴러갔다.

"이런, 하도 오래간만에 마셔서 그런지 벌써부터 취기가 도는군요."

"과연 그럴까?"

"네? 어… 혀 , 혀가……."

바릭투스는 술에 취했을 때의 반응하고는 명백하게 다른 느낌에 당황했다.

"죽는 독은 아니니 안심해라. 그 대신, 말을 한동안 하지 못할 거다. 너는 너무 위험한 것을, 그것도 많이 알고 있거든. 추후 다시는 말을 못 하도록 확실히 조치할 테니 안심해라."

쉐일은 하루 종일 바릭투스가 작성한 문서들을 따로 모아놓고선, 그 위에 촛불을 가져갔다.

화르르.

불길이 솟아오르며 문서들이 활활 타올랐다.

이미 기존에 여러 차례 작성되었던 문서들과 극히 일부분을 제외하곤 다를 바 없었기에 굳이 놔둬 화근을 남길 이유는 없었다.

"그리고 이곳에서 내보내 줄 테니 안심해라. 실험을 위해 마침 살아 있는 이레귤러가 필요했는데, 그 수고를 덜 겸 해서 말이다."

실험이라는 단어에 바릭투스 눈동자가 흔들리기 시작했다.

"왜… 약속을……."

지키지 않느냐고 항변하려 했으나, 빠르게 마비된 혀는 더 이상 움직이지 못했다.

"약속? 너는 인간이 아닌 개나 소에게 한 약속을 지키나? 인간이, 인간이 아닌 존재와 약속을 한다는 것 자체가 말이 된다고 생각하나?"

쉐일이 문을 열자, 밖에서 대기 중이던 사제 두 명이 바릭투스의 양팔을 붙들었다.

경비병과 사제들에게 끌려 나가는 바릭투스를 쉐일은 그 어느 때보다 차가운 눈으로 바라봤다.

"네가 말하는 전생의 내가 조력자였을지 모르지만……."

감방에 홀로 남게 된 쉐일은 탁자 위에 남아 있던 종이 한 장을 집어 들었다.

"현생의 나는 다르다."

그는 조력자들의 명단 중, 자신의 이름 위에 'x' 자를 그었다.

* * *

카르디어스 신성력 1400년 12월 10일.

"…결국 그렇게 되었군."

고성 안, 자신의 집무실에서 보고를 받는 맥스의 표정은 평상시와 다를 바 없었다.

"면목이 없습니다."

맞은편에 서 있는 듀란의 옷에는 여기저기 찢긴 자국이 선명하게 남아 있었다. 상처는 흡혈귀의 힘으로 모두 회복되었지만, 알 수 없는 힘에 일방적으로 당했던 흔적이 고스란히 존재했다.

"예상치 못했던 일이긴 하나, 결과는 우리들의 예측 중 하나에 불과하다."

회수에 실패했다는 보고를 받았음에도 맥스는 크게 낙담하지 않았다.

시간 회귀술을 또 한 번의 기회로 삼느냐.

아니면 다른 이들이 악용하지 못하도록 영원히 묻어두느냐.

두 가지 선택 중 한쪽을 택했지만, 쉐일의 예상치 못한 개입에 택하지 않았던 쪽으로 방향을 돌린 것에 불과하다고 여겼다.

"무엇보다 우리들이 회귀한 걸 알았다 하여도 교단 측에서 어찌할 방도는 없을 거다. 전생에 조력자였던 인간들 대부분은 이레귤러 측에서 이미 포섭한 상태이니."

그가 거둘 수 없었고, 거둬서는 안 되었던 이들의 얼굴이 한 명씩 맥스의 뇌리를 스치고 지나갔다.

"어쩌면 전생의 조력자가 인간들 중 극소수였다는 걸 다행으로 여길지도 모르겠군."

'인간'으로서 하이브리드 편에 섰었던, 몇 안 되었던 이들은 전원 그레인이 이끄는 이레귤러에 속한 상태.

게다가 전생에는 없던 비공정이라는 이동 수단 덕분에 이레귤러와 함께 움직이며 활동할 수 있었다.

전생처럼 각자 흩어져서 활동하다가 교단에 끌려가는 일 없이.

"그리고 회귀라는 사실 자체를 교단 측에서 알았다 해도, 섣부르게 주변에 알리진 않을 것이다. 보통의 인간들에게 허무맹랑하게 들릴 이야기를 퍼뜨려 봤자 그동안 쌓아놨던 신뢰만 깎

아먹을 테니까."

"하지만 저희들은 또 한 번의 기회를 상실했습니다."

"그건 교단 측도 마찬가지다."

"전 앞으로 어떻게 해야 할지 갈피를 잡지 못하겠습니다. 만약… 그런 일은 절대 없어야 하겠지만, 이번 저희들의 투쟁이 또 실패로 끝난다면……."

듀란은 자신의 손으로 직접 또 한 번의 기회를 없앴다는 죄책감에서 쉽게 벗어날 수 없었다.

그런 그의 앞으로 걸어간 맥스는 듀란의 양어깨에 손을 얹었다.

"듀란, 이미 벌어진 일은 되돌릴 수 없다. 돌이킬 수 없는 것에 미련을 가지는 것보다 앞으로의 일을 어떻게 수습할지가 중요하다. 무슨 말인지 이해하겠나?"

"…네."

"그것보다 그 부분이 맘에 걸리는군. 쉐일은 회귀 자체에 대해 알게 된 것을 넘어서서, 회귀자들의 존재를 알고 있다는 게 확실한가?"

"확신할 수는 없지만, 그가 한 말을 분석해 보면 분명히 그런 뉘앙스였습니다."

쉐일의 대답에 맥스는 깍지 낀 양손에 입을 가져갔다.

누구를 통해 어떤 경로로 이 세계는 회귀가 이뤄졌다는 걸 알게 되었는지 파악하고 싶었지만, 쉐일 본인과 대면하지 않는 이상 추측으로 접근할 수밖에 없었다.

"아무래도 쉐일 본인이 직접 알아냈다기보다는, 다른 이에게 들어서 알게 되었다는 판단 쪽이 더 적합하겠군."

"저도 그렇게 생각합니다. 실제로 그를 만났을 때, 누군가에게 들었다는 투로 말했습니다."

"예상 가는 인물은?"

듀란의 뇌리에 우선적으로 회귀했던 이들의 얼굴이 한 명씩 스쳐 지나갔다.

처음에는 결사대 안이나 혹은 이레귤러 측에 배신자가 있을 가능성을 염두에 뒀지만, 이내 다른 쪽으로 방향을 돌렸다.

결사대와 이레귤러, 그 어느 쪽에도 속하지 않은 회귀자들로 예상되는 자들의 수를 제한하자, 듀란은 곧바로 교단 내에 머무르고 있는 두 명의 이름을 떠올랐다.

"두 명이 있긴 하지만, 그중 한 명은 접근조차 할 수 없는 위치에 있는지라 확인하기 곤란합니다."

"나머지 한 명은?"

"교단 내에서 평범하게 사제로 지내고 있습니다. 이후에도 별다른 움직임을 보이지 않아서 사실상 방치 중이긴 했습니다만… 그럴수록 반대로 더욱 의심해야 할지도 모릅니다."

"99호가 데리고 왔던 그 여자가 말했던 것처럼?"

"네."

회귀자가 아님에도 그레인을 통해 회귀에 대해 알게 되고, 체일런의 코드네임을 이어받았던 베스티나.

그녀는 결사대에 머물 동안 맥스와 많은 이야기를 나누었다.

비록 회귀자는 아니었지만, 오히려 회귀자가 아니었기에 기존 결사대원들과 다른 시선으로 결사대를 볼 수 있었다.

펠릭스도 그녀와 비슷한 입장이었지만, 동생인 스코트의 존재로 인해 결사대와 간접적으로 연결된 터라 기존 결사대원들과 비슷한 경향을 띠었다.

그에 반해 전생에 결사대와 전혀 관련이 없었던 그녀의 사고와 판단은 회귀자들과 남다를 수밖에 없었다.

"회귀자들 중 배신자가 있다면, 회귀를 했음에도 아직 안 한 것처럼 행동하고 있을지도 모릅니다."

그런 그녀가 남긴 말 중 하나를 듀란은 머릿속에 떠올렸다.

오랜 시간 동안 교단과 맞서 싸웠기에 결사대원끼리 서로 가질 수 있었던 유대감.

그랬기에 현생에 와서도 배신하지 않을 거라는 감정적인 판단을 기존의 결사대원이 가지고 있었던 것이 사실이었다.

반면 베스티나는 그들과 달리 많은 부분에서 냉정하고 합리적인 판단을 내리곤 했다.

전생의 듀란 못지않을 정도로.

"그녀의 말대로 그 둘을 빨리 섭외하거나 처리했어야 했는데, 너무 오래 방치했군."

"우선은 시련을 받지 않는 육체를 어떤 방법으로 기존 하이브리드와 다를 바 없이 만들었는지 밝혀내야 합니다."

"그렇지. 그리고 남은 변수는… 그것이겠군."

아직도 밝혀내지 못한, 광룡의 코어에 대한 교단의 집착.

교황 아르디언이 직접 내린 지시에 의해 시행되었다는 것이 현재까지 입수한 유일한 단서.

앞선 쉐일의 건과 함께 당장 해결할 수 없다는 점이 맥스의 가슴을 답답하게 만들었다.

"듀란, 우선은 쉬고 있도록."

"알겠습니다."

듀란이 밖으로 나간 걸 확인한 맥스는 의자의 등받이에 몸을 기대더니 길게 한숨을 내쉬었다.

새로운 정보를 얻은 것과 상관없이, 이번 일로 치러야 했던 희생이 뼈아프게 다가왔다.

"안타깝군."

같이 교단에 맞서 싸울 동료가 사라져서가 아니었다.

전생 당시, 마지막까지 살아남은 30명에 포함되지 못했던 운명을 고스란히 따라가고 말았기 때문이었다.

비록 같이 회귀하지 못했지만, 교단에게서 완전히 벗어나 자유롭게 살길 원했던 소망을 이번 생에는 같이 누리길 바랐다.

"결국 모두 함께, 끝까지 가지 못하는군. 전생에 그랬던 것처럼."

맥스는 자신의 손으로 죽여야만 했던, 동료이자 스승이었던 고든을 떠올리며 천천히 눈을 감았다.

*　　*　　*

카르디어스 신성력 1400년 12월 24일.

"어이! 그 물건은 이쪽이 아니라고! 저쪽이야!"

"이쪽으로 좀 와줘!"

"뭐야? 아무리 눈에 안 보이는 곳이라고 해도 이렇게 지저분했다니… 청소 도구 좀 누가 가져와 봐!"

석 달 남짓 동안 쉬르 성에 머무르고 있던 비공정 안이 분주했다.

며칠 전, 쉬르 왕국 전역이 베릴란트 왕국의 지배하에 들어갔다는 보고를 받은 렌딜은 다음 목적지로 떠날 것을 알렸다.

비공정의 다음 목표는 쉬르 왕국의 남쪽에 위치한 베세스 왕국.

쉬르 왕국처럼 나라 전체가 종교에 열광적이지는 않았지만, 교단의 영향력이 강한 지역 중 하나였기에 그냥 지나칠 수는 없었다. 오히려 종교라는 광기에 물들지 않고 교단과 협약해 실질적 이득을 챙기는 곳이기에 다른 의미로는 쉬르 왕국보다 더 위험한 적이었다.

지난번보다 훨씬 격렬할지도 모르는 전쟁을 위해, 다들 바삐 떠날 채비를 갖추는 동안 렌딜의 집무실 안은 무거운 분위기에 휩싸였다.

"이런 일이 있었다니, 이거 원……."

방금 전, 급하게 도착한 전령이 건네준 편지의 내용을 읽은 렌덜의 말에 허탈함이 묻어나왔다.

"참으로 안타깝구먼. 자네들은 괜찮나?"

"……."

렌덜의 맞은편에 앉아 있는 그레인과 크루겐, 펠릭스와 드레이크는 대답하지 않고 침묵을 지켰다.

"그래, 나보다는 당연히 자네들 쪽이 더 실망이 크겠지. 그러면 자네 둘은 어떻게 생각하나?"

"솔직히 말하면 저는… 뭐라 판단할 수가 없겠군요. 전생에 대해 듣기만 했지, 직접 겪은 입장이 아니라서요."

"아무래도 그렇겠군. 델리아 양, 자네도?"

"네. 안타깝다는 생각은 들지만……."

결사대 측에선 다시 회귀할 수 없음을 듀란과 대장 맥스만이 알고 있는 것과 달리, 이레귤러 측에선 베스티나와 델리아까지 불러 사실을 알렸다.

회귀자만이 아닌, 다른 입장에 놓인 이들의 다양한 의견을 듣기 위해서였다.

'이렇게 될 줄 알았다면 우리 쪽에서 미리 회수했어야 했는데.'

이레귤러 측에서도 시간 회귀술이 기록된 석판에 대해 어떻게 할까 논의한 적이 있었다.

회귀자들 전원과 회귀하지 않은 이들 일부가 참가한 열띤 토론 끝에, 이레귤러 측에선 시간 회귀술에 대해 미련을 두지 말자는 쪽으로 회의를 결론지었다.

여러 의견이 오고 갔지만, 교단에 대한 투쟁이 실패하더라도 또다시 회귀하면 된다는 느슨함으로 이어질지 모른다는 의견이 대다수의 공감을 얻어냈기 때문이다.

그리고 시간 회귀술이 기록된 석판을 회수하겠다는 듀란의 보고를 받은 이후에는, 그 문제는 결사대 측에 맡기기로 결정되었다.

만약 시간 회귀술을 다시 쓰게 될 경우가 닥친다면, 그때는 이레귤러 측과 상호 협의하에 진행한다는 약속과 함께.

이는 회귀가 어떤 의미를 지니는지, 회귀를 통해 얻는 것만큼 잃는 것도 많다는 걸 알고 있는 회귀자들끼리의 공감대가 만들어낸 합의였다.

물론 또다시 회귀하는 경우 자체가 생기질 않기를 바랐지만, 이번 일처럼 시간 회귀술 자체를 쓰지 못하게 되는 경우까지 원한 건 아니었다.

'하지만 이제는 정말로… 다시는 시간을 되돌릴 수 없게 되어버렸어.'

시간 회귀술에 대해 크게 미련을 두지 않았다고 생각했던 것과 달리, 그레인은 낙담했다.

기회를 택하지 않는 것과 기회 자체가 사라진 것은 이야기가 전혀 다르다.

이제는 정말 실패를 생각하지 않고 승리만을 쟁취해야 한다는 결론으로 이어지자 강한 압박감이 그레인의 양어깨를 짓눌렸다.

"그레인, 드레이크. 우리들 너무 기죽지는 말자."

평소 얼굴에 두르고 다니던 머플러를 목 아래로 내린 크루겐은 홀가분하다는 표정이었다.

"그냥… 이미 벌어진 일이니 받아들이도록 노력하자고. 이제는 정말 이번 생에서 교단을 끝장낸다고 결심하면 되잖아?"

크루겐의 격려에도 두 회귀자, 그레인과 드레이크의 표정은 여전히 굳은 채였다.

"그리고 생각해 봐. 우리들이 한 번 회귀한 거니까 이렇게 열성적으로 다시 교단과 싸우는 거지, 실패할 때마다 계속 회귀한다면 예전만 하겠어? 반복된 실패 속에서 지칠 대로 지칠 테고, 결속력이 예전만 못할 거야."

"반복… 반복이라."

그레인은 반복이라는 단어를 되뇌었다.

"하지만 굳이 시간 회귀술을 발굴할 필요 없이, 그냥 탑과 함께 붕괴시키는 쪽이 나았을 걸세. 애초에 그건……."

"잉? 애초라니? 렌딜 님, 그게 무슨 소리예요?"

렌딜의 혼잣말에 크루겐은 그를 향해 얼굴을 불쑥 내밀었다.

"아, 그냥 나라면 굳이 회수하지 않았을 거라는 말이니 신경 쓰지 말게나. 그러면 그 이야기는 여기까지 하기로 하고, 또 다른 이야기로 넘어가 봅세."

'휴우, 입조심해야겠군. 베이그란트의 서에 적힌 내용을 그대

로 말할 뻔했어. 지난 회의 때도 참고 말 안 했던 걸 하필 이런 때에 말이야. 나도 참 주책이로구먼.'

렌딜은 자신이 생각 없이 내뱉은 말을 다른 이들이 캐묻지 못하도록 화제를 바꾸었다.

그러자 방 안의 분위기가 다시 숙연해졌다.

"……."

막상 화제를 꺼낸 렌딜이나 회귀자들은 입을 굳게 다물고 생각에 잠겼다.

시련에 저항할 수 있는 이레귤러마저 고통으로 쓰러지게 만든, 쉐일의 알 수 없는 힘이 등장했다는 이야기는 다시 회귀할 수 없게 되었다는 사실보다 더 중요하면서도 위협적이었다.

'다른 하이브리드들과 달리 우리들이 교단에 적극적으로 맞설 수 있던 장점이 사라진 거나 마찬가지야. 어떻게 대응해야 하지?'

교단을 적으로 상대하고 있는 이상, 쉐일과는 언젠가 만나게 될 터.

그레인은 다시는 겪으리라 생각지도 않았던 고통 속에서, 자신이 얼마나 싸울 수 있을까를 예상해 봤지만 그가 원하는 결론은 뇌리에 떠오르지 않았다.

"그레인, 확인할 게 있어."

앞선 주제에서 말하기보단 듣는 쪽이었던 베스티나가 입을 열었다.

"이레귤러는 시련을 극복할 수 있지만, 시련에 의한 고통 자체를 완전히 못 느끼는 건 아니었잖아? 맞지?"

"네."

이레귤러는 시련을 극복할 수 있지만, 시련으로 인한 고통 자체는 미약하게나마 느낄 수 있다.

그 덕분에 그레인과 크루겐은 교단에 머무르는 동안 다른 성직자들의 눈을 속일 수 있었다. 베스티나 역시 마찬가지였다.

"쉐일의 힘이 이레귤러에게 새로운 시련을 주는 게 아니라, 시련의 강도를 훨씬 높였던 거라면?"

"아……."

"저도 그렇게 생각하고 있답니다."

베스티나의 옆에 앉아 있던 델리아는 품에서 무언가를 꺼내 탁자 한가운데에 놓았다.

여러 차례에 걸친 전투 도중 교단 측으로부터 회수한 황금색 팔찌 중 하나였다.

"어? 이거… 분해되는 거였어?"

현생은 물론 전생에도 보지 못했던 팔찌의 내부를 본 크루겐이 눈을 휘둥그레 떴다.

"전생에는 결국 실패했다고 했었죠? 한 달 전쯤, 분해에 성공했어요. 그리고 이것은 팔찌 안쪽에 있던 물건이랍니다."

얼핏 보면 작은 보석처럼 보이는, 엄지손톱만 한 크기의 검은색 물체로 탁자에 둘러앉은 이들의 시선이 쏠렸다.

"이런 것이 안에 있었어? 팔찌를 여러 번 박살 낸 적은 있었지만 이건 처음 보는데?"

"팔찌가 강제로 해체되거나 파손될 경우, 안에 있던 이것을 순식간에 소멸시키는 마법이 교묘하게 숨겨져 있었어요. 저 혼자였다면 이 마법까지 해체하기엔 불가능했을 거예요. 하지만 다른 마법사분들의 협력 덕분에 겨우 성공했답니다. 특히 제스테일 님의 도움이 컸죠."

델리아는 렌딜이 읽었던 편지 위에 검은색 물체를 올려놨다.

"그리고 아까 읽었던 편지 내용 다들 기억하시죠? 우연의 일치일지 모르지만, 이것 역시 검은색을 띄고 있답니다."

"그렇다면 혹시……."

"어쩌면 그 '검은 무언가'와 이것은 같은 것일지도 모릅니다. 이것이 어떤 식으로 하이브리드들을 괴롭히는지 분석해 낼 수 있다면……."

피로한 기색이 역력한 델리아의 입가에 미소가 살며시 떠올랐다.

"이레귤러가 아닌 평범한 하이브리드도 시련에서 벗어날 수 있을지도 모르겠어요."

제4장

동족의 피

콰아앙!

마력포에서 발사된 광선이 베세스 왕국군의 진영 한가운데에서 폭발을 일으켰다.

짙은 연기가 피어오르는 와중에 사상자가 속출했지만, 베세스 왕국군의 진영은 쉽사리 무너지지 않았다.

"대형을 유지한 상태에서 부상자를 후방으로 이송시켜라!"

베세스 왕국군의 지휘관은 시야를 가리는 자욱한 연기 속에서 목소리를 높였다.

전세가 조금씩 자신들에게 불리하게 돌아가고 있음에도, 병사들은 지휘관의 지시에 따라 움직였다.

그래서일까, 넓은 벌판을 대각선으로 양분하는 강 북쪽에서 펼쳐진 이레귤러와 베세스 왕국군 간의 전투는 이레귤러 측의 예상보다 치열하게 전개되었다.

'전황을 바꿔야겠군.'

최전방에서 베세스 왕국군을 상대하던 펠릭스가 양 주먹을 강하게 움켜쥐었다.

우워워!

펠릭스의 외침에 그를 막아선 적 병사들의 움직임이 일순간 멈췄다.

그 틈을 놓치지 않고 펠릭스는 영겁의 사슬을 휘둘러 자신을 포위한 병사들을 순식간에 쓰러뜨렸다. 흩날리는 적들의 피에 펠릭스의 전신이 붉게 물들어 버렸지만, 그는 아랑곳하지 않고 적진 한복판으로 파고들었다.

그러자 적 병사들은 그와의 거리를 벌리면서 피해를 최소화했다.

여러 차례에 걸친 전투를 통해 잘 알려진 펠릭스의 위용을 두려워했지만, 그들은 두려움에 매몰되지 않고 택할 수 있는 최적의 방식으로 대응했다.

"쏴라!"

다시 적 진영으로 접근하려던 펠릭스의 머리 위에서 불화살의 비가 마구 쏟아졌다.

펠릭스는 영겁의 사슬을 상반신에 두른 뒤 교차시킨 양팔을 들어 올리며 불화살을 막아냈다.

상당수의 화살이 영겁의 사슬을 뚫지 못하고 튕겨 나갔지만, 그의 전신에 박힌 화살만 수십 개를 넘어섰다.

동시에 펠릭스의 상반신이 불길에 휩싸였고, 살점이 타오르는 고약한 냄새에 적 병사들은 물론 아군 병사들마저 코와 입을 틀어막고 그에게서 물러났다.

그에게 이식된 코어 중 하나인 트롤 왕의 살점이 가진 강력한 재생력 덕분에 부상 부위가 급속도로 아물었지만 그사이 병사들은 다시 거리를 벌리며 진형을 재정비했다.

"이런……."

펠릭스가 재생에 집중하는 사이, 지면이 흔들리면서 솟아오른 석판이 그를 완전히 둘러쌌다.

펠릭스는 양손에 낀 너클, 더블 임팩트로 석판을 부쉈지만, 누군가가 다시 석판을 생성시켜 그의 앞을 막았다.

'예전에도 느꼈지만, 쉬르 왕국처럼 만만한 상대는 아니야. 번거로운데…….'

자신의 힘을 서서히 소모시키려는 적들의 의도를 파악한 펠릭스는 비약을 마셨을 때처럼 무작정 돌파할 수는 없었다.

베세스 왕국군은 사기 자체가 쉬르 왕국군과 전혀 달랐고, 무엇보다 카르디어스 교단이 파견한 하이브리드들이 필사적으로 저항 중이었다.

펠릭스는 석판 너머에 있는, 자신처럼 코어를 이식받은 하이브리드의 존재가 느껴졌다.

'이렇게 된 이상…….'

단 한 번의 공격으로 빨리 해치우는 쪽이 합리적이었다.

펠릭스는 아까 무너뜨린 것보다 훨씬 두껍고 견고한 석판을 앞에 두고 양손에 힘을 모으기 시작했다.

*　　　*　　　*

크루겐과 함께 베세스 왕국군의 좌측을 공격 중인 그레인은 이마에서 흘러내리는 땀을 손등으로 훔쳤다.

'쉽게 뚫리지 않는군.'

그레인의 시선은 병사들의 보호 아래 바람의 힘을 사용 중인 하이브리드에 머물렀다.

그레인이 연이어 발사한 얼음 창을 상대편 하이브리드는 날카로운 바람의 칼날로 토막 냈고, 그를 둘러싼 병사들은 마나의 장벽을 발동시키는 방패를 앞세우고서 피해를 최소화시키는 중이었다.

냉기를 퍼뜨려 병사들을 얼리려고 할 때에는 마나의 장벽을 촘촘히 연결해 냉기가 진형을 뚫고 들어오는 걸 막았다. 툰드라를 시전하려고 할 때에는 계속 방어만 하던 병사들이 공격으로 빠르게 전환해 저지하기까지 했다.

'이렇게나 빠른 대응을 한다는 건, 나에 대한 분석이 어느 정도는 되어 있다는 이야기겠지.'

그레인은 경계를 늦추지 않으면서 고개를 살짝 들었다가 도로 내렸다.

아무도 없는 창공을 확인한 그레인의 표정은 여전히 굳어진 채 그대로였다.

'상공에서 공격했다면 훨씬 수월했겠지만…….'

베스티나는 계속된 전투로 인해 누적된 피로를 버티지 못하고 비공정 안에서 대기 중인 상태.

전투가 끝난 뒤 부상병들을 빛의 힘으로 치료하느라 매번 마나가 바닥난 탓이었다.

'우리들만의 힘으로 해결해야 해. 이것까지 분석되었는지 확인해 볼까?'

그레인은 양손에 쥐고 있던 두 자루의 트윈 엣지 중, 왼손에 쥐고 있던 한 자루를 검집에 집어넣었다.

휘잉!

그의 왼손에 구현된 얼음 창이 공기를 가르며 빠른 속도로 날아갔다.

적 병사들은 이전처럼 방패를 촘촘하게 연결하더니, 얼음 창이 날아오는 방향에 맞춰 마나의 장벽을 중첩시켰다.

"어?"

"이, 이건 도대체 뭐지?"

얼음 창이 방패에 닿기 직전, 차가운 공기로 변하면서 병사들을 둘러쌌다. 그리고 다시 얼음 창으로 변했다.

단, 이전과 달리 십여 개에 달하는 숫자로 나뉘어서.

"크헉!"

"으아악!"

얼음 창에 몸을 꿰뚫린 병사들의 입에서 비명이 터져 나왔다.

마나의 장벽을 얼음 창이 날아오던 방향 한곳으로 집중시킨 탓에 다른 방향에 있던 병사들의 방패는 보통의 것과 다를 바 없었다.

"이, 이럴 수가?"

그레인의 공격을 계속 막아내던 병사들의 진형이 분쇄되자, 안에서 보호받던 하이브리드는 당황하며 어찌할 바를 몰랐다.

상대가 다시 정신을 차리기까지의 짧은 순간 동안, 그레인은 빠르게 달려가면서 그와의 거리를 좁혔다.

적 하이브리드와 그레인 자신 외에는 옆에서 끼어들지 못하도록 왼편과 오른편에 길게 이어진 얼음벽을 세우면서.

휘이잉!

적 하이브리드를 중심으로 거센 돌풍이 몰아쳤다.

가만히 서 있어도 뒤로 밀려나는 돌풍 안으로 그레인이 뛰어들었다.

바람의 칼날이 스치고 지나가면서 전신에 크고 작은 상처가 생겨났지만, 그레인은 아랑곳하지 않고 양손에 쥔 트윈 엣지를 하나씩 던졌다.

상대는 돌풍을 유지하면서 각기 다른 방향으로 날아오는 두 개의 단검에서 시선을 떼지 않았다. 그는 몸을 옆으로 비틀면서 간신히 피했지만, 트윈 엣지가 방향을 급격히 바꾸면서 상대의 양어깨에 와이어가 둘둘 감겼다.

하나는 어깨 위에서 아래로, 다른 하나는 어깨 아래에서 위로.

"으아악!"

교단 측 하이브리드의 입에서 비명이 터져 나오면서 피가 사방으로 튀었다.

그의 양어깨에 둘둘 감긴 와이어 표면에 형성된 날카로운 냉기의 톱날이 빠르게 회전하면서 양쪽 어깻죽지를 단숨에 잘라버렸다.

그레인이 오래간만에 구현한 기술, 프로스트 엣지가 상대를 단숨에 전투 불능으로 만들었다.

"크어… 억."

그리고 병사들의 서로 뒤엉킨 그림자 속을 이동하며 틈만을 노리던 크루겐이 팬텀 대거를 적 하이브리드의 등 깊숙이 꽂았다.

"내가… 이런 곳에서……."

"……."

"죽어야만… 하다니……."

원망으로 가득 찬 적 하이브리드는 그레인에게서 눈을 떼지 못했다.

털썩.

앞으로 쓰러진 적의 시체를 그레인과 크루겐이 말없이 내려다봤다.

그레인의 옷과 크루겐의 검은색 머플러를 붉게 적신 건, 그들과 같은 하이브리드의 피였다.

*　　　*　　　*

다른 곳의 전투가 격렬함 속에서 치러진 반면, 에르닌이 투입된 지역에선 이레귤러 측의 일방적인 우세로 끝났다.

"……."

안대를 벗은 에르닌의 오른쪽 눈 동공이 살짝 수축했다가 원래대로 돌아갔다.

석상이 되어버린 베세스 병사들 사이로 바람이 불었고, 고요함 속에 생명의 기운은 찾아볼 수 없었다.

적어도 그녀의 시야가 닿는 곳에 한해서는.

"아가씨."

"난 괜찮아."

에르닌은 손을 뒤로 뻗어 그녀를 걱정하는 트리나아에게 다가오지 말라고 만류했다.

혹시라도 트리아나마저 자신의 잠재 기술인 '사안'에 휘말릴까 두려워하면서.

"…괜찮아."

에르닌은 시선을 정면으로 유지한 채 왼손으로 홀더 안을 뒤졌다.

허리에 차고 있는 홀더 안에는 마력을 다 소모해 버린 빈 시험관만 가득 차 있었다.

마력총만으로 전투가 승리로 끝나기를 바랐지만, 그레인과 펠릭스가 없는 진영을 파고든다는 베세스 왕국군의 노림수는 에르닌으로 하여금 오른쪽 눈의 안대를 벗게 만들었다.

마나의 장벽으로 전신을 감싼 에르닌이 한 걸음씩 앞으로 걸어갈 때마다 선 채로 돌이 되어버린 적 병사들의 수는 늘어만 갔다.

살아서 움직이는 자들 대신 석상의 수만 계속 늘어나자 죽음의 공포가 삽시간에 퍼져 나갔고, 결국 해당 지역을 공격하려던 적 병력은 뒤도 돌아보지 않고 후퇴했다.

그러나 이레귤러 측에서는 그들을 뒤쫓기는커녕, 이미 승리로 끝난 전역을 떠나지 못했다.

같은 편 병사들은 행여나 에르닌의 시야에 자신이 들어갈까 두려워하며 고개를 반대 방향으로 돌린 채 눈을 질끈 감고 있었다.

"마… 마녀다!"

석상으로 완전히 변하기 전, 적 병사들이 외친 말이 에르닌의 뇌리에 머물었지만 그녀는 크게 개의치 않았다.

전생의 아딜나를 통해 메두사의 눈을 이식받은 하이브리드가 어떤 취급을 당하는지 그레인에게 들었기도 했고, 에르닌 본인도 예상했던 부분이었기에 큰 충격은 없었다.

문제는 다른 부분이었다.

'나, 하마터면 같은 편까지 석화시킬 뻔했어.'

잠재 기술, 사안을 사용하는 도중 트리아나의 목소리가 뒤에서 들리자, 에르닌은 자신도 모르게 아군이 있는 쪽으로 고개를 돌릴 뻔했다.

다행히도 에르닌은 재빨리 눈을 감고서 고개를 정면으로 돌렸다. 다시 눈을 떴을 때 보인 광경은 이전과 다를 바 없었지만, 보이지 않는 등 뒤에서 느껴지는 시선은 전과는 확연히 다른 느낌이었다.

'왜 전생의 아딜나가 그런 성격이었는지 이젠 알 것 같아.'

예전 베릴란트 성에서 써봤던 능력이었지만 이렇게 많은 적 병력을 상대로 써본 적은 처음이었다.

그때 알아채지 못했던, 자신이 소유한 힘이 얼마나 무서운 것인지를 에르닌은 적이 아닌 같은 편을 통해 깨달았다.

당장에라도 안대로 오른쪽 눈을 가리고 싶었지만, 안대를 움켜쥔 오른손의 경련이 멈추질 않았다.

바로 그때, 다른 진영에서 말을 타고 온 병사가 트리아나에게 무언가 알렸고 고개를 끄덕인 트리아나가 에르닌에게 다가갔다.

"무슨 일이야?"

"만약 아가씨가 하이브리드의 힘을 썼다면, 승패에 상관없이 즉각 비공정으로 복귀시키라고 그레인 도련님께서 전하셨습니다."

"그레인 오빠가?"

"네, 마치 아가씨가 이럴 거라 예상하고 그런 지시를 내린 것 같아요."

"오빠가… 그랬구나."

에르닌은 안대로 오른쪽 눈을 가린 후 동쪽으로 고개를 돌렸다.

이레귤러 측의 반격을 버티지 못하고 물러나는 베세스 왕국군의 행렬이 그녀의 시야 한복판에 길게 자리 잡았다.

*　　　*　　　*

동이 틀 때 시작된 전투의 끝은 노을이 질 무렵, 베세스 왕국군 측의 패배로 끝났다.

베세스 왕국군이 후퇴하고 남은 자리에는 수많은 시체들이 패배의 흔적으로 자리 잡았다.

그들 중에는 교단 소속의 하이브리드들도 소수 포함되어 있었고, 당연히 시련을 받지 않는 이레귤러는 단 한 명도 없었다.

짙은 연기가 곳곳에서 피어오르는 가운데, 그레인의 시선은 적군의 후퇴 직전 쓰러뜨렸던 한 구의 시체에 머물렀다.

"빙룡의 코어였군."

그레인은 빙룡의 어금니가 이식된 왼손으로 시체의 오른손에 가져갔다.

전생에 비해 상대적으로 마음의 여유가 생겼기 때문일까.

예전에는 무심히 지나갔을 적 하이브리드의 시체를 남처럼 바라볼 수만은 없었다.

자리에서 일어선 그레인은 뒤를 돌아봤다. 멈춰 서 있던 비공정이 천천히 다가오고 있었고, 그보다 앞서 무언가가 빠른 속도로 그레인을 향해 날아왔다.

휘이잉!

바람을 가르는 소리와 함께 그레인의 바로 옆에 착지한 이는 베스티나였다.

"베스티나?"

"왜 쉬지 않고 여기에 왔냐는 얼굴 같은데, 부상병들을 치료해야 하잖아. 그리고 너도……."

베스티나에게 이식된 천사의 날개가 빛에 휩싸이더니, 이내 사라졌다.

그레인의 몸 여기저기에 자리 잡았던 상처가 말끔히 치료되었지만, 마음속 무거움까지 덜어주지는 못했다.

"저 사람, 혹시……."

베스티나는 하던 말을 멈추고 시체의 오른손을 유심히 살펴봤다.

피와 흙이 잔뜩 묻은 법의는 원래 모양을 알아보기 힘들었지만, 예전 그레인을 통해 봤던 적이 있는 빙룡의 비늘을 그녀는 단번에 알아봤다.

"괜찮아?"

"전쟁이라는 수단을 택한 이상, 어쩔 수 없는 부분입니다."

구할 수 있는 자가 있는가 하면, 그렇지 못한 이도 있는 법.

그레인의 힘은 속성이 정반대라는 점을 제외하면 전생의 수준을 이미 넘어섰다. 그러나 수많은 이들이 뒤엉켜 싸우는 혼전 속에서 교단 소속 하이브리드를 살려서 제압할 정도로 강하지는 않았다.

"저기, 그레인……."

베스티나는 예전에 하려다가 마음속에 품었던 말을 꺼내기로 결심했다.

"이런 식으로 교단 소속 하이브리드들과 혈전을 벌이기보단, 교단이 사용하는 황금색 팔찌의 힘으로 제압해서 포로로 잡는 쪽이 훨씬 낫지 않아?"

"효율을 따진다면 당신의 말이 옳습니다."

그레인의 말이 베스티나의 의견을 긍정한 것과 다르게, 그의 표정은 결코 긍정의 의미가 아니었다.

"하지만 시련 때문에 교단에 복종하는 하이브리드들을, 똑같이 시련으로 굴복시킨다면 저희들이 어떤 모습으로 그들에게 비춰지겠습니까?"

그레인은 물론이고, 이레귤러의 상당수를 차지하는 회귀자들은 황금색 팔찌의 사용을 극도로 꺼려왔다.

에리스 백작 부인을 설득하기 위해 부득이하게 썼을 때도, 직접 사용하지 않고 크리프 사제에게 시켰었다.

그것도 시간이 촉박한 상황이 아니었다면 쓰지 않았을 것이다.

전생에 비해 수단을 가리지 않는 결사대에서도, 특수한 경우를 제외하고는 교단에서 탈취한 황금색 팔찌를 사용하지는 않았다.

"그리고 예전에 이미 그래본 적이 있습니다."

주의를 의식해 전생이 아닌 '예전'이라는 단어를 쓴 그레인의 표정은 그리 밝지 못했다.

"아… 그렇다면……."

"상당수가 도망치거나, 배신자로 돌아섰습니다. 무엇보다 그들을 시련으로 굴복시킨 뒤, 포로로 잡았을 때 우리들을 올려다보던 눈빛을 아직도 잊을 수 없습니다."

구성원만 달랐을 뿐, 시련을 이용해 포로로 잡은 이들의 눈에 비친 결사대는 또 다른 형태의 교단이나 마찬가지였다.

"전 예전의 당신이 어떤 운명인지 알지 못합니다. 하지만 어떤 이유에서든 간에 교단의 하이브리드로서 살아남은 상황에서 결사대를 적으로 만났다면……."

그레인은 방금 전부터 베스티나가 눈을 떼지 못하는 하이브리드의 시체를 내려다보며 말끝을 흐렸다.

시체의 왼손에 있는 빙룡의 비늘을 보자 자신을 죽인 기분이 들었다. 빙룡의 어금니가 이식된 왼팔을 들어 올리자 잔뜩 돋은 소름이 눈에 확 들어왔다.

"절대 결사대에 협력하지 않았을 것입니다."

시련을 견뎌내느냐, 그렇지 못하느냐의 차이점은 교단과의 투쟁이 길어질수록 이레귤러와 다른 하이브리드간의 깊은 골을 형성했다.

그렇게 되기 전에 가능한 한 빨리 교단을 쓰러뜨려야만 한다. 동시에 베스티나가 말한, 가장 효율적인 방법을 배제한 상황에서.

베세스 왕국과 대치하기 시작한 이후, 교단 소속의 하이브리드와 본격적으로 싸우기 시작하자 그 사실을 본격적으로 인식하기 시작했고, 그레인은 거듭된 승리 속에서도 초조함을 떨쳐내기 힘들었다.

'그때의 실수는 정말 크게 돌아왔었지.'

전생 당시, 교단의 하이브리드가 적으로 나타날 때마다 강탈한 황금색 팔찌로 그들을 포로로 확보한 후 거듭된 설득 끝에 그들을 조력자로 만들었다.

그러나 조력자의 수는 늘어났지만 결속력은 약화되었다.

강제로 조력자가 된 이들의 상당수가 결사대와 뜻을 같이하는 척하면서 교단에 정보를 흘렸고, 조력자에서 배신자가 된 이들을 처단하는 피의 악순환이 반복되었다.

결국 결사대 내부의 토론 끝에, 극히 특별한 경우를 제외하고 황금색 팔찌의 힘으로 포로를 잡지 않겠다는 결정을 내렸다.

그러나 이미 저질렀던 실수의 대가는 단지 그것만으로 끝나지 않았다.

교단은 결사대가 저지른 실수를 자신들이 거느리고 있는 하이브리드들에게 대대적으로 알렸고, 전생의 결사대가 고독한 길을 걸어가야 하는 이유 중의 하나가 되어버렸다.

"교단과 똑같은 수단으로 다른 하이브리드들을 굴복시키고 이상을 강요할 바에는, 차라리 순수한 적으로 남는 편이 낫습니다."

교단을 쓰러뜨리기 위해, 교단에서 벗어나기 위해 예전의 결사대는 교단 소속의 하이브리드들의 피를 밟고 나가야만 했다.

목적만큼이나 수단 역시 중요하다는 걸 뒤늦게 깨닫고서.

"뭘 그렇게 무거운 이야기를 나누고 있어?"

"크루겐?"

조용히 그레인 옆에 나타난 크루겐이 어깨동무를 했다.

"뭐, 그레인이 말했다시피 네가 말한 방법은 쓸 수 없어. 실제로는 그다지 효율적이지 못한 것도 있지만, 이미 한 차례 실패한 방법이기도 하니까."

그레인에 이어 크루겐마저 그녀의 의견을 반박하자 베스티나는 침울한 표정으로 고개를 떨궜다.

"그렇다고 우리들의 방침에 무조건 수긍하진 말고, 의구심이 생길 때마다 주저하지 말고 생각을 말해줘. 우리들은 현재 택할 수 있는 방법 중에 최선을 택한 것뿐이지, 더 좋은 방법이 없는 건 절대 아니거든."

크루겐은 팬덤 대거를 허공에 대고 휘저으며 칼날에 묻은 피를 털어냈다.

"휴우, 그런데 시간 한번 훅훅 지나가네. 쉬르 왕국에서 지겹게 땀 흘렸던 적이 엊그제 같은데, 겨울이 지나 슬슬 봄이 오고 있으니 말이야."

"크루겐, 지금은 4월이다."

"뭐? 이미 봄이네? 체감한 것보다 하루하루가 너무 빨리 지나가는데?"

화제를 다른 쪽으로 돌리면서 애써 괜찮은 척하는 크루겐.

같은 하이브리드를 쓰러뜨려야 전진할 수 있는 현실을 무덤덤하게 받아들이는 그레인.

현실을 타개하기 위한 더 좋은 방법을 궁리 중인 베스티나.

셋 모두 승리의 기쁨을 순수하게 만끽하지는 못했다.

*　　　*　　　*

카르디어스 신성력 1401년 4월 20일.

촤아악.

물살을 가르며 비공정이 강을 가로질러 갔다.

이틀 전 있었던 전투를 승리로 끝낸 이레귤러는 베세스 왕국의 수도까지 이어지는 넓은 강을 타고 남쪽으로 내려가는 중이었다.

이레귤러가 쉬르 왕국을 떠나 베세스 왕국에 진입한 지 어느덧 석 달째.

쉬르 왕국을 기대 이상으로 너무 순조롭게 점령했던 것과 다르게 베세스 왕국의 저항은 예상보다 강했다.

다행히 비공정 덕분에 이동하면서 다음 전투를 대비해 몸을 쉴 수 있었다.

그러나 반대로 정신적인 피로를 회복할 시간이 부족해졌다.

물론 전생에 교단을 상대로 오랜 시간 동안 투쟁했었던 회귀자들에게 거듭되는 전투는 큰 부담이 아니었지만, 다른 이들에게는 강행군임은 분명했다.

그래서 당분간은 전투를 피하는 쪽으로 움직이자는 결정이 며칠 전 회의에서 나왔다.

그레인 역시 언제 또 벌어질지 모르는 전투를 대비해 잠시 숨을 돌리려는 찰나, 예상 못 한 변수를 교단 측에서 꺼냈다.

"협상?"

갑판 위에서 홀로 생각 중이던 그레인은 크루겐의 말을 듣고 눈을 크게 떴다.

"네가 들어도 참 의외지?"

"협상이라……."

보급을 위해 들른 마을에서 누군가가 건네준 편지에는 교단 측에서 이레귤러와의 협상을 하겠다는 내용이 적혀 있었다.

"정말 교단에서 보낸 편지가 맞나?"

"교황의 인장이 찍힌 문서였어. 진짜 협상인지 아닌지는 모르겠지만, 그런 의사 자체를 표한 건 맞아."

"처음이로군."

전생의 교단은 결사대를 철저히 적대시했기 때문에 협상을 제의조차 하지 않았다.

그건 결사대 역시 마찬가지였지만.

"그런데 우리들, 전생에 교단과 협상이라는 것 자체를 해본 적이 없었잖아. 전하도 참가하겠다고 했지만 우리들끼리 잘될까?"

"렌딜 님께서는?"

"우리들에게 전적으로 맡기겠대. 아무래도 에르닌의 건 때문인지 교단 놈들 앞에서 냉정을 유지할 자신이 없다고 하셨거든. 심정이야 이해되지만, 쩝……."

크루겐은 오른손으로 팬텀 대거를 저글링하며 답답함을 호소했다.

차라리 교단과 피 튀기도록 싸우는 거라면 자신 있지만, 말로 원하는 것을 쟁취하는 쪽에는 영 자신이 없었다.

"마음 같아서는 사신이든 뭐든 만나자마자 도륙을 내고 싶지만, 분은 풀리더라도 일은 꼬일 테니… 그냥 무난하게 쫓아내 버릴까?"

크루겐의 제안에 그레인은 잠시 생각에 잠겼다가 고개를 가로저었다.

"쫓아내는 것도 좀 그렇지? 역시 받아들여야 할까?"

교단을 쓰러뜨려야 한다는 신념 자체는 고수해야 한다.

그러나 그 신념 때문에 상대의 접근을 무조건 거부한다는 인상을 줘버리면 곤란하다.

이레귤러가 교섭 자체를 허용하지 않는다는 집단으로 인식된다면 전생의 결사대 못지않게 고독한 길을 계속 걸어가야만 하고, 교단 외의 다른 집단과의 협상 자체를 무산시킬 수가 있다.

"이럴 때 듀란이 있었다면 그마나 괜찮았을 텐데, 그건 무리이니 대신 베스티나를 참석시킬 수밖에."

"베스티나를?"

"그 아이는 우리들이 떠올리지 못하는 생각을 곧잘 하니까, 그런 자리에는 오히려 우리들보다 더 어울릴 거야. 이미 말해뒀으니까 네가 동의한다면 문제없어."

"그녀에게는 부담이 큰 일인데, 괜찮을까?"

"베스티나 본인이 자청하기도 했어. 그리고 아까 말했다시피, 막상 협상이 시작되면 그 애가 우리들보다 더 잘할지도 몰라. 솔직히 우리들이 싸우는 것 말고 잘하는 게 그리 많진 않잖아?"

"부정할 수 없군. 협상 날짜는?"

"바로 오늘이야."

* * *

강 위에 정박한 비공정에서 네 명의 남녀가 내려와 말을 타고 평원을 질주했다.

교단 측에서 지정한 협상 장소를 찾는 것은 의외로 쉬웠다. 강 옆에 멀리 떨어진 평원 위에 설치된 막사 하나만 보고 따라가면 되었기에.

"이곳 맞겠지?"

막사 안으로 들어간 크루겐은 주위를 둘러보더니 수상한 게 없는지 꼼꼼히 둘러봤다.

막사 안에는 기다란 직사각형 모양의 탁자와 양옆에 의자들이 놓여 있었다. 그 외에는 아무것도 없었고, 마법이나 함정 같은 건 설치되지 않았다.

"그런데 아직도 안 왔나?"

"우리들이 일찍 왔으니 좀 기다려 보자."

이레귤러를 대표해서 온 자들은 총 네 명.

그레인, 크루겐. 그리고 베스티나와 드레이크.

원래 참석하려던 펠릭스를 렌달이 만류한 까닭에 대신 드레이크가 일행에 포함되었다.

교단 측에선 그 이상의 인원을 예상했는지 여섯 개의 의자가 나란히 놓여 있었다.

특이하게도 교단 측 인사가 앉을 탁자 맞은편에는 단 하나의 의자만 있었다.

의자에 앉은 네 명은 아무런 말도 없이 서로 침묵만을 지켰다.

그레인은 탁자 아래로 내린 왼손을 움켜쥐었다 펴기를 반복했다. 적들에게 둘러싸여 혈전을 벌이는 것도 아니었지만, 긴장을 떨쳐낼 수 없었다.

잠시 후, 법의 차림의 남자가 막사 안으로 들어왔다.

교단 측의 인사는 의자의 수에 맞춰서 단 한 명뿐이었다.

"정말 혼자 오다니 배짱 한번 대단한데?"

"아니면 실제로 그만한 실력이 있다는 이야기일 수도 있겠군."

크루겐의 비아냥으로 시작된 이레귤러 측의 말에 사내는 아무런 반응도 보여주지 않았다.

애초에 얼굴을 복면으로 가리고 있어서 표정을 읽는 게 불가능했지만.

"그런데 그거 좀 벗지그래?"

크루겐은 오른손 검지로 사내의 복면을 가리켰다.

"협상의 전제 조건 중 이걸 벗으라는 이야기는 없었습니다만."

교단 측 인사는 예상외의 정중한 말투로 대답했다. 그러나 크루겐은 그에 맞춰 정중하게 대꾸하지 않았다.

"얼굴조차 보여주지 않는 상대하고는 협상 안 해."

크루겐은 자리에서 벌떡 일어섰고, 드레이크가 뒤따라 자리에서 일어섰다.

상황을 지켜보던 베스티나는 한숨을 내쉬며 일어섰고, 그레인과 교단 측 협상자만이 의자에 앉아 있었다.

잠시 후, 그레인마저 의자를 뒤로 빼고 일어서려고 하자 맞은편에 앉은 사내가 왼팔을 들어 올리더니 복면을 벗기 시작했다.

"어……."

그레인은 사내의 얼굴에서 눈을 뗄 수 없었다.

그레인은 연신 눈을 깜박였지만, 기억 속의 남자와 지금 그의 눈앞에 있는 사내의 얼굴은 거의 같았다.

"너는……."

데인.

결사대의 65번째 대원이자, 회귀를 택한 30명의 생존자 중 한 명.

행방이 묘연한 회귀자들 중 하나인 그가 교황이 직접 파견한 칙사로 올 줄은 전혀 예상하지 못했다.

그레인을 비롯해 크루겐과 드레이크마저도.

*　　　*　　　*

"……."

데인은 날카로운 눈으로 자신에게 집중된 네 명의 시선을 맞받아쳤다.

복면을 벗긴 했지만, 그레인 일행의 당혹해하는 반응에도 일체의 표정 변화를 보여주지 않았다.

"그레인! 저 남자, 혹시……."

베스티나는 목소리를 급히 낮췄다.

회귀자가 아닌 그녀 역시 놀라기는 마찬가지였다.

"크루겐이 그려준 그림의 사람 중 한 명 아니야?"

대다수의 회귀자들이 각자의 선택에 따라 길을 걷기 시작한 이후, 행방이 밝혀지지 않은 남은 회귀자들의 수는 몇 명으로 좁혀졌다.

크루겐은 그들을 다시 만날 경우를 대비해 일일이 얼굴을 그려, 이레귤러의 핵심 멤버 중 회귀자가 아닌 이들에게 나눠줬다.

예전 베스티나와 체일런 사이에서 벌어졌던, 피치 못한 비극이 다시 일어나는 걸 방지하기 위해서였다.

"맞지?"

"네."

크루겐이 그려준 그림의 얼굴과, 기억 속에 흐릿하게 남아 있는 얼굴과, 지금 그의 앞에 앉아 있는 사내의 얼굴이 서로 겹쳐지면서 그레인은 기분이 착잡해졌다.

'하필이면 65호를 이런 식으로 만나게 될 줄이야.'

듀란과 현생에서 처음 재회했을 때처럼 왜 이런 상황에서, 이런 장소에서 만나게 되었는지가 혼란스럽기만 했다.

'이러면 안 돼. 지금 중요한 건 그게 아니야.'

결사대를 통해 몇 달 전 들었던 이야기가 그레인은 마음에 걸렸다.

어느새 이레귤러 측의 관심은 협상이 아니라 왜 데인이 교단 측의 대표로 나왔는지에 쏠렸다. 그레인은 혼자서 여러 가정을 내리고 부정하기를 반복했고, 크루겐과 드레이크는 계속해서 귓속말을 주고받았다.

"사람을 앞에 놓고 귓속말을 나누는 건 협상에 있어서 썩 좋지 않은 태도로 보입니다만."

여전히 정중한 말투였지만, 불쾌함을 드러내는 데인의 말에 크루겐이 이죽거렸다.

"애초에 우릴 먼저 찾아온 쪽은 그쪽이었어. 우리들이 그쪽에 먼저 연락한 건 아니니, 이 정도는 감안해야 하지 않겠어?"

크루겐은 애써 강하게 나오면서 오른손을 탁자 아래로 내렸다. 손을 쥐었다 펴기를 반복했지만 오른손의 경련은 멈출 기미조차 없었다.

그레인은 데인을 유심히 살펴보면서 전생과 변화한 부분이 있는지 없는지를 관찰했다.

다른 성직자들과 똑같이 법의를 걸치고 있었지만, 오른팔보다 두꺼워 보이는 왼팔에 무언가 이식되었음을 직감할 수 있었다.

'아마도 예전처럼 하이브리드가 되었을 가능성이 커.'

그렇다면 더 확인할 게 남아 있었다. 전생 때와 똑같이 이레귤러인지, 아닌지를.

"특이하군."

"무엇 말입니까?"

"너는 교단보단 우리들 쪽에 있는 편이 더 자연스러워 보이는데, 어떻게 해서 교단에 계속 있는지 의아해."

"그 부분에 대해서는 답할 이유가 없습니다."

그레인은 데인이 이레귤러인지 아닌지를 돌려서 물어봤고, 이에 데인은 긍정도 부정도 하지 않았다.

그러나 왼팔이 순간 움찔거린 것을 그레인의 눈은 놓치지 않았다.

내친김에 '1416'이란 숫자를 말하려고 했지만 이내 관두었다.

현 시점에선 확실하게 교단의 편에 선 옛 동료에게 회귀자들만이 알아야 하는 정보를 먼저 제공해 줄 필요는 없었다.

교단의 추기경인 쉐일이 회귀에 대해 알고 있다는 점 역시 절대 무시할 수 없었다.

"그렇다면 잡설 없이 본론으로 들어가도록 하지."

"원하던 바입니다."

데인은 품에서 문서를 꺼내더니 다른 이들이 볼 수 있도록 탁자 가운데에 놨다.

"이것이 저희 교단 측의 제안입니다."

네 명의 남자가 고개를 앞으로 내밀더니 데인이 내놓은 문서를 꼼꼼히 읽기 시작했다.

"정확히는 예하께서 직접 제안하신 내용입니다만."

데인은 의자 등받이에 등을 대고서 깍지 낀 양손을 허리에 얹었다.

'교단, 게다가 교황 아르디언이 제시한 것치고는 꽤나 파격적이로군.'

교단은 이레귤러와 더 이상의 분쟁을 원치 않는다는 내용으로 시작된 문장을 그레인은 빠르게 읽어 내려갔다.

이제까지 교단을 상대로 저지른 일들을 없었던 것으로 하면서, 추후 속세의 분쟁에 휩쓸리지 않고 이레귤러들끼리 살 수 있는 공간을 마련해 주겠다는 제안까지.

그들이 알고 있는 교단과는, 교황 아르디언과는 너무나 달랐기 때문에 그레인은 헛웃음을 터뜨렸다.

"단, 조건이 있습니다."

데인은 또 한 장의 문서를 꺼내 앞서 내놓은 종이 위에 얹었다.

단지 첫 문장을 읽었을 뿐인데도, 그레인은 눈썹 사이를 좁히며 인상을 썼다.

"페트로를… 아니, 성자님을 내놓으라고?"

"정확히는 성지로 오신 뒤, 추기경에 오르실 겁니다. 개인적으로는 그분께 걸맞은 지위를 교단이 마련해야 한다고 생각합니다."

말을 마친 데인은 자신에게 집중된 이레귤러 측의 시선을 하나씩 살펴봤다.

그의 말을 도무지 믿지 못한다는 눈빛이었지만, 이미 예상했던 반응이기에 데인은 크게 개의치 않았다.

"힘에 걸맞은 지위를 얻게 되면, 더 많은 어린 양들을 구하겠다는 성자님의 뜻을 펼치기 용이해질 것입니다. 또한 교단 내의 알력 다툼으로 인해 지지부진했던 성자님에 대한 지원도 본격적으로 진행될 것입니다."

"……."

"무엇보다 진정한 성자라면, 은신처에 갇혀 밖으로 나가지 못하는 것보다는 다소의 위험을 감수하더라도 많은 이들을 구하는 길을 택할 겁니다. 제 말이 틀렸습니까?"

그레인은 데인의 물음에 대답하지 않고 입술을 꿈틀거렸다.

성자라는 점을 제외하더라도 페트로라면 실제로 그러할 거라는 점에서 데인의 말을 부정할 수 없었다.

그러나 원래대로라면 그레인의 맞은편이 아닌 옆에 앉아야 하는 데인이, 왜 이런 말을 교단의 대표로 참석해서 하는지에 안타까울 뿐이었다.

"그리고 또 한 분."

데인은 그레인 옆에 앉은 베스티나를 주시했다.

"베스티나 양, 당신이 교단으로 복귀한다면, 페트로 사제와 똑같이 성자로서 인정해 드리겠습니다."

"네?"

"당신의 육체에 추가로 이식된 '천사의 날개'는 그럴 만한 가치가 충분합니다. 당장은 추기경 서임이 무리겠지만, 천사의 날개가 지닌 힘으로 선행을 쌓아간다면 불가능한 일은 결코 아닙니다."

"나, 나는……."

베스티나는 데인의 갑작스러운 제안에 당황하지 않을 수 없었다.

홀로 고민에 빠진 그녀는 결국 그레인의 얼굴을 바라보며 대신 대답해 주기를 기다렸다.

"교단의 제안을 믿어야 하는 근거는?"

그레인이 대답 대신 질문으로 대응하자 이번에는 데인이 어떤 대답을 해야 할지 고심했다.

10분 정도 여러 각도에서 생각해 봤지만, 희망적인 대답을 이레귤러 측에 내기엔 무리였다.

"현재로서는 딱히 보여 드릴 수 있는 게 없군요."

"없다는 이야기로군."

"그렇게 해석하셔도 반박하지 않겠습니다. 여태껏 교단이 하이브리드에 대해 취한 태도를 생각하면, 여러분들의 신용을 얻기엔 여러모로 무리이니까요."

"그런데도 왜 교단에 남아 있는지 영문을 모르겠군."

그레인의 말투는 조용하면서도 교단에 대한 반감을 노골적으로 드러냈다.

데인은 탁자 위에 올려놓은 왼손을 천천히 움켜쥐었다.

"교단은 저에게 새로운 삶을 살 수 있게 기회를 준 곳이기 때문입니다."

"인간이 아닌 하이브리드로서 살아가도록?"

그레인은 데인의 눈에서 시선을 떼지 않았다.

데인은 이마를 훑은 왼손을 탁자 아래로 내렸다.

"놀랍군요. 저에 대한 정보까지 입수했다니, 이레귤러는 생각보다 무서운 곳이로군요."

데인은 그레인의 말을 부정하기보다는 애써 태연하게 굴었다.

살짝 떠는 데인의 손가락 끝에 고인 땀방울이 아래로 떨어졌다.

"만약 제가 코어를 이식받지 않았다면, 아무것도 가지지 못한 채 허무하게 죽었을지도 모릅니다."

데인은 교단에 속박된 자신의 처지를 힘을 받은 대가로 받아들였다.

그렇다고 자신과 같은 판단을 타인에게 강요하지 않았다. 염언하게 교단 측 인물로 나왔음에도 실현 불가능한 미사여구로 상대를 홀리지도 않았다.

그저 통보받은 내용을 상대에게 말하면서 사실을 전달할 뿐이었다.

반면 그레인은 겉보기에는 아무렇지 않은 데인과 달리 마음을 진정시키기 힘들었다.

'교단과의 거래를 할 수는 없어. 받아들이기 힘들뿐더러, 동료를 걸고 거래를 하는 것 자체는 있어서는 안 돼.'

답 자체는 데인의 제안을 듣자마자 나왔다.

지금 중요한 것은 왜 데인이 하이브리드가 되었음에도 아직까지 교단에 남아 있으며, 이레귤러이면서도 실험체가 되거나 죽지 않고 멀쩡한 모습으로 나타났나에 대한 궁금증이었다.

'만약 전생과 다르게 이레귤러가 아닌, 시련을 견뎌내지 못하는 하이브리드가 되었다면?'

아직 회귀를 안 한 상태라는 것 정도는 추측이 가능했지만 그것만으로는 부족했다.

황금색 팔찌의 힘으로 확인해 보면 확실히 알 수 있겠지만, 데인이 나올 거라고 전혀 예상 못 했기 때문에 미처 들고 나오지 못했다.

불확실한 추측만이 그레인의 뇌리에 오고 가는 가운데, 현 상황을 타개할 방법은 없다시피 했다.

"데인."

그레인이 데인을 이름으로 불렀다.

마치 옛 친구를 보는 듯한 그레인의 눈빛에 데인의 동공이 살짝 흔들렸다.

"그쪽에서 제안을 했으니, 우리 쪽에서도 하겠다. 교단을 떠날 생각은 없나?"

"없습니다."

"교단의 노예로서 평생 살아갈 건가?"

"저는 신께 모든 걸 바친 몸입니다. 성직자로서 한때나마 교단에 몸담았던 당신이라면 이해할 거라 생각합니다."

"이해할 수 없고, 이해하고 싶지도 않다."

반감과 안타까움이 뒤섞인 그레인의 시선에 데인은 묘한 표정을 지었다.

"저를 마치 예전부터 알고 있던 것처럼 대하는군요."

"그 부분에 대해서 답할 이유는 나에게 없어."

더 이상 할 말이 없어진 그레인은 침묵을 지켰다.

크루겐 역시 입을 다물었고, 결국 드레이크가 나서서 협상을 진행했다. 데인과 드레이크 단둘만의 대화가 오고 가면서 시간이 흘러갔지만, 서로의 의견과 입장 차이만 점점 더 벌어지기만 했다.

'데인, 너는 도대체…….'

그레인의 시선은 여전히 데인에게 머물러 있었다,

법의에 그려진 교단의 문양이 증오와 동시에 안타까움을 자아냈다.

그가 입고 있어야 하는 옷은 카르디어스 교단의 백색 법의가 아니었다. 하다못해 결사대의 검은 법의라도 걸치고 있어야 했다.

이제까지 그레인이 만난 회귀자들은 대부분 교단의 섬멸이라는 공통된 목표 아래 하나로 뭉쳤다.

듀란처럼 만날 당시에는 회귀한 상태는 아니었지만, 뒤늦게 회귀하면서 같은 목적 아래 합류한 경우도 있었다.

그런 경우 중 하나가 되기를 바라며 눈을 감았다가 다시 떴지만 현실은 바뀌지 않았다.

전생에 다른 이들과 함께 교단에 맞섰던 결사대의 65번째 대원은 더 이상 없었다.

* * *

1시간에 걸친 협상은 교단과 이레귤러 측 모두 성과 하나 얻지 못한 채로 끝났다.

데인은 협상이 끝나자마자 미련 없이 자리를 떴고, 이레귤러 측은 누가 먼저 밖으로 나갈지 눈치만 보고 있었다.

막사 안에 무거운 분위기가 감돌았고 여전히 그레인은 의자에 앉아 있었다.

"그레인."

협상이 끝난 뒤에도 여전히 심각한 표정을 유지 중인 그레인이 베스티나는 안쓰럽게 보였다.

"괜찮아?"

"……."

"혹시 아까 그쪽의 제안을 거절해서 그래? 아까 그 사람이 내놓았던 제안에 당장 답을 내지 않고 계속 고민하는 척이라도 보여주는 게 나았을까? 내가 교단으로 복귀하는 척하면서 정보를 빼낼 수도 있을 테고……."

"아닙니다."

그레인은 천천히 자리에서 일어섰다.

"결사대 측에서도 알아내지 못한 교단의 속셈을 우리가 파헤칠 기회를 놓친 것 같아서 그래. 성자님을 넘기는 건 이레귤러 쪽에서 반항이 크겠지만, 나라면 그래도……."

"전혀 미안해할 필요가 없습니다. 저희들은 당신을 교단에 팔아넘길 생각은 추호도 없습니다. 전생에 동료였던 페트로가 소중한 만큼, 현생의 당신 역시 마찬가지입니다."

그레인이 정색하며 대답하자 베스티나의 입가에 미소가 머물렀다가 이내 사라졌다.

자신을 소중히 여겨준 그레인의 마음 씀씀이에 기뻐했지만, 감정을 그대로 드러내기엔 분위기가 그리 썩 좋지 않았다.

"그레인, 난 저 녀석의 뒤를 좀 밟아볼게."

"나도 가겠어."

"너는 우선 비공정에 들러 협상 결과를 보고해 줘. 내가 먼저 데인 녀석을 쫓아갈 테니까."

크루겐은 얼굴에 두른 머플러 끝을 잡아당기더니, 어둠 속에 녹아들며 모습을 감췄다.

베스티나는 막사 밖으로 나가더니 천사의 날개를 펼치고 하늘 높이 날아올랐다.

그러나 그레인은 쉽사리 걸음을 떼지 못하고 막사 안에 있었다.

아직 회귀하지 않았던 듀란을 만났을 때보다 답답했다.

차라리 데인이 회귀자임에도 과거를 버리고 배신자가 되었다고 여기는 쪽이 낫다고 생각할 정도로.

"드레이크."

"응? 왜?"

그레인의 시선은 데인이 앉아 있었던 의자에 고정되었다.

"고든을 대할 때의 맥스가 이런 기분이었을까?"

착잡한 표정을 짓는 그레인에게 드레이크는 아무런 대답도 하지 못했다.

* * *

협상 장소였던 막사를 떠난 데인은 아무도 없는 수풀 사이를 빠르게 지나갔다.

이동하는 내내 수시로 뒤를 돌아보며 이레귤러 측의 추적자가 있는지 살펴봤지만, 협상에 참가했던 넷 중 그 누구도 따라오지 않았다.

'묘한 느낌이야.'

적의만으로 자신을 대할 거라는 예상과 다르게 협상 자체는 험한 말이 오가는 정도에서 끝났다.

데인은 이레귤러 측이 협상 따윈 집어치우고 자신을 포로로 잡거나 죽일지 모른다는 두려움을 안고 참석했지만, 그들은 그를 순순히 보내줬다.

특히 그가 하이브리드라는 걸 알아챈 이후의 태도는 더욱 이해되지 않았다.

베스티나를 제외한, 그를 바라볼 때의 안타까움이 서려 있는 나머지 세 명의 눈빛은 결코 잊을 수 없었다.

'내가 시련을 받지 않는 몸이라는 건 모르는 것 같았고…….'

그 사실까지 알고 있었다면, 이레귤러 측은 절대 그를 그냥 보내지 않았을 것이다.

실제로 이레귤러 측에선 데인을 설득했지만 적극적이지는 않았다. 그레인은 한번 물어보고 거절당하자 아예 입을 다물었고, 이후 그 대신 협상을 진행했던 드레이크는 데인을 설득할 의도조차 보이지 않았다.

'혹시 나를 이전에 봤던 적이 있어서 그랬나? 하지만 내 기억에는 모두 처음 보는 얼굴들이었어.'

머릿속에 추측만 난무하는 사이, 어느새 데인의 표정은 막사를 떠나기 전 봤던 그레인의 얼굴과 똑같아졌다.

'아니야. 지금 이런 생각할 여유 따위는 없어.'

어차피 실패할 거라 여겼던 이레귤러와의 협상은 더 이상 의미가 없다.

앞으로 진행될 더 중요한 협상에 집중해야 하는 데인은 고개를 가로저으며 상념을 떨쳐냈다.

"왔습니다."

데인은 만나기로 약속한 장소에 아무도 없음을 확인한 후에 입을 열었다.

그러자 그의 맞은편 땅바닥에 빛과 함께 마법진이 떠올랐다. 마법으로 모습을 감추고 있던 이들 중 한 명이 데인에게 다가갔고, 법의 차림의 사제가 뒤따라갔다.

"데인 님, 맞으십니까?"

"네, 그렇습니다."

데인의 대답에 청년은 고개를 갸웃거렸다.

청년에게 처음 듣는 목소리는 아니었지만, 항상 복면에 가려져 있던 그의 얼굴은 낯설기만 했다.

"복면을 쓰고 있었을 땐 몰랐는데, 안 가리는 쪽이 훨씬 낫군요."

왼쪽 눈을 안대로 가린 청년이 미소를 짓자, 데인은 눈썹 사이를 살짝 일그러뜨리더니 복면으로 얼굴을 가렸다.

"혹시 복면을 쓰는 걸 잊으신 것 아닙니까?"

"…실수였습니다."

데인은 마음속의 흐트러짐을 드러내지 않기 위해 일부러 서두르지 않고 천천히 복면을 썼다.

'나답지 않아. 왜 이러지?'

교황의 곁에 머무르면서 항상 쓰고 있던 복면을 오래간만에 벗었기 때문만은 아니었다.

이레귤러 측 인물들의 태도가 마음에 걸렸기 때문이다.

특히 이레귤러의 핵심 인물인 그레인의 말과 행동은 유달리 기억에 남았다.

옛 친구나 동료를 만났을 때나 지을 법했던 그의 표정은 막사를 떠난 지금까지도 쉽게 떨쳐낼 수 없었다.

"먼저 진행한 협상은 어떻게 되었습니까? 성과는 있었습니까?"

"없었습니다."

"안타까우셨겠군요. 이레귤러 쪽 역시 교단 못지않게 신념을 고수하는가 봅니다. 대신 저희 베세스 왕국과의 협상은 잘 진행되길 바랍니다."

"저도 바라는 바입니다, 헤르디온 전하."

얼굴을 가린 데인이 뒤늦게 인사를 건네자 베세스 왕국의 왕자 헤르디온은 가볍게 미소 지었다.

"쉬르 왕국 때처럼 교단이 저희들을 쉽게 버리지 않을 거라는 것 정도는 알고 있습니다. 저희들에겐 교단과 계속 거래할 가치가 아직은 남아 있을 테니까요. 안 그렇습니까?"

'물론 어느 쪽의 더 가치가 클지는 직접 확인해 봐야겠지.'

입 밖으로 꺼낸 말과 다른 속내를 숨긴 헤르디온은 이야기하는 내내 미소를 잃지 않았다.

"그러면 자리를 옮기는 게 어떻겠습니까? 은밀히 이야기를 나눌 만한 장소를 따로 마련해 놨습니다."

헤르디온은 오른손을 옆으로 내밀며 아까 마법진이 떠올랐던 자리를 가리켰지만, 데인은 제자리에서 움직이지 않고 서 있었다.

'착각인가?'

시야가 닿지 않는 곳에서 누군가 자신을 바라보고 있는 느낌이 진짜인지 아닌지 애매한 데인은 주위를 둘러본 후, 왼팔의 소매를 걷어 올렸다.

"모두 눈을 감아주십시오."

"네?"

파아앗!

데인의 왼팔에서 뿜어져 나온 강렬한 빛이 일대를 환하게 비췄다.

그는 빛을 유지한 채로 누군가의 시선이 느껴진 자리를 일일이 확인해 봤다. 헤르디온과 그를 따라온 일행들은 고개를 아예 반대 방향으로 돌리고 있었다.

"이제 눈을 뜨셔도 됩니다."

"무, 무슨 일입니까?"

"혹시 추적자가 있는지 확인해 봤습니다. 다행히 없는 것 같습니다만, 전하의 말씀대로 여기에서 계속 이야기를 나누기엔 적합하지 않아 보이는군요."

걷어 올렸던 소매를 다시 내린 데인은 마법진이 있는 자리로 걸어갔다.

잠시 후, 다시 마법진이 빛을 발하면서 데인과 헤르디온 일행을 감쌌다. 빛이 사라지면서 순간 이동 마법이 완성되었고, 정말로 아무도 없는 곳이 되어버렸다.

단 한 명만을 제외하고서.

"휴우, 하마터면 들킬 뻔했네."

데인과 헤르디온 왕자 일행이 있던 자리에서 멀리 떨어진 나무의 그림자가 꿈틀거리더니, 크루겐이 모습을 드러냈다.

"으, 이게 뭐야. 그새 몸이 식은땀으로 범벅이 되어버렸잖아."

크루겐은 투덜거리면서 고개를 들어 올렸다.

하늘을 향해 크루겐이 손짓하자, 공중에 떠 있던 베스티나가 날개를 접으면서 급강하했다.

날개를 펼치며 착지한 베스티나의 옆에는 작은 소녀가 함께 있었다.

"어? 꼬마 아가씨하고 같이 왔어?"

"아무래도 멀리서 보려면 나 혼자로는 무리라서."

"비공정에 갔다가 벌써 여기에 올 정도라면 속도 한번 정말 빠르네. 아니, 그것보단 다른 사람을 데리고 같이 날아도 문제 없어?"

"프로셀피나 덕분에 한 명 정도는 데리고 날 수 있게 되었어."

"아, 그 무기가 있었지?"

크루겐은 소용돌이치는 바람의 중심에 있는 프로셀피나를 내려다봤다.

"마법으로 도망치는 걸 보고 있지 말고 공격해 보지 그랬어?"

"회귀자라는 이야기를 듣고 나니, 나 혼자서 처리할 상대가 아니라고 생각되어서. 그리고 나는 전에……."

베스티나는 바람의 스피어, 프로셀피나에 머물고 있는 바람을 거두며 고개를 숙였다. 그레인 일행과 합류하기 전, 체일런을 죽여야만 했던 일이 아직도 마음에 걸렸다.

"거기까지. 그 건에 대해 아직까지도 미안해하는 거야. 어쩔 수 없다고 쳐도, 너무 얽매이지는 말아줘."

"…알았어."

"그리고 그 녀석은 회귀자는 아니야. 정확히는 회귀자가 되었어야 할 녀석이지."

크루겐은 데인과 베세스 왕국 측 인물들이 서 있었던 마법진 위를 손바닥으로 훑었다.

"그런데 요상하네? 전생에는 어디 보자… 현재를 기준으로 3년 전인가 4년 전쯤에 돌연사한 걸로 알고 있는데, 아직도 살아 있잖아?"

데인이 전하라 불렀던 청년의 이름이 크루겐에게 낯설지 않았다.

전생의 베세스 왕국은 하나밖에 없던 왕자가 요절한 후 공주가 왕이 되었던 나라였다.

대다수의 국가가 마지막에는 교단 편에 섰던 것과 달리 베세스 왕국은 중립을 고수했다. 어떤 이유에서 그런 선택을 했는지는 당시에 알지 못했고, 지금 역시 마찬가지였다.

"이름대로라면 이미 죽었어야 했는데, 설마 왕자가 또 있었나? 으, 기억이 가물가물하네. 이런 건 듀란 녀석이 잘 기억하고 있을 텐데 말이야."

크루겐은 떠오를 듯하면서 떠오르지 않는 전생의 기억 때문에 답답해진 나머지 뒷머리를 잡고 헝클었다.

"에이, 어쩔 수 없지. 그것보단……."

크루겐은 헤르디온 왕자에 대해 기억해 내기를 포기하더니, 지금 자신보다 더 답답해할 친구를 떠올렸다.

"그레인은?"

"오는 도중에 혹시나 해서 막사에 들러봤는데, 그때도 막사에 있었어."

"마음고생이 심하겠지."

배신자라기보단 아직 회귀하지 않은 상태임이 확실시되는 데인을 상대하는 그레인의 표정은 좋지 않았었다.

그렇다고 듀란처럼 전생의 기억을 억지로 주입할 수도 없는 노릇이었다. 교황의 칙사로 올 정도면 이미 교단 내에서 입지를 확보한 상태임이 분명했기에, 어설픈 설득은 이레귤러에게 치명적인 타격으로 돌아올 수 있다.

"그나저나 빛의 코어라, 까다로운 상대네."

"강해 보여?"

에르닌의 물음에 크루겐은 난감하다는 얼굴로 팬텀 대거를 저글링했다.

"실력 이전에 상성이 정반대거든. 불과 냉기처럼 어느 한쪽이 조금이라도 유리할 경우 승부가 의외로 쉽게 결정되어서 그래. 다음에 만나게 되면 나나 그 녀석, 둘 중 하나는 무사하지 않을지도 몰라."

"빛의 코어를 이식받은 하이브리드를 전생에 상대해 본 적이 있어?"

"있긴 한데, 가장 기억에 남는 상대는 저거였어."

크루겐의 오른손 검지가 베스티나를 가리켰다.

정확히는 그녀에게 이식된 한 쌍의 날개를.

"천사의 날개를 이식받은 여자였지. 그 여자 때문에 먼저 보낸 결사대원이 좀 있었고, 그래서 천사가 아닌 악마로 보일 지경이었어."

베스티나 덕분에 과거의 이미지가 희석되긴 했지만, 전생에 겪었던 빛은 죽음의 상징 그 자체였다.

"설득은 역시 무리야?"

"회귀 안 한 상대로는 무슨 말을 해도 먹히지 않을걸. 듀란의 경우와는 다르기도 하고."

예전 교단을 떠나기 전 우연히 만난 듀란을 설득하긴 했지만, 무리수를 두었음은 분명했다.

그리고 데인의 설득은 그때보다 더한 무리수가 될 것이 눈에 선했다.

"그러니 적으로 다시 만나게 된다면, 그때엔 조금이라도 내가 더 강하길 바라야겠지."

크루겐은 저글링하던 팬텀 대거를 낚아채더니 칼날을 좌우로 돌렸다.

*　　　　*　　　　*

카르디어스 신성력 1401년 5월 4일.

빠른 속도로 남하하던 비공정이 속도를 늦추면서 언덕을 향해 천천히 나아갔다.

지평선 너머 보이는 언덕 위에 베세스 왕국 측의 수많은 병력이 집결해 있었다. 저 병력을 쓰러뜨리고 언덕을 넘어간다면, 베세스 왕국의 수도까지 이어지는 평원을 지날 수 있게 된다.

이레귤러의 핵심 멤버들은 긴장감이 감도는 분위기 속에서 갑판 위에 모여 언덕 쪽을 바라보고 있었다.

"쉬르 왕국 때보다 오래 걸리긴 했지만, 결국 여기까지 오긴 왔네."

크루겐은 머플러를 풀었다가 다시 감기를 반복했다.

"아, 제길. 제대로 안 되네?"

긴장한 탓인지 거듭해서 두른 머플러가 맘에 들지 않았는 듯 다소 신경질적인 반응을 보였다.

"적지 않은 희생을 각오해야 할 것 같군."

그레인은 점점 다가오는 언덕을 응시하면서 왼손을 움켜쥐었다.

대규모 병력을 이곳에 배치한 베세스 왕국 측의 의도는 쉽게 파악되었다. 수도까지 갈 것 없이 이곳에서 결판을 내자는 의도로 비춰졌다.

여기까지 오는 동안 베세스 왕국군과의 전투는 결코 만만치 않았다. 전생에 이어 현생을 보내면서 쌓은 회귀자들의 경험과 실력이 없었다면 진작 퇴패했을지도 몰랐다.

베세스 왕국 측과 비공정 사이의 거리가 좁혀질수록 이레귤러 측의 긴장감을 더해갔다. 입을 여는 자는 한 명도 없었고, 고요함 속에서 펠릭스가 영겁의 사슬을 몸에 감는 소리만이 들렸다.

크루겐이 마스트 꼭대기를 향해 고개를 들자 깃발을 좌우로 힘차게 휘젓고 있는 선원이 눈에 들어왔다. 마력포의 사정거리에 적 진영이 들어왔다는 신호였다.

"그러면 슬슬 공격을 시작할… 읏?"

파아앗!

땅에서 솟아오른 빛의 기둥이 모두의 시야를 하얗게 뒤덮었다.

"도, 도대체 무슨 일이 일어난 거야?"

"기습인가?"

"젠장! 앞이 보이질 않으니……."

다들 주위를 살피지 못하는 상황에서 빛의 코어를 이식받은 베스티나만이 두 눈을 뜨고 주위를 둘러봤다.

"이 빛은… 마법진 같아!"

"마법진? 확실합니까?"

"내가 위로 올라가서 확인해 볼게!"

휘이잉.

바람에 휘감긴 프로셀피나를 쥔 베스티나가 수직으로 급상승하더니 마스트 위를 넘어 높이 올라갔다.

잠시 후, 지면 아래 떠오른 거대한 원을 확인한 베스티나가 올라갈 때만큼이나 빠른 속도로 급강하했다.

"정말로 마법진이었어! 그것도 비공정 전체를 덮을 정도의 크기야! 그런데 분명히 비공정에는 마법을 감지하는 기능이 있을 텐데… 잠깐."

베스티나는 다시 한번 높이 날아오르더니 비공정 주위를 한 바퀴 빙 돌았다.

"착각한 게 아니었어! 마나의 장벽이 사라졌어!"

비공정 주위를 감싸 보호하던 투명한 마나의 장벽이 소멸되었음을 뒤늦게 알아챈 베스티나의 안색이 하얗게 질렸다.

그사이 가장 먼저 시야를 회복한 크루겐이 팬텀 대거를 뽑아 들고 혹시 있을지 모르는 적을 찾기 시작했다.

"다들 보여? 우선은 저 마법진을 어떻게 해야… 어어?"

쿵!

지면 위에 떠 있던 비공정이 지면 위로 떨어지면서 갑판 위가 마구 흔들렸다.

간신히 회복된 시야가 위아래로 진동하자 모두들 갑판에 엎드려 일어설 수 없었다.

엎친 데 덮친 격으로, 부유 기능을 상실한 비공정의 균형이 무너지면서 왼쪽으로 천천히 기울어지기 시작하자 갑판 위에 있던 이들 전부 왼쪽으로 주르륵 미끄러졌다.

그레인은 양손에 쥔 트윈 엣지를 갑판에 박아 넣으며 제자리를 고수했지만, 급변한 상황을 근본적으로 타개할 수는 없었다.

'비공정의 기능만 믿고 너무 방심했어.'

그레인은 비공정의 접근을 아무렇지 않게 허락한 시점에서 더욱 경계했어야 했지만, 그렇지 못했음을 후회했다.

그러나 낙담에 빠져 있을 수만은 없었다. 지금의 위기를 어떻게 해결해야 할지 궁리했다.

"그렇지! 베스티나! 물을!"

"물?"

"네! 예전 쉬르 왕국에서 물을 공급했을 때처럼 해주십시오! 지금 당신만이 자유롭게 움직일 수 있습니다!"

"알았어!"

베스티나는 급하게 날아오르더니 비공정의 왼쪽으로 급선회했다.

물을 담고 흘려보낼 수 있도록 열고 닫을 수 있는 부위를 찾아낸 베스티나는 프로셀피나를 강하게 찔러 넣었다.

"휴우……."

공중에 뜬 채로 프로셀피나를 양손으로 고쳐 쥔 베스티나는 심호흡을 크게 한 번 했다.

프로셀피나를 움켜쥔 채로 베스티나는 전진했고, 바람의 칼날에 의해 뜯겨져 나간 부위에서 물이 거세게 뿜어져 나왔다.

쏴아아.

비공정의 왼쪽에서 저장해 두었던 물이 쏟아지는 소리를 들은 그레인이 냉기를 널리 퍼뜨렸다.

'이걸로 비공정이 쓰러지는 건 막을 수 있을 거야.'

그레인은 순수하게 냉기만으로 얼음을 구현하기보다 물을 얼리는 방법을 택했다.

마법진을 이용한 기습을 시작으로 베세스 왕국군의 공세가 시작될 거라 확신했기에, 마나 소모를 최대한 줄여야만 했기 때문이다.

"다들 꽉 붙잡고 있도록!"

마스트를 왼손으로 붙들고 홀로 서 있는 펠릭스는 오른손으로 움켜쥔 영겁의 사슬을 강하게 잡아당겼다. 옆으로 길게 이어진 영겁의 사슬을 다른 이들이 붙들면서 비공정 아래로 떨어지는 걸 피할 수 있었다.

그사이 그레인이 구현한 얼음은 비공정이 왼쪽으로 기울어지는 걸 막았다. 비공정이 쓰러지지 않게 받치던 얼음이 점점 더 두터워지면서 비공정이 지면과 수직에 가깝게 서기 시작했다.

"그레인, 큰일 났어! 마나 코어가 작동을 정지했어!"

갑판 위로 급히 올라온 드레이크의 외침에 갑판 위에 있던 모든 이들의 시선이 집중되었다.

"수복까지 걸리는 시간은?"

"나도 몰라! 지금 렌딜 님과 제스테일 님이 손보고 있는 중이야! 다른 마법사들도 총동원되었어!"

드레이크는 답답한 나머지 발을 동동 굴렀다.

다른 이들 역시 마찬가지였다. 비공정의 동력을 제공하는 마나 코어를 다룰 수 있는 이들은 마법사들로 한정되었기에 그저 기다리는 수밖에 없었다.

파아앗.

"어?"

"설마, 이거 또 시작하는 거 아니지?"

그들의 우려는 착각이 아니라 현실이었다.

사라졌다고 생각했던 빛이 다시 비공정 아래에서 뿜어져 나왔다.

"맙소사… 이게 끝이 아니야?"

지면이 흔들리기 시작하면서 또 다른 마법진이 모습을 드러내는 순간, 드레이크는 절망에 빠졌다.

* * *

예상치 못한 공격에 비공정이 혼란에 휩싸인 가운데, 이레귤러 측의 움직임을 멀리서 지켜보고 있는 이들이 있었다.

"오호, 저런 식으로 대응할 줄이야. 예상보다 빠르게 처리 중이로군."

베세스 왕국의 왕자 헤르디온은 엄연히 적인 이레귤러 측의 대응에 감탄 중이었다.

평소에는 안대로 가렸던 눈동자의 색은 푸른빛을 띠고 있었다.

"하긴, 여기까지 밀고 들어올 정도이니 그 정도 역량은 있어야 하겠지."

"전하, 결정을 내려주십시오."

그의 뒤에 서 있던 부관의 독촉에 헤르디온은 당장 대답하지 않고 시선을 계속 비공정 쪽에 뒀다.

세 번째 마법진이 발동하면서 솟아오른 불길을 이레귤러 측이 빠르게 꺼뜨리는 중이었다.

아직 남은 마법진은 두 개.

이레귤러 측이 계속 이어질 마법진의 공격에 대응하느라 힘을 소모할 것은 분명했다.

"흐음, 갈등되는데."

이 기회를 노려 총공격을 가할 것인지.

아니면…….

"저 마법진들을 설치하는 데 들어간 비용이 엄청 아깝긴 하지만, 피를 더 보기엔 부담스러워."

"하오면?"

헤르디온 왕자는 부관을 향해 오른손을 내밀더니 손가락을 두 개 펼쳤다.

"우리의 실력을 보여줬으니 그에 걸맞은 입장을 내세울 수 있겠지? 두 번째 계획으로 간다."

"알겠습니다."

헤르디온이 말에 올라타자, 부관은 병사들에게 신호를 보내

뒤따라갈 것을 지시했다.

“어이 어이, 쓸데없이 병력을 많이 이끌고 접근하면 총공격하는 줄 알 거라고. 아까 말했잖아? 첫 번째가 아닌 두 번째 계획대로 간다고.”

안장에 앉은 채로 뒤돌아선 헤르디온은 가까이 있던 이들을 한 명씩 오른손 검지로 가리켰다.

“너, 너, 너, 그리고 너까지. 더 따라오지 마.”

하이브리드 세 명과 교단 소속의 사제 한 명을 포함한 네 명만 따라올 것을 지시한 헤르디온은 말고삐를 강하게 내려쳤다.

“이랴!”

*　　　*　　　*

총 다섯 번에 걸친 마법진의 공격을 다 막아낸 이레귤러 측은 숨 돌릴 여유도 없이 긴장에 휩싸였다.

헤르디온 왕자와 그를 따르는 네 명이 말을 타고 비공정을 향해 빠르게 접근 중이었기 때문이다.

“이제 본격적으로 전투가 시작되려는 게 아닐까?”

“겨우 다섯 명만으로?”

“흐음, 그렇긴 한데 그렇다고 그냥 보고만 있을 수는 없잖아? 차라리 저 언덕 너머 병력이 진군했다면 그냥 싸우면 되는데 말이야. 괜히 머리만 복잡해지는 기분이야.”

크루겐의 반문에 드레이크는 뒤통수를 긁으며 고개를 설레 설레 저었다.

"그레인, 어떻게 할까?"

모두 판단을 내리기 유보하자 결정권은 그레인에게 돌아갔다.

"우선은 막아야겠지."

헤르디온 왕자 일행의 목적이 무엇인지 그레인도 파악하기 힘들었지만, 더 이상 다가오는 것만은 막아야 했다.

휘이잉.

갑판 아래로 내려온 그레인의 냉기가 세로 방향으로 길게 뻗어나가더니 두터운 얼음벽을 형성했다.

말을 타고 오던 헤르디온 왕자 일행은 말고삐를 잡아당기며 급히 멈춰 섰다.

말에서 내린 그들은 그레인이 구현한 얼음벽에 갇혀 더 이상 나가지 못했다.

아니, 못 하는 듯싶었다.

화르르.

강렬한 불길이 피어오르면서 얼음벽을 천히 녹이기 시작했다.

마법으로 증폭된 시력을 통해 헤르디온의 왼쪽에 선 남자를 유심히 살피던 에르닌은 그레인의 옷깃을 잡아당겼다.

"오빠, 저 남자 몸에 이식된 코어가 세 개나 돼."

"세 개씩이나?"

"오빠에게도 보여줄게."

에르닌의 마법으로 시력이 증폭된 그레인은 갑판 위에서 헤르디온 일행을 살펴봤다.

양손에 화룡의 비늘을, 그리고 오른쪽 눈에 화룡의 눈동자를 이식받은 상대의 실력은 결코 만만치 않아 보였다.

"그리고 가장 앞에 있는 저 남자는……."

"어이! 들려?"

헤르디온은 비공정을 향해 고개를 들어 올리면서 목소리를 높였다.

"같은 처지끼리 너무 살기를 풍기지 말자고."

"같은 처지?"

그레인의 물음에 헤르디온은 시선을 아래로 내렸다.

세 번째로 발동한 마법진에서 솟아올랐던 불길의 잔재가 비공정 아래에 아직 남아 있었다.

헤르디온은 고개를 오른쪽에서 왼쪽으로 슥 돌렸다. 그러자 그의 시선이 지나간 자리를 따라 땅속에서 물길이 솟아오르더니 남아 있던 불길을 순식간에 꺼뜨렸다.

빠르게 발동된 그의 힘은 마법이 아닌 하이브리드의 힘에 가까웠다.

"더 설명이 필요해?"

"……."

"더 필요하다면 여기로 내려와 보라고. 아니면 이쪽에서 올라갈까?"

"아니, 이쪽에서 내려가겠다."

그레인은 비공정이 쓰러지지 않도록 지탱하던 얼음을 계단 삼아 아래로 내려갔다.

잠시 후, 그레인 일행과 헤르디온 왕자 일행이 일정한 간격을 유지한 채로 마주 섰다.

"저 눈은……."

그레인을 따라 비공정에서 내려온 베스티나의 동공이 흔들렸다.

베스티나로서는 결코 잊을 수 없는 눈동자가 원래 주인이 아닌 헤르디온 왕자의 왼쪽 눈에 자리 잡고 있었다.

그녀가 처음 이식받았던 빙룡의 눈동자보다 좀 더 옅은 푸른빛의 눈동자는 다름 아닌…….

"수룡의 눈동자?"

"내 처지가 어떤지 이젠 알겠지?"

체일런에게 이식되었던 것과 같은 수룡의 눈동자가 빛에 반사되어 반짝거렸다.

"자, 그러면 협상을 시작해 볼까?"

"협상?"

"그래, 서로에게 이득이 될 수 있는 제대로 된 협상 말이야."

헤르디온은 혓바닥을 내밀어 입술을 핥았다.

* * *

언덕 위에서 혈전을 각오했던 이레귤러 측은 헤르디온 왕자가 제시한 협상에 참여했다.

두 진영의 협상이 극적으로 진행되면서 일촉즉발의 상황은 피했지만, 비공정 아래 임시로 설치된 막사를 두고 팽팽한 긴장감이 감돌았다.

헤르디온 왕자와 함께 온 세 명의 하이브리드들은 막사 밖에 기다리면서 돌발 상황을 대비해 눈을 부라렸다. 이에 질세라 이레귤러 측 하이브리드들은 험악한 얼굴로 상대편의 시선을 맞받아쳤다.

막사를 사이에 두고 동쪽과 서쪽에 배치된 양측 병사들은 두려움과 긴장 속에서 침묵을 지켰다.

그러나 정작 협상이 이뤄지는 막사 안의 분위기는 묘하게 흘러갔다.

"시작하기 전에 해둘 말이 있어."

베세스 왕국을 대표해 참석한 헤르디온은 왼손으로 턱을 괴었다.

"나, 격식 같은 거 따지지 않고 말 편하게 해도 되지? 가뜩이나 딱딱한 자리가 될 게 뻔한데, 말이라도 편하게 하고 싶어서 그래."

"이미… 아닙니다."

그레인은 헤르디온이 허락도 받기 전부터 벌써 말을 놓고 있었다고 지적하고 싶었지만, 의미 없다고 생각해서 그만두었다.

"물론 렌딜 님께도 그렇게 대한다는 이야기는 아닙니다."

"나를 아시오?"

"베릴란트의 대마법사를 모른다면 이 대륙 사람이 아니죠. 렌딜 님께서 고안한 마법식을 구매해 유용하게 쓰고 있었던 터라, 꼭 만나고 싶었습니다."

"호오, 어떤 마법을?"

렌딜은 헤르디온의 말에 흥미를 가지더니, 마법에 대한 심도 깊은 이야기를 주고받기 시작했다.

'헤르디온 왕자라…….'

그레인은 자신만만한 태도의 청년을 말없이 응시했다.

교단 측과의 협상 이후 회귀자들끼리 모여 회의할 때 그의 이름을 크루겐이 언급한 적이 있었기에, 전생과 달리 아직까지도 살아 있다는 것은 알고 있었다.

'크루겐 말대로 정말 살아 있었어. 또 미래가 바뀐 건가? 아니, 이미 바뀌었군.'

전생에는 마지막까지 중립으로 남았던 베세스 왕국은 현재 이레귤러와 대립 중이고, 이제까지 이레귤러가 상대한 그 어떤 적보다 강하게 저항했다.

무엇보다 이미 죽었어야 할 그가 버젓이 살아서 맞은편에 앉아 있다는 사실 자체만으로도 역사는 바뀌었다는 것이 명백했다.

지나간 시간대에 있었던 일들을 토대로 미래의 일을 어림짐작하는 회귀자들에게 있어서, 죽지 않고 살아 있는 헤르디온에 대한 정보는 당연히 부족할 수밖에 없었다.

"그런데 왜 렌딜 님 말고는 모두 입 다물고 있어? 협상 자리에 와서 입 다물고만 있으면 이상하잖아. 무슨 말이라도 해야 할 거 아냐?"

헤르디온은 렌딜에게 양해를 구하더니 다른 이들에게 대화에 참여할 것을 독촉했다.

"알겠습니다, 헤르디온 전하."

"나까지 전하로 부르면 저쪽 전하와 헷갈리는 기분이니까, 그냥 왕자라고 불러."

헤르디온은 준비한 의자에 앉지 못하고 서 있는 거대한 덩치의 사내를 올려다보았다.

"안 그래? 펠릭스. 아, 이젠 대공이라 불러야겠지?"

"아는 사이셨습니까?"

그레인은 의자에 앉은 채로 몸을 돌려 펠릭스를 올려다봤다.

"글쎄."

"그쪽에선 아마 날 잘 모를 거야. 내가 일방적으로 그쪽을 아는 관계랄까? 그쪽의 생일 파티에 참석한 적이 있었는데, 워낙 손님이 많아서 난 멀리서 지켜보는 입장이었거든. 그러니 굳이 기억해 내려고 애써 머리 굴리지는 말라고."

헤르디온은 자리에서 일어서더니, 가지고 온 협상 문서를 한 부씩 이레귤러 측 참석자들에게 나누어 주었다.

"그러면 본론으로 들어가 볼까? 우선 이 문서를 읽어보고 나서 의견을 말해줘."

원래 자리로 돌아간 헤르디온은 팔짱을 끼고서 그레인 일행이 문서를 읽는 걸 기다렸다.

고요함 속에서 문서가 넘어가는 소리만이 들렸고, 헤르디온은 그레인 일행이 어떤 반응을 보여줄지를 기대하며 미소를 살짝 머금었다.

'잠깐, 내가 잘못 읽었나?'

그레인은 다 읽은 문서를 첫 문장부터 꼼꼼히 다시 읽기 시작했다.

문서의 핵심 내용은 그동안 유지해 왔던 교단과의 관계를 끊고 이레귤러에 협력하겠다는 베세스 왕국 측의 입장이었다.

방금 전까지 대치 중이었던 적측의 제안치고는 꽤나 파격적이었지만, 그보다 더한 내용을 확인한 그레인이 눈을 가늘게 떴다.

"크루겐, 여기에 적힌 내용들은 아무래도… "

"너도 그렇게 느꼈어? 베스티나, 너도 마찬가지로?"

크루겐은 그레인과 똑같은 표정을 지었고, 둘 사이에 있는 베스티나는 대답 대신 고개를 끄덕였다.

"헤르디온 왕자님, 이런 표현을 쓰는 게 적합하지 않을 수 있겠지만……."

"대충 무슨 이야기를 꺼낼지 짐작되니까 신경 쓰지 말고 말해봐."

"이 협약서의 내용대로라면, 저희와 베세스 왕국 간의 얽힌 문제를 해결하는 수단으로 유독 돈 하나만이 언급된 것 같습니다."

그레인은 헤르디온이 제시한 협약서를 처음부터 다시 읽기 시작했다.

이레귤러와 베세스 왕국과 손을 잡게 될 경우, 베세스 왕국 측에서 '계약금'을 지불하겠다는 부분부터 심상치 않았다.

그다음 문장에는 베세스 왕국 측은 병력을 지원하는 대신, 용병들을 고용할 수 있는 돈을 제공하겠다고 적혀 있었다.

그 외 자잘한 사항에도 돈이 반드시 언급되었다. 심지어 이레귤러 측이 점령한 영토 중, 일부 지역에 한해서 돈만 낸다면 미련 없이 포기하겠다는 조항까지 적혀 있었다.

액수의 차감이 문서의 전반에 걸쳐 진행되다 보니, 협약 문서라기보단 물품을 팔고 구매하는 문서로 보일 정도였다.

"문제를 해결하는 수단을 하나로 통일시켰다고 이해해 주면 좋겠군."

헤르디온은 잔을 들어 올리더니 한 모금 들이켰다.

"돈이 모든 것을 해결하지는 못하지만, 많은 것을 해결할 수는 있는 법이니까."

헤르디온의 말에 뒤에 서 있던 법의 차림의 여성이 고개를 끄덕거렸다.

"솔직히 우리들 사이에 신용이나 신뢰 같은 건 아직 없잖아? 그럴 땐 돈만큼 적절한 수단은 없지."

"납득하기 힘듭니다."

이레귤러와 베세스 왕국 사이에 믿음이 없다는 건 맞는 말이긴 했지만, 그렇다고 오직 돈만으로 모든 걸 해결하려는 접근

방식을 그레인은 받아들이기 힘들었다.

그레인뿐만 아니라 나머지 일행도 비슷한 반응이었다. 헤르디온의 방식이 맘에 들지 않는다기보다는 이해할 수 없다는 쪽에 가까웠지만.

"헤르디온 왕자께서는 정말 여기에 적힌 대로 할 생각이신가? 상당한 금액이 소모될 텐데?"

렌딜은 문서의 마지막에 이레귤러 측에 지불될 금액이 적힌 부분을 가리키며 물었다.

"다른 건 몰라도 재력만은 자신 있습니다. 사실 비공정을 정지시킨 마법진도 돈이 없었다면 불가능했을 겁니다. 상당한 대가를 지불하고 구입한 시약들을 써야 했으니까요."

"도대체 얼마나 쓴 것이오?"

"궁금해하실 것 같아서 구매 내역을 가져왔습니다. 아, 현물로 거래한 거라 구체적인 금액은 적혀 있지 않은 점, 양해 바랍니다."

헤르디온은 뒤에 있는 여사제로부터 종이 한 장을 건네받더니 탁자 가운데에 올려놨다.

다른 이들은 처음 보는 단어들에 고개를 갸웃거렸지만, 기록된 재료들의 가치를 단번에 파악한 렌딜만이 놀란 눈을 했다.

"허어, 정말로 엄청난 비용을 쏟아부었구먼."

"게다가 기존에 설치한 마법진이 감지 마법에 들키지 않도록, 또 다른 마법진을 추가로 설치해서 그렇습니다. 다른 이도 아닌 대마법사 렌딜 님의 눈을 속이려면 그 정도 출혈은 각오해야 하지 않겠습니까?"

"허허……."

렌딜은 연달아 헛웃음만 지었다.

"그리고 돈이란 그냥 손에 쥐고 있기만 해서는 아무런 가치도 없습니다. 써야 할 때 써야 빛을 발하는 법이지요."

"그래서 이번에 쓴 돈의 값어치는 제법 되었소?"

"어느 정도는요."

렌딜의 물음에 헤르디온은 의미심장한 웃음으로 대응했다.

"……."

그레인은 둘의 이야기를 들으며 헤르디온을 유심히 살폈다.

수룡의 눈동자에 머물렀던 시선을 아래로 내리자, 한 나라의 왕자이자 동시에 돈만 부르짖는 인간치고는 꽤나 검소한 복장이 유독 눈에 들어왔다.

"여전히 납득이 안 돼?"

헤르디온은 탁자 건너편에 있는 그레인을 향해 얼굴을 쓱 내밀었다.

"왜 이제야 저희들과 손을 잡기로 결심하셨는지 안타깝습니다. 저희 쪽에서 먼저 보낸 제안을 받아들이셨다면 양측 모두 피를 흘릴 필요는 없었을 겁니다."

이레귤러 측은 베세스 왕국에 들어가기에 앞서 서한을 보냈었다.

카르디어스 교단과의 관계를 끊기를 권했고, 가능하다면 이레귤러와 협력 관계가 되길 원한다는 내용이 적혀 있었다.

그러나 베세스 왕국의 답변은 국경선 근처에서 대기 중이던 비공정에 대한 선제공격이었다.

"그건 나도 안타까워. 그게 말이지, 휴우……."

대화 내내 미소를 잃지 않던 헤르디온이 길게 한숨을 내쉬었다.

"내가 잠시 왕성을 비운 사이 아바마마께서 결정을 내리셨거든. 나라면 어떻게 해서든 지금과 같은 자리부터 마련하자고 했을 텐데, 젠장."

푸념하기 시작한 헤르디온의 입에서 험한 말들이 마구 쏟아지자 이레귤러 측은 사뭇 당황했다.

그의 뒤에 서 있는 여사제는 익숙한 일이라는 듯 아무렇지 않다는 태도를 취했지만.

"덧붙여서 선제공격까지 지시하셨지. 지금도 그 일을 생각하면 속이 타."

"그랬습니까?"

"그런데 또 아바마마의 판단을 무작정 비난하기도 힘들었어. 아무래도 내가 하이브리드가 되었으니까 교단의 지시를 거부하기 어려우셨겠지."

그레인 일행은 한숨을 푹푹 내쉬는 헤르디온을 보면서 마땅히 대꾸할 말을 찾지 못했다.

그러나 베스티나의 시선은 그가 아닌 다른 이를 응시하고 있었다.

"그렇게 말씀하시는 것과 반대로 교단 쪽 사람을 버젓이 대동하셨군요."

베스티나는 헤르디온과 함께 여사제를 바라보며 의심의 눈초리를 보냈다.

"설마……."

"눈치 빠른 아가씨로군. 맞아. 설마가 아니라 사실이야. 돈이야 항상 유용하지만 이럴 때는 더욱더 유용하더군."

"저, 전하! 그렇게 말하시면 제 입장이 뭐가 되겠습니까?"

하이브리드가 된 헤르디온의 감시 역으로 교단이 파견한 여사제 헬라는 당황하며 목소리를 높였다.

"왜 그래? 널 비난하는 게 아니라고. 난 나름 유용한 교단 측 인사인 너에게 더 많은 급료를 주고 내 쪽으로 끌어들인 거야. 그리고 헬라, 너는 자신의 가치를 더 알아주는 쪽으로 편을 옮긴 것뿐이고. 솔직히 내가 운용하고 있는 병력도 돈 안 준다고 하면 당장 도망칠걸? 내 말이 틀려?"

"틀리진 않습니다만… 알겠습니다."

헬라는 수긍하기보단 포기에 가까운 표정을 지으며 다시 입을 다물었다.

"미안, 잡설이 길었네. 아무튼 그 일 이후 너희들의 제안을 늦게라도 받아들이려고 작정했지. 그런데 시간이 지나다 보니까 다른 방향으로 머리가 돌아가더라."

헤르디온은 오른손 검지로 관자놀이를 쿡쿡 찔렀다.

"그렇잖아? 너희들과 손을 잡는다는 건 그 어느 곳도 아닌, 카르디어스 교단과 척을 져야 하는 의미라고. 자칫 잘못하면

나는 물론이거니와 국민 전체가 배교자로 지목되어 불타 죽을 수도 있어."

"그렇겠지."

전생의 모국이 어떤 결말을 맞이했는지 알고 있는 펠릭스가 고개를 끄덕이며 동의했다.

"그래서 이레귤러의 힘이 어느 정도인지 가늠해야 했어. 그리고 직접 맞붙어보는 것만큼 확실히 파악할 방법은 없다고 판단했지. 쉬르 왕국의 건은 좀 특수한 경우라 제외했고."

헤르디온은 수룡의 눈동자가 이식된 왼쪽 눈을 깜박거렸다.

"게다가 베세스 왕국이 만만치 않다는 걸 보여줘야 조금이라도 더 비슷한 상황에서 협상할 수 있잖아? 쉬르 왕국처럼 맥없이 무너져 봐, 뒤늦게 협상하자고 이쪽에서 안달해도 그쪽에선 코빼기도 안 내밀었을걸."

"만약 저희들이 마법진을 상대로 계속 고전했다면 어떻게 하실 의향이었습니까?"

"그냥 총공격해서 밀어버렸겠지. 날 제대로 이기지 못하는 집단이 교단을 쓰러뜨릴 리 만무하잖아?"

헤르디온은 엄지만을 내민 오른손으로 망설임 없이 자신의 목을 슥 그었다.

"그렇다면 헤르디온 왕자께서는 저희의 역량이 얼마나 된다고 가늠하십니까?"

언제부터였을까.

그레인과 헤르디온은 서로의 이마가 거의 닿을 정도로 가까이서 이야기를 나누고 있었다.

"합격. 지금보다 훨씬 돈이 많았다면 아예 이레귤러를 통째로 사고 싶을 정도로."

헤르디온은 마치 금은보화를 눈앞에 둔 것 같은 미소를 지으며 대답했다.

"괜찮겠습니까? 앞서 말씀하신 대로 만약 교단을 쓰러뜨리는 데 실패한다면 돌이킬 수 없는 길로 저희와 함께 가는 셈입니다."

"그 말은 이쪽의 제안을 받아들이겠다는 의미로 해석해도 되겠지? 분위기를 보아하니 다들 동의하는 것 같은데."

헤르디온은 자신만만한 표정을 지으며 다리를 꼬았다.

"미리 말해두겠는데, 단지 너희들이 강하다고 결정한 일은 아니야. 이쪽에서도 나름대로 교단에 대해 조사하고 내린 결론이야. 어쩌면 우리 쪽에서 먼저 손을 잡자고 그쪽에 제의했을지도 모르지."

"베세스 왕국은 교단과 우호적인 관계를 계속 유지했던 걸로 알고 있습니다만."

"교단의 행보가 영 맘에 걸렸거든. 교단이라는 집단 자체가 강해지려는 의도라기보다, 누군가 극소수만 강해지려는 움직임이 보였어. 그런 식으로 변질된 집단은 위험해. 게다가 경험상 적일 때보다 아군일 때 더 위험하고."

아직 파헤쳐 내지 못한 부분이 많았지만, 헤르디온 입장에서 계속 교단과 협력 관계를 유지하기엔 껄끄러웠다.

결국 고심 끝에 헤르디온은 교단이 아닌 이레귤러 측에 손을 내밀기로 결심했다.

물론 이레귤러의 역량이 자신을 만족시킬 거라는 가정이 실현될 경우에 한해서.

"두 번째 이유는, 먼저 협상했던 상대가 너희들을 추천해서 그래."

'먼저 협상한 쪽이? 교단은 절대 아니겠고, 그렇다면 누구와?'

"너희들이 한때 몸담았던 곳이기도 해."

"혹시 결사대입니까?"

헤르디온은 고개를 끄덕이며 쓴웃음을 지었다.

"절대 거부할 수 없는 조건이라고 생각하고 자신 있게 내밀었는데, 보기 좋게 거절당했지. 그렇다고 분위기가 망가지고 그런 건 아니었고, 자신들과 함께하기보단 이레귤러 측과 손을 잡는 쪽이 앞으로의 일을 진행하는 게 훨씬 수월할 거라는 대답을 받았어."

'맥스가? 아니, 듀란이?'

그레인은 결사대의 방침을 결정할 수 있는 위치의 두 사람을 떠올렸다.

'하지만 왜?'

이레귤러보다는 목적을 위해 수단을 가리지 않을 결사대 쪽이 헤르디온과 더 잘 어울려 보였다. 그랬기에 결사대가 헤르디온의 제안을 거절하고 자신들에게 양보했다는 사실을 선뜻 받아들이기 힘들었다.

"세 번째 이유는 너무 이야기가 길어질 것 같으니 생략하도록 하고… 마지막으로 교단보다 그대들과 손을 잡는 쪽이 훨씬 낫다고 적극적으로 설득한 상인 부부가 있어서 말이야."

"부부?"

"내가 워낙 돈에 관심이 많다 보니, 귀족들보단 장사꾼들과 더 많이 어울리거든. 그쪽에서도 아는 사람일지도 모르겠네."

헤르디온이 살짝 들어 올린 오른손을 까닥거리자 헬라가 막사 밖으로 나갔다.

잠시 후, 밖에서 기다리고 있던 남녀가 헬라를 따라 나란히 걸어 들어왔다.

"너희들은……."

"역시 아는 사이였잖아. 그러면 굳이 소개할 필요 없겠지?"

그레인과 크루겐이 맨 처음으로 만났던 두 명의 회귀자.

전생에는 콜런과 니카라는 이름으로 결사대에 소속되었던 이들.

현생에는 고르다와 케리나라는 이름으로, 하이브리드가 아닌 인간으로, 그리고 교단과의 투쟁에서 유리된 삶을 살아가고 있는 부부였다.

"몇 살이야?"

크루겐은 재회 당시 두 부부 사이에 없었던 새 생명을 보고 넌지시 물었다.

"이제 3개월째야."

케리나는 자신의 품에 안겨 곤히 자고 있는 아이를 내려다보며 대답했다.

전생의 치열했던 교단과의 투쟁을 포기하고, 현생에서는 하이브리드가 아닌 인간으로 살아가기를 선택했던 고르다와 케리나 부부.

옛 동료였던 이의 협박에서 부부를 구해준 그레인과 크루겐은, 그 둘을 처음부터 만나지 않았던 것처럼 지나쳐 갔다.

서로 완전히 다른 길을 걷기로 결정한 이상, 다시는 만나지 말아야 할 사이.

그렇기에 그레인과 크루겐은 부부와의 예상치 못한 재회에 적지 않게 당황했다.

또한 이전에 없었던 새 생명을 안고 나타난 그들이 낯설게만 느껴졌다.

'아이라…….'

그레인은 눈을 감고 전생에 있었던 일을 떠올렸다.

교단을 쓰러뜨리기 위한 목적 아래 함께 지내다 보니 자연스레 연인 사이가 된 결사대원들도 있었다.

그러나 무슨 이유에서인지 모르겠지만, 그들 사이에서 자식은 태어나지 않았다.

더군다나 교단을 쓰러뜨리기 위한 전투의 반복 속에서 2세를 키울 여건조차 마련되지 않았기에 아쉬워할 여유도 없었다.

결사대원들에게 있어서 가정을 꾸미는 건 먼 훗날의 이야기가 되어버렸고, 결국 전생에는 이루지 못한 소망으로 남아버렸다.

“왜 이렇게 분위기가 딱딱해? 너무 오래간만에 만나서 그런 거야?”

속사정을 모르는 헤르디온은 태연하게 고르다의 어깨를 툭 툭 다독였다.

“그러면 방해꾼은 사라지도록 할게. 어차피 세부 사항을 조절하려면 오늘 하루만으로 안 끝날 것 같고, 협력을 한다는 거에는 모두 이의 없지? 문제없겠죠?”

마지막으로 렌딜의 동의까지 받아낸 헤르디온은 고르다의 어깨에 올린 손에 살짝 힘을 주었다.

“어이, 고르다. 난 빠질 테니까 옛 친구들과 그동안 묵은 이야기나 나누도록.”

“정말 감사합니다, 헤르디온 전하.”

“고맙긴. 네가 알려준 걸로 내가 번 돈을 생각하면 이 정도는 아무것도 아냐.”

헤르디온은 미소를 마지막으로 막사 밖으로 나가려다가 갑자기 멈춰 서면서 뒤돌아섰다.

“아, 이런 자리에 술이 빠지면 안 되겠지. 헬라, 부탁 좀 할게.”

밖으로 나간 헬라가 한 병의 와인을 들고 막사 안으로 들어오자 헤르디온은 와인병을 여러 각도로 꼼꼼히 살펴봤다.

병에 붙여진 라벨은 낡았지만, 그만큼 오랫동안 개봉되지 않고 숙성되었음을 보여주었다.

"잘 골라왔군. 내가 아껴뒀던 것 중에 최고로 비싼 거야. 그렇다고 찔끔찔끔 마시지 말고 팍팍 들이켜. 비싼 것일수록 팍팍 마셔야 제맛이거든."

헤르디온은 고르다의 등을 두들기고선 밖으로 나갔다.

그러나 부부와 그레인 일행 사이에는 무거운 침묵만이 감돌았다.

그레인 일행은 상대 쪽에서 먼저 입을 열기를 기다렸고, 고르다와 케리나 부부는 탁자 맞은편에 앉은 이들의 얼굴을 조심스레 살펴보기만 했다.

익숙한 얼굴이 몇 명 있기는 했지만 처음 보는 이들이 더 많아서 하고 싶은 말을 꺼내기에 여러모로 부담스러웠다.

"고르다, 이 자리에 있는 분들은 모두 예전 일에 대해 알고 있어."

"그, 그래?"

"그러니 신경 쓰지 않고 말해도 돼."

그레인의 말에 고르다는 말을 꺼내려다가 도로 입을 다물었다.

"자네가 전에 말했던 부부가 맞나?"

"네."

"아무래도 밖이 신경 쓰이는 모양이로구먼."

렌딜은 오른팔의 소매를 걷어 올리더니 마나를 사방으로 퍼뜨렸다. 막사 안의 이야기가 바깥으로 새어 나가지 않도록 마법을 구현한 렌딜은 다시 소매를 원래대로 내렸다.

"이제 막사 안의 이야기는 밖에서 듣지 못할 테니 마음 편히 이야기하게나."

"감사합니다, 렌딜 님."

그레인은 시선을 두 부부를 향해 돌렸다.

"고르다, 케리나."

전생이 아닌 현생의 이름으로 부부를 부른 그레인은 깍지 낀 두 손을 허벅지에 올려놓고 고개를 숙였다.

"그 일 이후로 우리들은 다시 만나는 일이 없기를 바라며 헤어졌어. 그런데 왜 이런 자리에서 또 만나게 되었는지에 대해 듣고 싶어."

"그, 그건……."

"말해봐."

"그, 그때 이후로 나와 케리나는……."

더듬거리는 말로 시작된 고르다의 이야기를 그레인은 한마디도 놓치지 않고 귀담아듣기 시작했다.

그 사건 이후, 두 부부는 그레인과 크루겐의 충고대로 저택을 떠나 산속 깊은 곳에 위치한 별장으로 터전을 옮겼다.

둘 외에는 아무도 없는 곳에서 마음의 평온을 찾으려 했지만, 시간이 지날수록 원래 의도와는 정반대로 초조함 속에서 하루하루를 보내야만 했다.

고요한 밤에 찾아올 때마다 지난번 고용한 용병들의 배신이 악몽 속에서 반복되었고, 교단에게 맞서던 전생의 기억은 그들에게 죄책감을 안겨주었다.

“결국 우리 둘은 은신처를 떠나 베세스 왕국으로 터전을 옮겼어.”

전과는 정반대로 많은 이들이 오고가는 복잡한 도시 안에서, 분주하게 움직이는 시민들 사이에 뒤섞이는 쪽을 택했다.

아무것도 안 하는 것보다 바삐 움직이는 쪽을 택한 부부는 어쩔 수 없이 회귀 이후 손에 익은 일인 장사에 다시 뛰어들었다.

이전과 달리 회귀로 얻은 지식에 의존하지 않고 시작한 장사는 고되었지만, 진정으로 무언가를 얻는 즐거움을 새롭게 깨달았다.

그런 와중에 결사대가 다시 결성되었고 교단과 투쟁 중이라는 소문이 베세스 왕국에도 퍼졌다.

여전히 떨쳐내지 못한 죄책감을 애써 잊기 위해 부부는 더욱 장사에 매달렸다.

상점 하나로 시작한 장사는 어느새 열 개를 넘어섰고, 헤르디온 왕자와 만나는 행운까지 거머쥔 부부는 마침내 기대치 않았던 ‘행복’을 맞이하게 되었다.

“케리나가 임신한 걸 알게 되었을 때엔 정말로 기뻤어. 하지만…….”

고르다는 말을 멈추더니 숨을 돌렸다.

“얼마 지나지 않아 생각지도 못했던 두려움이 몰려왔어.”

고개를 옆으로 돌린 고르다는 케리나의 품에 잠들어 있는 아이를 바라봤다.

"아이에게 혹시라도 하이브리드의 자질이 있지 않을까 하는 두려움이."

임신한 케리나와 함께 거리를 걸어가던 고르다는 평소에 안면이 있던 교단의 사제와 마주쳤다.

케리나의 배를 바라본 사제는 미소를 머금고서 태어나는 아이에게 '성수'로 축복을 내려주겠다는 말을 남겼다.

순간 고르다는 머릿속이 텅 빈 것처럼 아무런 생각조차 떠오르지 않았다.

다시 정신을 차렸을 땐, 사제는 이미 멀리 가버린 후였고 케리나는 고르다의 팔을 붙들고 울부짖고 있었다.

성수에 대해 알고 있었던 부부에게 사제의 말은 축복은커녕 저주나 마찬가지였다.

성수를 통해 하이브리드의 소질이 없음을 확실히 알아내면 안심할 수 있지만, 반대의 경우 돌이킬 수 없기에 이러지도 저러지도 못하는 사이 케리나는 딸을 출산했다.

그 후 부부는 여러 핑계를 대면서 유아세례를 피했지만, 한 달 만에 만난 헤르디온을 본 순간 더 이상 세상 속에 숨어 지낼 수 없음을 깨달았다.

주변의 인간이 하이브리드가 되어 나타나자 그동안 품었던 막연한 두려움이 현실로 다가왔기 때문이다.

"나나 케리나는 다시 하이브리드가 되더라도 상관없어. 하지만, 하지만……!"

전생의 것으로만 남겨뒀던 운명을 자식에게까지 대물림하고 싶지 않았다.

가족이라는 이름의 이기심이라 불릴지라도.

"그래서 헤르디온 왕자를 설득했다, 이 말이로군."

그레인의 말에 고르다는 고개를 끄덕거렸다.

그동안 누구에게도 말하지 못했던 비밀을 토로하는 고르다의 양손이 부들부들 떨고 있었다.

"나는… 난……."

감정이 고조된 탓일까.

고르다는 같은 말만을 반복하며 이야기를 더 이어나가지 못했다.

결국 고르다는 술의 힘을 빌리기 위해 와인병에 손을 뻗었다.

그러나 그보다 먼저 크루겐이 와인병을 낚아채더니 고르다의 앞에 놓인 유리잔에 와인을 채워주었다.

연달아 와인을 세 잔이나 마신 고르다의 양 볼이 빨갛게 달아올랐다.

"나, 참… 염치없지?"

고르다는 술기운을 빌리지 않으면 사과조차 제대로 할 수 없는 자신이 너무나 부끄러웠다.

그는 입술을 질끈 깨물면서 이야기하는 내내 숙이고 있던 고개를 천천히 들어 올렸다.

비난의 눈초리를 피하지 않고 받아들이기로 마음먹으면서.

그러나 그를 원망하는 시선은 단 하나도 없었다.

"부모란 다 그런 법일세. 스스로를 너무 질책하지 말게나."

렌딜은 애처로운 눈빛으로 고르다의 손에 쥐어져 있는 와인잔을 바라봤다.

"늘그막에 딸자식이 생기니 자네가 어떤 심정인지 이해할 수 있다네. 그리고 자네 부부가 상정했던 최악의 경우를 직접 겪기도 했으니."

"그, 그렇습니까?"

"절대 있어서는 안 되는 일이었지."

렌딜은 이마에 오른손을 가져가더니 아랫입술을 살짝 깨물었다.

안대를 쓰고 나타난 에르닌을 봤을 때의 분노와 슬픔은 잊으려 해도 잊히지 않았다.

"단, 자식을 위한 자네의 선택이 이기적일 수 있다는 것 자체는 절대 잊지 말게나. 그걸 망각하는 순간, 자식을 핑계로 가족의 안위만을 살피는 인간이 될 수 있다네."

"명심하겠습니다."

진지하게 대답한 고르다는 렌딜의 옆에 있는 크루겐을 살펴봤다.

팔짱을 낀 두 팔을 탁자 위에 얹고서 그 위에 턱을 받친 크루겐은 옛 친구와 재회했을 당시보다 한층 여유로운 표정이었다.

"꿈을 이뤘구나."

"꿈?"

결사대 내에서도 고르다와 유달리 친했던 크루겐은 옛 친구의 아이를 미소로 대했다.

“그래, 네가 전생에 누누이 말했던 그 꿈 말이야. 결국 그때는 이루지 못했지만.”

“아…….”

고르다는 말끝을 흐리더니, 고개를 숙였다.

고르다의 시야를 차지하고 있는 탁자 위로 눈물이 한 방울씩 뚝뚝 떨어졌다.

‘그래, 너희들은 드디어 꿈을 이뤘구나.’

그레인은 여전히 아무것도 모르고 잠들어 있는 아이를 바라보며 씁쓸하게 웃었다.

그 역시 전생에는 아딜나 사이에 자식과 함께 살아가는 미래를 꿈꿨고, 지금은 타인을 통해 볼 수 있었다.

똑같이 회귀를 했지만, 아딜나에게 진실조차 밝히지 못하는 자신과 다르게 사랑의 결실을 맺은 그들이 진심으로 부러웠다.

*　　　*　　　*

카르디어스 신성력 1401년 5월 20일.

“휘유~ 하늘을 나는 기분이 이런 건가? 끝내주는데!”

비공정의 선수 부근에 선 헤르디온은 양팔을 쫙 벌린 자세로 바람을 온몸으로 느꼈다.

"이것만으로도 너희들과 손을 잡기를 잘한 것 같아."

"……."

"여전히 무뚝뚝한 반응이로군. 하긴, 너는 하도 타서 질리겠지?"

헤르디온은 그레인 쪽으로 몸을 돌리더니 난간에 등을 기댔다. 어깨에 살짝 닿을 정도로 기른 금발이 바람에 밀려 그의 왼쪽 뺨을 감쌌다.

"갑작스레 끼어든 사람에게 의심을 품는 거야 당연한 수순이지만, 슬슬 믿어줄 때도 되지 않았나?"

베세스 왕국 측의 제안으로 시작된 협상은 3일 간의 진행 끝에 별 탈 없이 마무리되었다.

"사실 내가 비공정에 탑승한 것도 너희들에게 믿음을 주기 위해서잖아."

대부분 돈이라는 수단이 오고 간 협상에서 헤르디온이 제안한 마지막 안건은 뜻밖에도 헤르디온의 합류였다. 정확히는 그의 직속 부하인 세 명의 하이브리드와 전직 교단 소속이었던 사제와 함께 비공정에 머무르는 것이었지만.

"이러면 베세스 왕국 측이 너희들의 뒤통수를 칠 일은 없을 거야. 내놓기로 약속했던 돈도 차곡차곡 지불할 거고. 이의 있어?"

사실상 볼모로 취급될지도 모르는 제안을 스스로 제시한 헤르디온을 그레인은 쉽게 믿을 수 없었다.

그러나 다른 이들의 의견을 존중해 군말 없이 헤르디온의 합류를 수락했다.

"그나저나 다음 목적지는 언제쯤 도착할 것 같아?"

"아마 정오쯤에는 도착할 예정입니다."

"고작 3시간 만에? 이야, 정말로 탐나는데."

헤르디온은 손에 쥐고 있던 난간을 천천히 쓰다듬었다.

"교단과의 전쟁이 끝나면 이 비공정의 소유권을 나에게 넘기는 건 어때? 돈은 절대 부족하지 않게 지불할 거야. 정 안 되면 장기 임대라도 할 수 있기를 바라고 있어."

헤르디언의 넉살 좋은 발언에 그레인은 왼쪽 눈을 살짝 찡그렸다.

"다시 전쟁이라도 일으킬 계획입니까?"

"전쟁은 무슨… 당연히 장사에 써야지. 이렇게나 많은 적재량을 지닌 운송 수단이라면 유통 구조에 혁신을 일으킬 거라고. 전쟁용으로만 쓰기엔 너무나 아까워."

"비공정은 렌딜 님의 소유입니다만."

"그러니 네가 말 좀 잘 해달라고. 렌딜 님이 즐겨 마시는 브랜드의 와인도 함께 건네줄 테니, 적절한 때를 잡아 이야기해 봐."

"노력은 해보겠습니다."

"정말이라니깐?"

딱 잘라 거절하지 못하고 돌려서 말하는 그레인의 대응에도 헤르디온은 말을 멈추지 않았다.

"아무튼 나는 진심이라고. 이렇게 거대하고 빠른 운송 수단이 있으면 대륙 각지에 흩어져 있는 하이브리드들을 데리고 오기에도 용이하니, 나중에 따로 나라를 세우는 데에도 편리할 거야."

"나라라면… 교단을 쓰러뜨린 뒤의 계획도 세우신 겁니까?"

"그렇지. 내 입장에서 교단과의 전쟁은 시작에 불과해."

헤르디온은 멀리 떨어진 곳으로 시선을 옮겼고, 그레인 역시 그를 따라 고개를 왼쪽으로 돌렸다.

선수로부터 어느 정도 떨어진 자리에서 헤르디언의 부하들과 함께 있는 에르닌을 찾을 수 있었다. 무슨 이야기를 나누고 있는지는 알 수 없었지만, 요 근래 침울해 있던 에르닌이 미소를 보여주기는 오래간만이었다.

"평범한 인간의 눈에는 우리들은 당연히 괴물로 보일 거야. 그걸 부정할 수 없고, 부정할 생각도 없어."

헤르디온은 수룡의 눈동자가 이식된 왼쪽 눈을 감더니, 손끝으로 눈꺼풀 위를 천천히 쓰다듬었다.

"하지만 말이야, 괴물도 살아야 할 거 아냐? 그러니 아예 괴물들끼리만 모여 살아가는 게 인간이나 하이브리드들에게나 서로 편할 거야. 그러기 위해선 정말로 많은 돈이 필요한 법이고, 그 이전에……."

헤르디온은 에르닌 옆에서 이야기 중인 헬라를 응시했다.

그녀가 이전까지 속해 있던 집단을 떠올리는 헤르디온의 입술 끝이 꿈틀거렸다.

"그 괴물들을 노예로 여기며 계속 양산해 내는 교단이 사라져야 해. 그런데 말이 쉽지, 교단을 타도하는 일에 먼저 나서기는 힘들었어. 하지만 너희들 이레귤러가 먼저 나서준 덕분에 나는 편히 손만 내밀면 되는 입장에 설 수 있었지."

"그렇습니까……."

"너희들이 피로 점철된 길을 먼저 걸어가 준 덕택이랄까?"

"그건 아닐 겁니다."

오히려 그레인은 헤르디온이 말한 길을 걷지 않았다.

피로 적셔진 길을 진정으로 걷는 이는 그와 결별한 다른 집단이었기에.

* * *

타닥타닥.

높이 솟아오른 불길 위로 연기가 짙게 피어올랐다.

나무들과 풀이 타오르는 냄새와 함께 비명과 신음 소리가 여기저기서 흘러나왔다.

시체가 된 기사들의 갑옷에는 호르딘 왕국의 문양이 새겨져 있었다.

예전의 쉬르 왕국 못지않게 카르디어스교를 신봉하는 나라로, 전생에는 결사대와 치열한 공방전을 벌였던 국가였다.

전생의 결사대는 다른 국가들처럼 호르딘 왕국을 여러 차례 설득했지만 실패로 끝났다.

그때의 일을 잊지 않은 현생의 결사대는 어차피 먹히지도 않을 설득 대신 다른 방법을 택했다.

다시는 자신들의 앞을 가로막지 못하도록 무력으로 쓰러뜨리기로.

"뭣들 하느냐! 저 배교자들을 당장에 쓰러뜨리지 않고!"

교단 소속의 사제가 지쳐서 몸을 가누지 못하는 하이브리드들을 향해 고함을 질렀다.

"그, 그러나 더 이상은……."

"무, 무리입니다……."

크고 작은 부상을 입은 그들에게 더 이상 결사대와 맞서 싸울 힘은 남아 있지 않았다.

"일어서라! 일어서란 말이다!"

사제가 계속해서 소리쳤지만, 그들은 바닥에 쓰러진 채로 비틀거리기만 할 뿐이었다.

"좋다! 너희들이 그렇게 나온다면!"

사제는 분을 이기지 못하고 팔찌를 찬 오른팔의 소매를 위로 휙 걷어 올렸다.

화르르륵!

"으아악!"

사제는 손목 아래가 잘려 나간 오른팔을 붙들고 비명을 질렀다.

"부, 불이! 불이!"

잘려 나간 부위에 붙은 불이 삽시간에 전신을 뒤덮자 비명은 더욱 커져만 갔다.

그러나 그가 부리던 하이브리드들 중 그 누구도 그를 도와주지 않았다. 거듭된 전투로 인한 피로 속에서 거친 숨을 내쉴 뿐, 서서히 불타 죽어가는 그를 바라만 보고 있었다.

저벅저벅.

결사대의 대장 맥스가 시커멓게 타버린 땅 위로 걸음을 옮겼다.

걷어 올린 팔소매 아래 위치한 화룡의 어금니를 본 하이브리드들은 무기를 들지 않은 맨손을 위로 올리며 항복의 의사를 표했다.

그러나 결사대가 포로는 남김없이 죽인다는 교단의 말을 기억하고 있었기에 살기를 희망하는 눈빛은 아니었다.

어차피 죽을 목숨.

저 사제처럼 고통 속에서 서서히 죽어가기보단 일격에 죽여주기를 바라고 있었다.

"어……."

"이런……."

죽인 사제가 차고 있던 황금색 팔찌를 맥스가 집어 들자 그들의 눈동자가 일순간 흔들렸다.

이미 여러 차례 겪었지만, 절대 익숙해질 수 없는 고통을 예감하며 두 눈을 질끈 감았다.

"……."

맥스는 손에 쥔 황금색 팔찌를 내려다봤다. 그들이 예상하는 대로 팔찌의 힘을 발동시켜 고통으로 굴복시킬 수 있었다.

그러나 과거의 실수를 반복할 생각은 추호도 없었다.

"우리는 다르다."

화르르.

시커멓게 그을린 팔찌가 맥스의 손 아래로 툭 떨어졌다.

맥스는 그들을 지나 앞으로 걸어갔고, 뒤따라온 부하들이 교단 소속 하이브리드들을 포박했다.

제5장
가치관의 차이

카르디어스 신성력 1401년 8월 20일.

"그러면 앞으로 잘 부탁드립니다."

자리에서 일어선 헤르디온이 악수를 청했다.

협상 자리에 나온 제른 왕국의 영주들과 번갈아가며 악수를 한 헤르디온은 그들의 인장이 찍힌 문서를 돌돌 말아 봉했다.

"자, 저희 쪽에서 준비한 계약금을 확인해 보시지요."

헤르디온이 손가락을 튕기자, 그의 부하들은 작은 상자를 영주들에게 하나씩 건네줬다.

상자를 열자, 안에 있던 온갖 보석들이 빛에 반사되어 반짝거렸고 영주들의 표정 역시 환해졌다.

그러나 그들은 약속이라도 한 듯 동시에 헛기침을 하며 얼굴에 웃음기를 지웠다. 잠시 후, 영주들과 대동한 감정사들이 보석들을 하나하나 살펴보면서 가짜가 섞여 있는지 꼼꼼히 확인했다.

헤르디온은 정신없이 금액을 계산 중인 감정사들 앞에서 팔짱을 끼고 여유롭게 대처했다.

"어떻습니까? 금액에 혹시 착오라도 있다면 모자란 양만큼 즉시 추가로 지불해 드리겠습니다."

"돈에 대해서는 대륙 그 누구보다 확실한 헤르디온 전하가 설마 저희들을 속이셨겠습니까?"

"얼핏 봐도 꽤 비싼 보석들로 보입니다만……."

"그래도 이런 부분에선 꼼꼼하게 따져야 서로에게 좋은 법이죠."

헤르디온과 영주들이 이야기를 나누는 사이 감정사들은 보석들이 모두 진품이며 금액 역시 정확하다고 보고했고, 다시 한번 양측이 악수를 나누는 걸로 협상을 끝냈다.

"멋지죠?"

임시로 설치된 천막 밖으로 나온 헤르디온은 비공정을 올려다보면서 미소를 지었다.

"허허, 보고만 있으니 감질나는군요."

"한 번이라도 타봤으면 원이 없겠습니다."

영주들은 여러 의미로 비공정을 탐내면서 침을 꼴깍 삼켰다.

"교단과의 전쟁이 승리로 끝난 후에 부탁해 보겠습니다."

비공정을 마치 자신의 소유물인 것처럼 자랑스럽게 바라보는 헤르디온.

그리고 그를 갑판 위에서 내려다보는 그레인.

둘의 시선이 서로 겹쳐지자 헤르디온이 미소를 지으며 손을 흔들었다.

* * *

제른 왕국과 협상을 마친 헤르디온은 홀가분한 표정으로 지평선 너머로 저무는 해를 응시했다.

그가 비공정에 탑승한 지도 어느덧 3달째.

일과를 마친 뒤에는 비공정의 선수로 가 바람을 쐬는 일이 어느새 습관으로 굳어져 버렸다.

"어때? 돈도 쓰기 나름이지?"

헤르디온은 시선을 앞에 둔 채로 뒤에서 다가오는 그레인에게 말을 건넸다.

살갑게 구는 헤르디온과 달리 그레인은 평소의 무뚝뚝한 표정으로 그의 옆에 나란히 섰다.

"이젠 믿음이 좀 가?"

그레인 쪽으로 얼굴을 돌린 헤르디온은 자신만만한 웃음을 지었다.

"글쎄요."

그레인은 여전히 정면을 바라보며 고개를 살짝 갸웃거렸다.

전생 때의 인연을 그대로 이어 다시 만난 옛 동료들에게는 따로 믿음을 확인할 필요가 없었다.

베스티나와 펠릭스와는 오랜 시간 교단과의 투쟁에 함께 몸담으면서 신뢰를 쌓았다.

그러나 헤르디온은 합류할 거라 기대치 않았던 의외의 인물이었기에 그레인 입장에서는 여전히 거리감이 느껴졌다.

"어느 정도는 믿을 수 있겠더군요."

"거참, 좋은 평가 얻어내기 참으로 힘들군. 역시 돈만으로는 한계가 있나?"

헤르디온은 입술을 씰룩거리며 투덜거리기 시작했다.

"역시 내가 너무 가벼워 보여서 그래?"

"그것도 어느 정도 영향이 있겠죠."

"이것 봐. 살아가면서 항상 진지할 수만은 없잖아? 즐거운 땐 웃고, 슬플 땐 울고 그래야지. 매번 진지한 표정만 하고 있으니 이거 원……."

"성격 탓입니다."

그레인은 아무렇지 않게 대답하면서 진짜 이유를 숨겼다.

이제까지 그레인과 손을 잡았던 이들에게 공통으로 존재했던 감정, '처절함'을 아직 헤르디온에게서는 느낄 수 없었기 때문이다.

"또, 또 그런다. 유독 너와 그 머플러로 얼굴을 가린 친구가… 누구였지?"

"크루겐 말입니까?"

"아, 그래! 그 친구 포함해서 너는 항상 내 말에 그런 식으로 돌려 말하더라. 이젠 한배를 탔으니 서로에게 솔직해지자고. 펠릭스 대공이야 끔찍한 일을 겪고 하이브리드가 되었으니 그럴 수밖에 없다고 치고, 너와 같은 힘을 쓰는 아가씨야 빈민가 출신이라 어두운 구석이 있는 것도 당연하지만……."

"저 역시 집안이 몰락해서 고아원으로 도망치기 전까지 나름 힘들게 살았습니다."

"흐음, 그렇게 말하면 내가 또 할 말이 없어지잖아."

무안해진 헤르디온은 시선을 하늘로 향했다.

그레인은 두 사람 사이를 지나가는 마스트의 그림자를 내려다봤다.

"렌딜 님의 딸은 의외로 내 부하들과 잘 어울리는데 말이야."

"에르닌은 아무래도 왕자님처럼 하이브리드가 된 지 얼마 안 되어서 그럴 겁니다. 다른 멤버들과 여러모로 입장이 다르기도 하고요."

하이브리드인 회귀자들은 에르닌의 심정에 공감할지언정, 이미 한번 겪었던 고통과 수난, 갈등을 그들이 겪었던 것처럼 시간이 해결해 주리라 여기며 적극적으로 나서지는 않았다.

특히 에르닌처럼 메두사의 눈을 이식받았던 전생의 아델나가 결사대 내에서 어떤 처지였는지 직접 봐왔기에 조심스럽게 다가갈 수밖에 없었다.

그러나 헤르디온이 데리고 온 세 명의 하이브리드들은 이번

생에 처음으로 하이브리드가 되었다고 '인식'하고 있는 이들이었다.

그렇기에 시련에 대한 두려움이라든가 인간들의 두려운 시선 등등에 관해 공감할 부분이 많았다.

'그래, 나 같은 회귀자들은 하기 힘든 일이야.'

본격적으로 잠재 기술 사안을 쓴 이후 고뇌하던 에르닌은 헤르디온의 부하들과 함께한 이후부터 다시 미소를 되찾기 시작했다.

전생의 아딜나가 마지막까지 그레인하고만 함께 지냈던 것과 대조적으로.

'그 부분에 대해서만은 확실히 고맙군.'

헤르디온의 방침으로 인해 그들의 부하들은 보통의 하이브리드가 지니기 힘든 사명감을 가지고 행동하며 생각했다.

덕분에 에르닌에게 긍정적인 영향을 준 것에 그레인은 마음속으로 감사하고 있었다.

그러나 냉정히 따지면 헤르디온에게 감사해야 할 부분은 그것만이 아니었다.

그레인은 헤르디온과 같이 지내면서 나눈 이야기들을 하나씩 떠올렸다.

"집도 주고, 두둑하게 추가 급료도 제공해 주고, 차별하지 말라고 시민들에게 따로 교육도 시키면서 여러모로 신경 좀 썼지. 그러다 보니 이 녀석들, 교단보다 나를 더 따르게 되더라."

어떻게 해서 교단 소속의 하이브리드들에게 충성심을 얻어냈냐는 그레인의 질문에 헤르디온은 별거 아니라는 투로 대답했었다.

하이브리드들을 교단으로부터 구출해 내는 것보다 훨씬 간단하면서도 원론적인 방법이었다.

이는 헤르디온이 한 나라의 정책을 결정할 수 있는 위치에 있었기에 가능한 일이었다.

그러나 가장 큰 원인은 헤르디온 본인이 자청해서 하이브리드가 되었다는 점이었다.

"무작정 큰 힘을 준다고 덥석 받아먹으면 바보잖아? 그렇지만 코어를 이식받으면 이전보다 훨씬 더 강한 힘을 얻는 건 분명했고… 그래서 직접 내 몸에 시험해 보기로 결심했지. 운이 좋았는지, 나빴는지 나에게도 하이브리드의 자질이 있었더라."

헤르디온 정도의 위치에 있는 자라면 부하나 다른 이들에게 시켰을 일이었지만, 그는 남에게 떠넘기지 않았다.

성수를 통해 교단이 지목한 여동생 대신 하이브리드가 된 헤르디온은 하이브리드가 지닌 양면을 직접 경험했고, 그를 기반으로 하이브리드에 대한 정책을 결정했다.

또한 하이브리드의 고통을 이해하려 하지 않고 이해할 수도 없는 인간이 아닌, 같은 하이브리드라는 점만으로도 그는 교단 소속의 하이브리드를 대거 포섭할 수 있었다.

그러나 헤르디온의 가장 큰 장점은 돈으로 해결할 수 있는 일과 없는 일을 구별할 줄 안다는 점이었다.

"돈을 제대로 쓰기 위해서는 돈으로 해결되지 않는 일이 무엇인지 빠르게 파악하고 헛돈을 쓰지 않는 게 무엇보다 중요하다고."

그는 아무리 많은 비용을 투자하더라도 쉽게 얻을 수 없는 신뢰를 비공정에 합류하는 방식으로 얻으려 했다.

그리고 단지 비공정에 머무르는 것에 그치지 않고, 교단과의 투쟁에 적극적으로 참여하면서 조금씩 이레귤러와의 신뢰를 쌓아나갔다.

"뭐야, 이것밖에 안 돼? 아무래도 여기에 있는 것만으로는 부족해 보이는데……."

물론 재력을 통해서도 이레귤러 측을 도와주는 걸 잊지 않았다.

델리아의 실험실을 둘러본 헤르디온은 즉시 부하를 시켜 연구에 필요한 물품들을 모으도록 지시했다.

베세스 왕국을 떠나기로 정해진 날짜에 맞춰 도착한 짐마차에는 실험실에 비치된 것의 몇 배에 달하는 시약과 재료들이 실려 있었다.

덕분에 한동안 지체되었던 하이브리드에 대한 연구에 다시 박차를 가할 수 있었다.

'하지만 왜 이레귤러와 손을 잡았는지에 대해 풀리지 않는 의문점이 남아 있어. 그걸 직접 듣지 않는 이상, 헤르디온 왕자를 확실히 믿기에는 무리야.'

그레인은 그동안 품었던 의문을 풀 때가 바로 지금이라고 생각하고 입을 열려고 했지만, 멀리서 날아오고 있는 무언가를 발견하고는 도로 입을 다물었다.

정찰을 나갔던 베스티나가 빠른 속도로 비공정을 향해 날아오는 중이었다.

"무슨 일이 있는 것 같은데? 어디 보자… 으응? 저거 뭐야?"

시력을 증폭시키는 외눈 안경을 낀 헤르디온이 가늘게 뜬 눈을 깜박였다.

"적입니까?"

"이전까지는 아니었지만, 지금부터 적이 될 놈들이지. 레이든 후작, 결국 이렇게 나오는군."

제른 왕국의 영주들 중 유일하게 협상 자리에 참석하지 않았던 레이든 후작의 깃발이 헤르디온의 시야 가운데에서 펄럭거렸다.

"레이든 후작이라면, 돈에 대한 욕심이 상당하다고 들었습니다만."

"그래서 설득이 불가능했어. 자신에게 지불된 가치에 만족하지 않고, 계속 요구하는 타입이야. 저런 부류를 상대로는 절대 돈을 꺼내서는 안 돼. 다른 의미로 돈이 통하지 않는 상대거든."

헤르디온은 곧 있을 전투를 대비해 목과 어깨를 돌리면서 몸을 풀기 시작했다.

"협상할 가치도 없는 인간이 버젓이 군대까지 대동하고 나타났으니, 본때를 보여줘야겠지? 우리들과 손을 잡은 다른 영주들에게 우리의 힘이 어느 정도인지 보여줄 겸해서."

* * *

반나절에 걸친 전투 끝에 이레귤러는 레이든 후작의 병력을 퇴각시켰다.

빠른 재정비 이후 비공정은 다시 움직이기 시작했고, 대륙의 남쪽을 가로지르는 비공정 안에서 이레귤러의 멤버들은 언제 다시 시작될지 모르는 전투를 대비해 휴식 중이었다.

"들어와."

노크 소리에 헤르디온은 의자에 앉은 채로 문서의 검토를 계속했다.

"……."

문을 열고 헤르디온의 방 안으로 들어온 그레인은 고개를 돌리며 안을 살펴봤다.

전에도 봤지만 막대한 금액을 거리낌 없이 쓰는 자의 개인

공간치고는 너무나 소박한 느낌의 방이었다.

"어? 너였어? 여기를 찾아오다니, 의외인데?"

헤르디온은 확인 중이던 문서를 책상 위에 내려놓더니 의자에 앉은 채로 그레인 쪽으로 몸을 돌렸다.

그레인과 헤르디온은 방 가운데 탁자를 사이에 두고 마주 앉았다.

"헬라, 미안하지만 밖에 좀 나가 있겠어?"

"다른 사람이 들어도 되는 이야기이니 굳이 그러실 필요는 없습니다."

"그래?"

헤르디온은 막 문을 닫으려던 헬라를 손짓으로 도로 불러들였다.

"때마침 목도 마르니, 한 잔씩 부탁해."

헤르디온의 말이 떨어지기 무섭게 헬라는 탁자 위에 우유가 담긴 잔을 각각 헤르디온과 그레인 앞에 놨다.

남의 환심을 사기 위해 비싼 술을 아낌없이 선물하면서, 정작 헤르디온 본인은 상대적으로 저렴한 음료를 선호했다.

"휴우, 오래간만에 몸 좀 움직이니 뻐근하네."

헤르디온은 왼쪽 어깨를 빙빙 돌리며 몸을 풀면서 그레인이 먼저 말을 꺼내기를 기다렸다.

"헤르디온 왕자님."

"말해봐."

"저희들과 손을 잡은 세 번째 이유에 대해서 듣고 싶어서 직접 왔습니다."

"세 번째? 아, 너무 이야기가 길어질 거 같아서 생략했던 그거? 실제로는 여러 이유를 하나로 뭉뚱그린 거긴 한데, 다 설명해도 문제없겠지?"

"네."

"그러면 어디서부터 말해야 하나……."

턱을 매만지며 생각에 잠긴 헤르디온이 눈을 크게 뜨며 손가락을 튕겼다.

"아, 그거였지. 20년 만에 나타난 성자를 너희들이 보호하고 있다는 점. 하마터면 빼먹을 뻔했네."

헤르디온은 잔에 든 우유를 반쯤 마신 뒤 말을 이어갔다.

"교단에 대해 불신하면서도 카르디어스교를 믿는 자들은 아직도 많아. 그들을 끌어들일 수 있는 방법으로 성자의 존재는 무척 가치가 높거든."

가치라는 단어에 그레인의 얼굴이 살짝 일그러졌지만, 예상 안의 반응이었기에 헤르디온은 아무렇지 않다는 표정으로 대응했다.

"추가로 말하면, 너희들이 성자를 아직까지 전면적으로 내세우지 않은 것도 좋은 선택이라고 봐. 고귀한 존재라고 해서 계속 대중 앞에 노출하면 가치가 점점 사라지게 마련이야. 적절할 때 많은 이들 앞에 선보이고, 그로 인해 얻은 지지를 바탕으로 교단을 쓰러뜨리면 되거든."

헤르디온은 뒤로 오른팔을 내밀더니 헬라에게 무언가를 건네받았다.

"그리고 너희들이 베세스 왕국에 쳐들어왔을 때의 태도였어. 약탈은 물론이고 무고한 시민들을 학살하지 않았고, 심지어 단 한 번도 이걸 안 썼다며?"

헤르디온이 품에서 꺼낸 것은 교단의 사제들이 하이브리드들에게 시련을 안겨줄 때 쓰는 황금색 팔찌였다.

"지금이야 같은 편이지만, 적이었을 때엔 어떤 식으로 보복할지 많이 두려웠다고. 아바마마 때문이긴 하지만, 선제공격을 한 건 어디까지나 이쪽이어서… 나는 대학살까지 예상했어. 뭐, 그랬다면 협상 자리를 마련하지도 않았을 거고, 돈으로 해결될 문제에서 일찌감치 벗어났겠지. 너희들과 손을 잡는 일은 당연히 없었을 거야."

만약 교단이 배교자를 처단하는 식으로 이레귤러가 베세스 왕국을 몰아붙였다면, 어떤 일이 있더라도 이레귤러를 몰아내야 한다는 쪽으로 여론이 쏠렸을 수도 있었다.

"그 외 여러 정보를 규합하다 보니 하나의 결론에 도달하더라. 저 이레귤러라는 집단은 특정한 이득이 아닌 신념으로 움직이는 자들이 뭉쳤구나, 라는 결론으로."

잔에 담긴 우유를 마저 비운 헤르디온은 손등으로 입술 위를 닦았다.

"신념을 가진 자들은 무섭게 마련이야. 그래서 학살이 벌어지지 않을까 각오한 거였고."

헤르디온은 이레귤러를 두려워했기에 적으로 맞서기보다 같은 편이 되는 쪽을 택했다.

교단 역시 그런 면에서는 마찬가지였지만, 손을 잡고 있는 동안 서서히 변질되는 모습을 지켜봤기에 미련 없이 관계를 끊었다.

"왕자님이 데리고 온 하이브리드들 역시 신념을 가지고 움직이는 것 같습니다만."

"그거야 전에도 말했지만 실력에 맞는 대가를 지불해 준 것에 불과해. 교단과 다를 바 없이 노예처럼 부리면 결국 노예 이상의 역할은 하지 못하거든."

"그렇… 지요."

노예라는 단어에 목마름을 느낀 그레인은 잔에 담긴 우유를 단숨에 비웠다.

"원래 하던 이야기로 돌아가면… 이레귤러가 강한 신념 아래 움직이는 건 분명한데, 생각 외로 말이 통할 것 같더라. 너희들이 쉬르 왕국에서 보여준 행보도 그런 판단을 내리는 데 큰 역할을 했고."

헤르디온이 가볍게 손짓하자, 헬라는 단지에서 우유를 떠서 빈 잔에 채웠다.

"뭔가 알 수 없는 일을 꾸미는 교단과, 교단 타도라는 명확한 신념을 지녔음에도 협상의 여지를 충분히 남긴 이레귤러. 이 두 집단 중 어느 쪽을 택하는 게 타당하겠어?"

"그러면서도 베세스 왕국은 나름대로 이득을 취하면서 말입니까?"

"너희들은 교단을 쓰러뜨려서 자유를 얻고, 나는 쏠쏠하게 금전적 이득을 챙기고. 그 이상 좋은 게 어디 있어?"

"그렇다면 차라리 교단의 하이브리드를 왕자님의 방식대로 모두 포섭해 대륙 전체를 넘보는 쪽이 훨씬 낫지 않습니까?"

"대륙 전체를? 왜?"

헤르디온은 눈을 크게 뜨면서 어이가 없다는 제스처를 했다.

"역사 좀 훑어보면 왕국일 때에는 그럭저럭 오순도순 잘 꾸려 나가다가 제국이 되면 빠르게 몰락하는 경우가 수두룩해. 땅덩어리가 너무 넓어봤자 손만 많이 가고 귀찮잖아. 게다가 내 방식은 지금 베세스 왕국 정도가 적당해. 방대한 제국이라면 백성들에게 돈을 짜내지 않는 한 불가능하다고."

"지금 운용하시는 자금은 국가의 세금이 아닙니까?"

"무슨 소리야? 나는 내가 직접 상회를 꾸려서 벌어들인 돈만 썼어. 타 국가와의 교역을 위주로 벌어들인 거라, 네가 말한 대로 제국을 만들어 버리면 거래할 국가 수가 팍 줄어든다고. 나는 고객을 줄이는 어리석은 짓은 하지 않아."

"가장 큰 고객인 교단에게 등을 돌리지 않았습니까?"

"고객도 고객 나름이지, 변질된 고객은 필요 없어."

헤르디온의 단호한 대답과 대조적으로, 표정에는 아쉬워하는 기색이 역력했다.

"그래도 말처럼 쉽게 손 털기는 많이 아깝긴 했어. 그래서 교단과 완전히 돌아서기 전에 쓸 만한 인재는 나만의 방식으로 포섭하기로 결심했지."

"어떤 방법… 이었는지는 굳이 물어보지 않아도 되겠군요."

그레인은 헬라 쪽을 쓱 쳐다봤고, 헤르디온 역시 그를 따라 고개를 뒤로 돌렸다.

헬라는 고개를 살짝 옆으로 돌리면서 두 남자의 시선을 회피했다.

"그래도 종교로 뭉친 집단을 상대하기엔 돈은 한계가 명확하더라. 헬라까지는 어떻게 설득이 되긴 했는데, 상층부를 끌어들이는 건 불가능했어. 하는 김에 교단에서 협상하러 온 자라도 끌어들이려고 노력했는데 그것 역시 실패했고."

"그자라면 교황의 경호원인 데인 말입니까?"

"맞아. 협상하는 도중에 내 부하들에게 교육 좀 시켜달라는 핑계로 대련을 부탁했는데, 혼자서 모조리 쓰러뜨릴 정도의 실력자였어. 대단하던데."

앞서 베세스 왕국 내 고위 성직자들의 섭외에 실패한 경우를 교훈 삼아서, 데인에게는 시간을 들이며 조심스레 접근했다. 적으로 만나게 될 경우를 대비해 미리 약점을 파악해 놓을 의도도 포함해서.

"그래서 놓친 게 더더욱 아쉬워."

헤르디온 본인이 하이브리드가 되었기에 데인의 강함을 더욱 자세히 파악할 수 있었고, 그만큼 아쉬움은 클 수밖에 없었다.

"그래서 교단 대신 저희들과 손을 잡은 겁니까?"

"그런 셈이지."

"이미 여러 번 말씀드렸지만, 저희들은 돈으로만 움직이지 않습니다."

"알아, 안다고."

실제로 헤르디온이 이레귤러 측에 명령을 내리는 경우는 없었고, 의견을 제시하는 선에 그쳤다.

또한 그 의견이 이레귤러의 방침이나 목적에 벗어날 경우 칼같이 거절했다.

가령 교단과 손을 잡기를 헤르디온 왕자가 권한다면, 많은 금액을 제시하더라도 응할 생각은 추호도 없었다.

"그래서 너희들과 손을 잡은 거야. 돈이 통하지 않는 상대와 맞서려면, 똑같이 돈이 안 먹히는 상대를 내미는 게 적격이거든. 그리고 너희들과 나의 장점은 각각 다르니, 각자의 약점을 보충하면 서로 좋은 거 아닌가?"

"저희들과 손을 잡은 탓에 왕자님을 향한 베세스 왕국 내의 비난이 적지 않다고 들었습니다만."

"그야 감내해야지. 다른 이들의 위에 선 자가 비난을 두려워해서 우물쭈물거리기만 하면 이것도 저것도 아니게 돼. 모두를 만족시키려 하기보다는, 어느 한쪽이라도 만족시킨 뒤 다른 쪽에서 쏟아낼 비난에 대처하는 식으로. 비난이야 뭐… 나만의 방식으로 해결 중이니 걱정할 필요까지는 없어."

헤르디온은 왼손으로 턱을 받치고 오른손 검지로 탁자를 툭툭 두들겼다.

머릿속으로 액수를 계산할 때마다 나오는 그만의 습관이었다.

"아무튼 그런 식으로 서로의 약점을 보완하는 관계는 단지 우리들만의 이야기는 아닌 것 같은데……."

헤르디온이 말끝을 흐리며 맞은편의 그레인을 뚫어지듯 바라봤다.

"전에도 물어보고 싶었던 건데, 이레귤러는 결사대와 서로 합의하에 그런 식으로 나뉘어서 활동 중인 거야?"

다른 길을 걸어가는 이레귤러와 결사대 간의 기묘한 협력 관계는 헤르디온의 관심거리 중 하나였다.

"그것은……."

"표정을 보니 아닌 것 같군. 하긴, 렌딜 님의 따님 건은 제3자인 내가 들어도 용납하기 힘든 사건이었지. 만약 나였다면 반드시 피를 봤을 텐데, 용케도 인내심을 발휘하셨더군."

에르닌이 하이브리드가 되어버린 이야기를 할 때 렌딜은 움켜쥔 양손을 부들부들 떨었다.

렌딜의 눈빛에 실린 분노를 접한 헤르디온은 평소와 같은 미소로 감정을 숨기면서 식은땀으로 흠뻑 젖은 양손을 탁자 아래로 내려 감출 정도였다.

"그럼에도 정기적으로 연락을 주고받는다는 이야기는, 우리 둘 사이에 아직 부족한 신뢰라는 게 밑받침되었기 때문이겠지. 안 그래?"

"……."

헤르디온이 건넨 신뢰라는 질문에 그레인은 침묵으로 대답했다.

결사대라는 연결고리를 통해 쌓였던 신뢰를 맥스 쪽이 저버린 이후 그레인과 맥스는 각자 다른 길을 걸어가기 시작했다.

그러나 시간이 흐르면서, 단 한 번도 직접 말한 적 없었던 맥스의 의도를 조금씩 이해하게 되었다.

어쩌면 지금 그레인이 걸어가는 길은 맥스가 이끈 게 아닌가 하는 생각이 들었다.

그의 이끎을 또 다른 의미의 신뢰로 부른다면, 헤르디온의 말을 부정할 수 없었다.

"부러워. 그런 건 절대 돈으로 얻을 수 없는 것이니까."

헤르디온은 입술을 살짝 들어 올리며 웃음을 머금었지만, 입술을 살짝 깨물자 미소는 증발하듯 사라졌다.

"그런데 그 맥스라는 남자, 오래 못 가겠어."

"네?"

"딱 한 번 보긴 했지만 어떤 종류의 인간인지 대충 알겠더라. 상인에 비유하자면, 미래를 예측한 듯이 매번 한곳에 모든 재산을 쏟아부으며 큰 이익을 챙기는 부류랄까? 그래서 우려돼. 잘나가다가도 한번 어긋나면 이제까지 쌓아 올렸던 모든 걸 잃기 십상이거든."

회귀 이후 맥스가 걸어온 길을 정확하게 집어낸 헤르디온의 설명에 그레인은 고개를 끄덕이며 공감했다.

"마치 불속으로 날아들기 직전의 부나방 같다랄까? 뭐, 집단의 이름을 결사대로 지은 이상 당연하다면 당연하겠지만……."

헤르디온은 탁자에 놓인 촛불 위로 손바닥을 가까이 가져갔다.

"정말로 결사대라는 이름대로 되어버릴까 심히 걱정돼."

촛불의 뜨거움이 손바닥 전체로 퍼지기 전에 헤르디온은 손을 잽싸게 거두었다.

"적절할 때 빠지는 법을 알아야 하는데, 너의 옛 동료는 그런 법을 모르는 것 같아."

그레인은 맞은편에 앉아 있는 자가 헤르디온이 아닌 맥스라고 상상해 봤다.

그라면 손이 불길에 휩싸이더라도 절대 거두지 않을 것이 명확했다.

자신이 걸어가는 길에 확신을 가지고서.

"교단이라는 벅찬 상대와 싸우고 있는 이상, 각자 택한 방법이 다르더라도 교단과 맞서 싸우는 이들이 한 명이라도 더 있는 쪽이 나은데……."

*　*　*

격렬했던 전투가 끝난 후, 불길이 가라앉은 전장 위로 연기가 피어올랐다.

시야를 가리는 연기 속에서 홀로 선 맥스는 두 눈을 감고 있었다.

"……."

그는 전생 때 무수히 겪었던 전장의 기억을 회상했다.

검과 검이 맞부딪히는 소리와 비명이 서로 뒤엉키며 귓가에 맴돌았다.

살점이 타들어가는 냄새가 사방에서 진동했고, 시체에서 흘러나오는 피가 대지를 적시면서 피비린내가 콧속으로 비집고 들어왔다.

전투가 끝난 후 결사대원의 번호를 부를 때마다 빈자리가 하나둘씩 늘어났고, 그의 마음속의 공허함은 커져만 갔다.

"변함없군."

눈을 뜬 그의 시야에 비친 전장은 전생과 크게 달라진 부분이 없었다.

승리한 자와 패배한 자 모두가 공평하게 받아들여야 하는 죽음의 잔재가 시야의 대부분을 차지했다.

불길이 가라앉은 자리 위에 피어오르는 연기가 그레인이 아닌 맥스 본인의 힘으로 인한 것이라는 차이점만이 존재했다.

'아니, 또 있어.'

그는 시야를 아래로 내렸다.

회귀 전보다 훨씬 더 많은 이들의 피로 적셔진 땅 위에 발을 디디고 있었다.

전투는 결사대의 승리로 끝났지만 승리한 자만이 누릴 수 있는, 전투가 치러졌던 자리에 머물 수 있는 특권은 그에게 여전히 보잘것없기만 했다.

"대장."

아군의 피해 상황을 둘러보고 온 듀란이 그의 옆이 아닌 뒤에 섰다.

"사상자는?"

"예상 범위 내라 크게 지장은 없습니다."

"결사대원 중 사망자는?"

맥스는 지평선 아래로 저무는 해를 바라보며 천천히 숨을 들이마셨다.

"다행히 없습니다."

"그렇군."

결사대원의 빈자리가 이번에는 늘어나지 않았음을 확인한 맥스는 길게 숨을 내쉬었다.

그러나 그의 근심은 아직 끝나지 않았다. 이번 전투의 진정한 목적이 이뤄졌는지 확인하는 절차가 남아 있었기 때문이다.

"코어를 이송하던 자들은?"

"놓쳤습니다."

듀란의 보고에 맥스는 아래로 내린 오른손을 꽉 움켜쥐었다.

"재정비가 끝나자마자 추적하겠다."

"하지만 우선 쉬는 게 낫지 않겠습니까? 보다시피 아직도……."

아래로 내려가던 듀란의 시선이 맥스의 허리에 멈췄다.

그의 허리에 감긴 붕대 위로 번진 핏자국을 그냥 넘기기엔 마음에 걸렸다.

맥스는 한 달 전 있었던 전투 중, 불의의 기습에 부상을 입었다.

결코 단기간에 회복될 부상이 아니었기에 듀란은 물론이고 렌도 한동안은 쉴 것을 권유했지만, 맥스는 아무렇지 않은 얼굴로 최전선에 나서는 걸 마다하지 않았다.

"…알겠습니다."

끝내 우려를 떨쳐내지 못한 얼굴로 듀란이 뒤돌아섰다.

듀란의 지시 아래 병력이 재정비하는 사이, 맥스는 품에서 꺼낸 두 장의 편지를 각각 오른손과 왼손에 쥐고서 피로 점철된 전장을 바라보고만 있었다.

해가 완전히 지평선 너머로 모습을 감출 즈음 맥스는 인기척을 느끼고 뒤돌아섰다.

자신의 뒤에 집결한 결사대원과, 그들 뒤에 모인 병사들을 확인한 맥스는 고개를 정면으로 되돌렸다.

"가자."

화르르.

오른손에 쥐고 있던 편지가 불타오르며 재가 되었다.

왼손에 쥔 편지를 다시 품에 넣은 맥스가 교단 측 병력의 시체들 사이로 걸음을 옮겼다.

그가 발을 내디딘 자리에서 튕겨 오른 핏방울이 법의를 걸친 사제의 시체 위에 묻었다.

*　　　*　　　*

카르디어스 신성력 1401년 8월 25일.

카르디어스 교단의 성지 브렌할트.

성지의 정중앙에 위치한 대성당에는 성지를 순례하기 위해 먼 길을 온 신자들로 인산인해를 이뤘다.

그들의 목적은 일반 신자들을 대상으로 2주에 한 번 있는 특별 미사에 참여하는 것.

그리고 경외의 대상인 교황 아르디언을 두 눈으로 직접 보기 위해서.

"예하님! 이쪽을 봐주십시오!"

"예하님! 저희들에게 축복을!"

막 특별 미사를 마치고 대성당 밖으로 나온 교황과 눈이라도 마주치길 바라는 신자들의 외침이 끊이지 않고 울려 퍼졌다.

사제들이 더 이상 그들이 다가오지 못하도록 서로 손을 잡고 벽을 쳤음에도, 신자들은 자신들의 앞으로 지나가는 교황을 향해 양손을 뻗었다.

이레귤러와 결사대의 활약으로 인해 교세가 점차 줄어드는 것과 반대로, 성지를 찾아오는 신자들의 수는 줄어들기는커녕 오히려 배 이상으로 늘어났다.

그들은 자신들의 믿음에 해를 가하려는 자들에게 두려움을 가졌고, 직접 성지에 오는 걸로 공포에서 벗어나고자 했다.

그 까닭에 특별 미사에 참석하려는 이들은 평소의 몇 배로 늘어났고, 인원이 꽉 차 성당 안에 들어가지도 못한 이들이 성당 밖에서 진을 치는 건 예삿일이 되어버렸다.

"오오! 예하께서 여길 보셨어!"

"악으로부터 저희들을 구원해 주소서!"

아르디언이 고개를 살짝 옆으로 돌리자, 그의 시선이 닿은 방향에서 찬사가 터져 나왔다.

양손을 맞잡은 채로 눈물을 흘리는 이들 사이로 기절하는 이들이 속출했다.

"역시 이렇게 차려입은 보람이 있었어! 어때? 내 말이 맞지?"

"앗! 저를 봐주십시오! 저를!"

성지를 찾아온 이들의 대다수는 분위기에 맞춰 엄숙한 복장이었지만, 어떻게 해서든 교황의 눈에 띄기 위해 화려한 색의 옷을 걸친 이들도 간간이 있었다.

그러나 아르디언에게는 아무런 의미도 없는 짓이었다. 어떤 색의 옷을 입든 간에 그의 눈에는 모든 사물이 단 두 개의 색으로만 보였기 때문이다.

'우둔한 것들.'

교황 아르디언은 비웃음을 지었지만, 신자들의 눈에는 항상 그러했듯이 인자한 미소로 비춰졌다.

두려움에 떠는 이들을 다시 끌어들이는 데 있어서 배교자의 음모라는 발표와 거짓된 미소, 단 두 개면 충분했다.

"이레귤러와 손을 잡은 베세스 왕국이 며칠 전 제른 왕국을 통과했다고 들었는데……."

인파로부터 멀어진 아르디언은 옆에서 따라오던 데인에게 말을 건넸다.

"모두 제 불찰입니다."

"아니다. 애초에 그들은 속세의 이득에만 눈이 먼 이들이었다. 우리들의 거룩한 믿음이 통하지 않는 자들에게 미련을 둘 필요는 없다."

신자들에게 보여주지 않았던 아르디언의 찡그린 표정에 그를 따라오던 사제들이 움찔거렸다.

쉬르 왕국에 이어 베세스 왕국마저도 교단을 떠났기 때문이 아니라, 차근차근 진행되던 그만의 계획에 차질이 생겨서였다.

"코어의 이송에는? 결사대와의 충돌이 있었다고 이전에 보고받았는데, 어떻게 되었는가?"

데인에게 이식받은 것과 같은 '광룡의 어금니'가 발견되었다는 소식에 그는 매우 기뻐했었다.

그러나 결사대가 추적하기 시작했다는 추가 보고에 아르디언은 방금 전과 똑같은 표정을 지어야만 했다.

"미사 도중 들어온 보고에 따르면, 전투 끝에 간신히 따돌렸다고 합니다. 하지만 결사대의 추적은 계속되고 있다고 합니다."

"쉐일 추기경으로부터의 연락은?"

"아직 없습니다."

"아직이라, 마지막 연락 이후 벌써 몇 달이 지나지 않았는가?"

교단 내에서 이레귤러에 대해 가장 강한 증오를 보여줬던 쉐일의 부재에 아르디언은 아쉬워했다.

"그 연구에 대해서 충고를 하려고 했는데, 역시 무리로구먼."

아르디언은 입술 끝을 꿈틀거렸다.

"하지만 그건 나중으로 미뤄도 되겠지. 지금 중요한 것은 아무래도 그들에게 신의 징벌을 내려야겠지."

"그들이라 하심은?"

"결사대라……."

죽기를 각오하고 있는 힘을 다할 것을 결심한 이들로 이루어진 무리를 가리키는 단어.

그들을 상대하는 데 있어서 이제까지는 부하들의 재량에 맡겼지만, 쉽사리 구할 수 없는 코어를 놓칠 수 없었기에 방침을 바꾸기로 결심했다.

"슬슬 이름에 걸맞은 운명을 선사할 때가 된 것 같군."

"하오시면?"

데인의 물음에 아르디언은 태양이 떠 있는 하늘을 향해 고개를 들었다.

자신에게 쏟아지는 햇빛 속에서 그는 눈 한 번 깜박이지 않고 미소를 지었다.

"내가 직접 나서겠다."

아직 그가 추구하던 완전한 존재에 도달하지 못했지만, 완전하지 않은 상태에서의 힘이 어느 정도인지 확인하고픈 욕구가 몰려왔다.

제6장

죄의 대가

한치 앞도 보이지 않는 짙은 어둠 속을 맥스가 홀로 걸어갔다.

계속 걸어가도 빛은커녕 어둠만이 반복되는 세상 속에서 그는 걸음을 멈췄다.

이전에도 여러 차례 경험했던, 현실이 아닌 꿈이라는 걸 직감했다.

"……."

홀로 선 그를 중심으로 각기 다른 방향에서 발소리가 들렸고, 그 방향에 맞춰 맥스는 고개를 돌렸다.

어둠 속에서 얼굴만이 떠올랐지만, 맥스는 누구인지 알 수 있었다.

직접 자신의 손으로, 혹은 부하들을 시켜 죽인 이들이었기 때문이다.

"대장, 왜 날 더 지켜보지 않고 죽였지?"

피투성이가 된 솔리킨의 비난에 맥스는 아무런 표정의 변화도 보여주지 않았다.

전생에는 100번째 결사대원이었으며, 마지막에는 결사대를 저버리고 교단에 붙은 배신자.

그의 배신으로 인해 86번째 대원이었던 페트로는 스스로를 희생해야만 했고, 30명의 회귀자에 속할 수 없게 되었다.

맥스는 페트로에게 입은 은혜만큼 솔리킨의 배신을 증오할 수밖에 없었다.

배신하지 않을 가능성을 염두에 두고 살려두는 것보다, 똑같은 미래가 반복되는 걸 원치 않았던 맥스는 재회하자마자 그를 한 줌의 재로 만들어 버렸다.

적어도 그의 눈에 비춰진 솔리킨은 과거와 다르지 않았기에.

"나는 그저 내 아들이 무사하기만을 바랐을 뿐이다. 아들이 다시 인간으로 돌아갈 수만 있다면, 결사대든 교단이든… 상관없었어."

폴레인 왕국의 후작, 솔틴의 힐난에 맥스는 솔리킨을 대했을 때와 똑같은 태도를 보여줬다.

어쩔 수 없이 협력자가 되었다가, 하이브리드의 무서움을 알고 배신자로 돌아섰던 남자.

실제로 그는 결사대를 배신했기에 당연히 처단해야 하는 대상이었다.

"우리들이 결사대를 배신했던 건 전생이었지, 현생이 아니었다."

"우리는 바뀔 수 있었다."

"바뀔 수 있었어. 그런데도……."

전생에 배신자였던 이들이 입을 모아 맥스를 비난했지만, 그의 표정에는 여전히 변화가 없었다.

'바뀔 수 있었다'라는 변명은 그에게 통하지 않았다. 바뀐 자들만의 말이 그를 동요시킬 수 있었다.

맥스는 고개를 숙이며 시선을 아래로 내렸다.

죄책감 때문이 아니었다. 그의 결심을 바꿀 수 있는 말은 하나도 없었기 때문이다.

잠시 후, 소리가 사라지면서 그를 바라보는 시선은 단 하나만이 남았다.

"……."

고든.

결사대의 2번째 대원이었던 자.

맥스와는 스승과 제자였으며, 동료였던 사이.

그리고 현생에 다시 스승과 제자로 만났지만, 피해자와 가해자의 관계로 변해 버렸다.

맥스가 죽였던 다른 이들과 달리 고든의 환상은 아무런 말도 하지 않았다.

슬픈 눈으로 맞은편에 있는 맥스를 넌지시 바라볼 뿐이었다.

차라리 비난했다면, 앞서 나타났던 환상처럼 욕설을 내뱉었다면 마음이라도 편했을 것이다.

그러나 고든의 눈은 제자였던 소년이 험난한 길을 걸어가는 것을 측은하게 바라보고 있었다.

"아니야."

맥스는 고개를 다시 숙이며 작게 속삭였다.

이것은 환상.

고든의 죽음이 안겨준 죄책감에서 벗어나기 위해서, 스스로의 이기심이 만들어낸 허상에 불과하다고 여겼다.

"나는 그럴 자격이 없어."

누군가에게 용서받을 자격을 고를 권리는 그에게 없었다.

그는 비난받을 자격만을 선택했다.

전생에 이루지 못했던 목적을 달성하기 위해서 어쩔 수 없다고 여기면서.

"나는 대가를 치러야만 해. 너를 죽인 죗값을……."

맥스는 스스로를 용서할 수 없다는 말만을 반복했다.

그를 대하는 고든은 여전히 서글픈 눈빛이었다.

파아앗.

저 멀리서 빛이 뿜어져 나오며 어둠을 밀어냈다.

고든의 환상이 빛 속에서 천천히 사라졌고, 맥스는 고개를 반대편으로 돌리며 자신을 감싸는 빛을 외면했다.

*　　　*　　　*

"……."

잠에서 깨어난 맥스는 간이침대에 누운 채로 위를 바라봤다.

그의 시야를 가득 메웠던 어둠은 더 이상 보이지 않았다. 오래 쓴 막사 특유의 칙칙한 색만이 시야에 들어오자 꿈에서 깨어났음을 비로소 알아챘다.

악몽에서 벗어난 이들이 보통 그러하듯이 거친 숨을 몰아쉬지는 않았다. 막사 안을 둘러보는 맥스의 눈은 공포에 질리지 않고 평상시와 다를 바 없었다.

그러나 악몽의 여파는 아직도 남아 있었다. 손바닥을 흠뻑 적신 땀이 손가락 사이에 고여 아래로 뚝뚝 떨어졌다.

화르르.

작은 불길을 일으켜 손바닥의 땀을 증발시킨 맥스는 탁자 앞으로 걸어갔다.

맥스는 탁자 위에 놓여 있는 초에 불을 붙인 후, 잠들기 전 써놨던 편지를 집어 들고 앞뒤로 훑어봤다.

누군가 손을 대거나 봉투가 뜯긴 흔적은 없었다.

"괜찮아?"

막사의 입구 근처에서 들린 목소리에 맥스는 편지를 탁자 위에 도로 놓았다.

"들어가도 되겠어?"

도로 침대로 돌아가려던 맥스는 탁자와 침대 사이에서 멈춰 섰다.

"아까 네 목소리가 들려서……."

막사 안으로 들어온 렌은 맥스의 안색을 살폈다.

"정말 괜찮아?"

"잠꼬대였으니 걱정할 필요는 없다."

맥스는 무뚝뚝하게 대답하면서 왼손을 등 뒤로 감췄다. 다시 흐르기 시작한 손의 땀이 바닥에 뚝뚝 떨어졌다.

화룡의 코어를 이식받은 이후 더위를 느끼지 못하는 그의 육체라면 나오지 않아야 하는 땀이었다.

"허리의 부상은 어때? 아직도 아픈 건 아니겠……."

탁자 위에 놓인 편지를 발견한 렌은 눈썹 사이를 일그러뜨렸다.

"또 저걸 썼어?"

렌의 날카로운 목소리에도 불구하고 맥스는 태연히 편지를 접어 품 안에 넣었다.

"굳이 이런 걸 할 필요는 없잖아? 왜 그래?"

"미래를 대비하기 위해서다."

그레인이 결사대를 떠난 이후부터 맥스는 매번 전투에 임하기 전마다 편지를 썼다.

그리고 전투가 끝난 뒤 불태워 버리고, 다시 전투하기 전에 쓰기를 반복했다.

편지의 내용은 항상 그를 옆에서 보좌하는 듀란마저도 본 적이 없었다.

그러나 맥스가 자리를 비운 사이, 탁자 위에 놓여 있던 편지를 우연히 본 적이 있었던 렌은 눈물을 흘리면서 찢어발겼던 적이 있었다.

"결사대를 재결성한 이후 우리는 패배한 적이 없었잖아? 그런데 뭐가 그렇게 불안해?"

"패배한 적이 없었다라……."

맥스의 뇌리에 헤르디온 왕자와 협상할 때 나눴던 말 중 하나가 떠올랐다.

"나는 이런 식으로 파산한 장사꾼들을 수도 없이 봐왔어. 그런데 네가 택한 길은 그런 장사치들의 행보와 딱 들어맞는다고."

헤르디온은 자신과 함께한다면 파국으로 가는 길에서 벗어날 수 있게 도와주겠다고 말했다.

그러나 맥스는 헤르디온 왕자의 제안을 정중하게 거절했고 대신 이레귤러 측과 손을 잡을 것을 권했다.

교단과의 투쟁에 있어서 헤르디온 왕자는 강력한 전력이 될 수 있음은 분명했지만, 그와 손을 잡을 자격이 맥스에게는 없었다.

'헤르디온 왕자의 사고방식이 워낙 독특해서 걱정되었지만, 잘되어서 정말 다행이야.'

우여곡절 끝에 베세스 왕국과 이레귤러가 손을 잡았다는 소식을 듣기 전까지 밤잠을 설쳤던 기억을 떠올리며 맥스는 살며시 미소를 지었지만 이내 지워 버렸다.

결사대를 떠난 그레인에게는 이제 여러 방법으로 교단의 숨통을 조일 수 있게 되었다.

그러나 결사대에게는, 맥스에게는 오직 단 하나의 방법만이 용납될 뿐이었다.

이제까지 그래왔던 것처럼.

"맥스, 너는… 정말……."

당장에라도 터질 것 같은 울음을 참던 렌이 막사 밖으로 뛰쳐나갔다.

다시 홀로 남게 된 막사 안에서 맥스는 침대 위에 걸터앉았다.

결사대를 그렇게 이끈 것은 어디까지나 맥스 본인의 고집과 의사에 의한 것.

그렇기에 결사대가 짊어져야 하는 짐을 다른 결사대원에게 양보할 생각은 없었다. 오직 그의 것이어야만 했다.

"휴우……."

맥스는 길게 한숨을 내쉬었다.

격한 전투를 치른 것처럼 극심한 피로를 느꼈지만, 잠을 이룰 수 없었다.

* * *

카르디어스 신성력 1401년 9월 10일.

좌아아.

지면을 뚫고 솟아오른 물기둥들에 교단의 병사들이 떠밀려 나갔다.

높이 솟아오른 물기둥들의 중심에 선 헤르디온은 오른쪽 뺨에 난 작은 상처 위를 오른손 엄지로 슥 훑었다.

"흐음, 이번은 살짝 위험했어."

방금 전 검이 스치고 지나간 자리에서 흘러나온 피를 바라보는 헤르디온의 표정에는 여유가 가득했다.

"전하! 너무 앞으로 나가지 마십시오!"

양손에 단검을 하나씩 쥔 헬라가 다급히 달려오더니 그의 등 뒤에 섰다.

방금 전, 헤르디온을 노렸던 적 병사는 얼굴에 투척용 단검이 꽂힌 채로 쓰러져 있었다.

"그래도 네가 있어서 살았다."

"전하! 무사하십니까?"

"전하!"

각자 흩어져서 격전 중이었던 다른 부하들이 서둘러서 헤르디온에게 다가오더니, 부상이 없는지 빠르게 확인한 후 그를 둘러싼 호위망을 형성했다.

이레귤러와 교단 병력과의 전투가 한창 진행 중일 때, 평상시처럼 시력을 증폭시키는 외눈 안경을 통해 전장을 바라보던 헤르디온은 부하들과 함께 전장에 직접 뛰어들었다.

이전과 달리 다른 국가의 병력 없이, 순수하게 교단 측의 병력으로만 구성된 적이었음을 안 그는 하이브리드의 힘을 맘껏 발휘하며 전투에 임했다.

과연 교단이 얼마나 강한 힘을 지녔는지 체험하기 위해서.

"어허, 여기에 모여 있어봤자 도움 안 된다고. 적들은 저기 있잖아? 에트슨, 너는 저쪽으로 가서 밀리지 않도록 도와줘! 쿨렌, 넌 그레인에게 힘을 보태주고! 벤, 너는… 정면을 뚫고 들어가도록!"

"알겠습니다!"

"명을 따르겠습니다!"

"전하! 부디 조심하십시오!"

헤르디온은 주저 없이 지시를 내렸고, 그의 부하들은 즉각 실행했다.

따로 명령을 받지 않은 헬라는 눈을 부릅뜨고서 그의 후면을 지켰다.

"하아앗!"

펠릭스 못지않게 거대한 덩치를 자랑하는 벤이 기합을 지르며 적 병사들 사이를 파고들었다.

몸집만큼이나 강력한 힘을 지닌 그의 양옆으로 적 병사들이 마구 밀려 나갔고, 그가 지나간 자리를 향해 헤르디온이 양손을 뻗었다.

좌아아!

지면과 수직이 아닌 수평을 이루며 뻗어나간 물줄기가 벤의 뒤를 노리려던 적 병사들을 향해 뻗어나갔다.

강력한 수압을 이기지 못한 적 병사들의 무기가 부러졌고 살점이 찢겨 나갔다.

"앗차, 부하에게 맞을 뻔했잖아."

헤르디온은 손목을 돌리면서, 손가락을 휘저으며 물줄기의 방향을 연이어 바꿨다.

"흐음, 역시 짜릿해. 물건을 사고 팔 때와는 또 다른 쾌감이야."

휘이잉!

하늘에 떠 있던 베스티나가 던진 바람의 스피어, 프로셀피나가 바람을 일으키며 지상에 꽂혔다.

프로셀피나에 응축되어 있던 냉기가 빠르게 퍼지면서 헤르디온이 구현한 물을 얼려 버렸고, 적 병사들은 얼음에 갇혀 꼼짝달싹 못 하게 되었다.

"오호, 알아서 해주는군. 호흡이 딱딱 맞아."

헤르디온은 이마에 손을 대고서 공중을 가로지르는 베스티나를 올려다봤다.

"그나저나 내가 너무 늦게 뛰어들었군. 벌써 다 끝났잖아."

퇴각하는 교단의 병력을 응시하면서 헤르디온은 목 뒤를 어루만졌다.

*　　　*　　　*

전투가 끝난 후, 그레인은 동료들과 함께 헤르디온 왕자가 있는 곳을 찾아갔다.

이미 전투는 이레귤러 측의 승리로 끝났지만, 헤르디온은 전투 후에 오히려 더 분주하게 움직였다.

부상자를 신속히 비공정으로 옮기는 한편, 적의 시체에서 무기와 갑옷 등등을 회수하는 작업까지 동시에 지휘하고 있었다.

"오, 왔어? 이번에도 맹활약하던데. 그래도 조금 위험해 보여서 도중에 슬쩍 끼어들긴 했는데, 도움이 되었으려나?"

헤르디온은 그레인의 어깨를 두들기며 윙크를 했다.

"부상을 입으셨다고 들었습니다만."

그레인의 시선은 헤르디온의 뺨에 난 상처에 머물렀다.

"이거? 전장에서 이 정도는 애교지. 내 부하들이 너무 호들갑을 떨어서 걱정한 것 같은데, 문제없어."

헤르디온은 상처가 난 뺨을 가볍게 두들기며 주위를 둘러봤다.

패배한 교단 측 병력이 남기고 간, 교단의 법의와 은갑옷을 걸친 적들의 시체가 수두룩했다.

"지난 전투에서도 느꼈지만, 이번에도 교단의 병력이 대부분인 것 같아. 다른 나라들도 슬슬 대륙의 정황이 어떻게 돌아가는지 아는 것 같더라."

최근에 치른 두 번의 전투는 기존과 다른 양상을 띠었다.

이레귤러를 막아선 적 병력의 대부분이 교단의 성당 기사들과 병사들이라는 차이점을 보여줬다.

"뭐, 자초지종이야 포로로 잡은 하이브리드들에게 알아내면 되겠고……."

헤르디온은 말끝을 흐리면서 북쪽을 응시했다.

현재 이레귤러는 남쪽에서, 결사대는 북쪽을 통해 대륙 서쪽 끝에 위치한 성지 브렌할트로 진군 중이었다.

"어떻게 할 거야? 기존처럼 따로 움직이기보다는 적당한 지역에서 합류한 뒤 그대로 성지까지 돌진하는 건 어때?"

헤르디온의 제안에 그레인은 입을 다물고 생각에 잠겼다.

결코 가볍게 대답할 성질의 질문이 아니었기에 결정을 내리기 망설였다.

"기세가 올랐을 때 밀어붙이자고. 우리들, 매번 이기고 있잖아?"

"그래서 의심스럽습니다. 제가 알고 있는 교단은 이렇게 계속 밀리고만 있을 집단은 아닙니다."

헤르디온은 순간 멈칫하더니 그레인 쪽으로 얼굴을 돌렸다.

"한번 떠봤는데 역시 신중하게 대답하네. 동감이야."

"헤르디온 왕자님께서는 어떻게 하실 계획입니까?"

"여러 방안을 고려 중이긴 한데, 우선은……."

파아앗!

갑자기 퍼져 나간 빛에 모두의 시야가 새하얗게 뒤덮였다.

병사들은 눈을 질끈 감으며 고개를 옆으로 돌렸고, 눈을 계속 깜박거려도 빛으로 뒤덮였던 시야는 좀처럼 원래대로 돌아오지 않았다.

"으으… 하마터면 눈이 멀어버리는 줄 알았잖아."

간신히 시야를 회복한 헤르디온은 빛의 근원지인 북쪽을 바라봤다.

"아까 그 빛은 도대체 뭐였지?"

헤르디온의 물음에 그레인은 대답하지 않았다.

아니, 대답할 수 없었다.

"그레인? 괜찮아?"

유일하게 빛에 상관없이 눈을 뜰 수 있었던 베스티나가 그레인의 팔을 붙들고 흔들었지만, 그는 반응하지 않았다.

빛이 뻗어 나왔던 북쪽을 바라보는 그레인은 그답지 않게 공포에 떨고 있었다.

"크루겐?"

그레인뿐만이 아니라, 옆에 있던 크루겐마저도 그레인과 같은 방향을 바라보며 부들부들 떨기 시작했다.

정확히는 회귀했던 이들 모두 그레인과 똑같은 반응을 보여 주고 있었다.

"설마……."

그레인은 성지가 있는 서쪽을 바라봤다.

이렇게 강렬한 빛을 내뿜을 수 있는 자는 그레인의 기억 속에 오직 한 명.

그러나 성지와의 거리를 감안하면 그는 아까 빛이 뿜어져 나왔던 위치에 있을 수 없다.

최근에 보고받았던 '그'의 위치와 빛의 근원지와의 거리를 감안하면 더더욱.

"아니… 아니었어!"

잊혔던 공포를 다시금 깨달으면서, 그레인은 망각했던 기억을 하나둘씩 떠올렸다.

절호의 기회라고 여겼던 때 찾아왔던 절망.

강렬한 빛과 함께 시작된 결사대의 패배.

그레인은 빛의 근원지인 북쪽으로 다시 몸을 돌렸다.

"결사대가… 위험해!"

*　　　*　　　*

기존과 별다를 바 없이 진행되던 전투는 결사대 측의 승리로 굳혀지는 듯했다.

그러나 병사들의 피로 얼룩진 대지를 뒤덮은 섬광이 사라진 이후 전투는 중단되었고, 전장에는 정적이 감돌았다.

선봉장으로 전투에 임하던 맥스는 오른손을 뒤로 흔들며 물러설 것을 지시했다. 교단 측도 마찬가지로 후퇴했고, 두 병력 간의 거리는 멀어져만 갔다.

서로 대치한 상황에서 먼저 움직인 쪽은 교단의 병력이었다.

교단 측 병사들이 좌우로 비켜서며 누군가에게 길을 터줬다.

경호원을 대동하고 거리를 조금씩 좁혀오는 '그'를 지켜보며 맥스는 손에 쥔 검에 힘을 꽉 주었다.

반복된 승리와 함께 마음속 깊숙한 곳에 조금씩 쌓여갔던 두려움.

두려움이 현실로 닥칠 날을 예상했었고, 결국 그날은 오고야 말았다.

"교황 아르디언……."

강렬한 빛은 전생 당시, 성지를 기습하려던 결사대 앞에 아르디언이 모습을 드러냈을 때와 똑같았다.

맥스의 뒤에 있는 듀란은 믿을 수 없다는 눈으로 아르디언을 응시했다.

"순간 이동 마법은 아닙니다! 도대체 어떤 식으로… 아차."

듀란은 전생의 처절했던 기억을 뒤늦게 떠올리며 당혹해했다.

교단과의 전투에서 승승장구하던 결사대는 교황인 아르디언이 자리를 비운 성지 브렌할트를 노렸다.

교황이 급히 연락을 받고 순간 이동 마법으로 복귀하더라도 준비하는 데 걸리는 시간을 감안하면 결사대가 성지를 초토화시킨 후라고 듀란은 판단했었다.

그러나 그 전까지 한 번도 드러낸 적이 없는 교황의 힘을 미처 알아내지 못한 대가는 생각보다 훨씬 컸다. 아르디언이 발휘하는 빛의 힘 중 하나인, 빛이 닿는 곳이라면 먼 거리라도 단숨에 이동할 수 있는 능력은 순식간에 전세를 뒤바꿔 버렸다.

"예전에 이미 겪었던 일인데… 그걸 감안하지 못한 제 불찰입니다."

아무리 듀란이라고 해도 전생에 겪었던 모든 일을 기억해 낼 수는 없다.

그러나 예전 결사대의 가장 치명적인 패배이자, 교황 아르디언과 관련된 것들을 회귀하자마자 떠올렸어야 했었다.

듀란은 후회를 하면서 예전의 기억을 재빠르게 훑어봤다.

만약 전생의 기억 그대로의 아르디언이라면, 전생에 비해 상대적으로 더 강해진 결사대의 전력으로 충분히 승산이 있다.

그러나 회귀로 인해 회귀자들뿐만 아니라 타인의 운명도 바뀐 지금, 듀란은 확신이 서지 않았다.

아르디언이 전생보다 더 강해졌을지, 혹은 반대로 약해졌을지에 대해서.

'아르디언이 쓴 비법의 특성을 감안한다면 아르디언을 정해진 시간 내에 쓰러뜨려야만 해.'

아르디언이 사용한 힘과 순간 이동 마법과의 큰 차이점은 일정 시간이 지나면 자동적으로 원래 위치로 돌아오는 부분이다.

재개될 전투의 양상을 어떻게든 다시 승리로 이끌기 위해 듀란이 궁리하는 사이, 결사대 측 병력을 여유롭게 둘러보던 아르디언이 천천히 입을 열었다.

"거룩한 믿음을 거부하고, 악의 유혹에 넘어간 배교자들에게 고한다."

마나로 증폭된 아르디언의 목소리가 멀리 울려 퍼졌다.

"마지막으로 신의 자비를 베풀도록 하겠다. 지금이라도 다시 신의 품으로 돌아오기로 결심한다면, 그동안 저지른 너희들의 죄를 신의 이름으로 사하도록 하겠다."

같이 따라온 경호원들의 눈빛에 긴장이 서려 있는 것과 대조적으로 아르디언의 목소리에 묻어나오는 여유로움은 여전했다.

아르디언의 제안에도 불구하고 정적은 계속 이어졌고 결사대원 중 그 누구도 대답하지 않았다.

회귀자들은 아르디언이 보여주는 인자한 미소 너머의 본성이 어떤지를 알고 있었기에 입을 열지 않았다. 굳이 반박할 필요조차 없었다.

회귀하지 못한 이들은 교단에서 겪은 핍박과 수모를 잊지 않았기에 아르디언의 말을 절대 믿을 수 없었다.

'분명히 방법은 있을 거야. 아니, 있어야 해.'

숨 막히는 고요함 속에서 듀란은 계속 여러 방안을 뇌리에 떠올리며 지워 버리기를 반복했다.

"모두 비켜라."

상대의 대답을 줄곧 기다리던 아르디언은 자신을 둘러싸 보호하고 있는 다섯 명의 경호원들에게 옆으로 물러나라며 손짓했다.

"계속 대답하지 않으면 마지막 기회를 거부하는 걸로 알겠다."

아르디언의 경고에도 결사대 측의 대답은 여전히 없었고, 아르디언은 오른손을 천천히 들어 올리더니 검지를 뻗었다.

순간 맥스를 포함한 결사대원이 움찔했고, 아르디언은 손가락 끝을 살짝 옆으로 돌렸다.

결사대의 대장, 맥스의 심장을 노리기 위해.

파아앗!

강렬한 빛과 함께 한 줄기 광선이 지면과 수평을 이루며 멀리 뻗어나갔다.

"으윽……."

고통으로 일그러진 맥스의 입에서 신음이 흘러나왔다.

아르디언의 공격을 예상한 맥스는 반사적으로 몸을 옆으로 돌렸지만 완전히 피하지는 못했다.

왼손으로 오른쪽 어깨를 움켜쥐었고, 아래로 축 처진 오른팔을 타고 핏줄기가 아래로 이어졌다.

"자네와 같은 배교자에게도 행운을 선사하다니, 신께서는 너무 자비로우신 분이야."

아르디언은 고개를 저으며 아쉬워하는 표정을 지었다.

"하지만 다른 이들은 그렇지 못했군."

"뭐?"

뒤돌아선 맥스는 붉게 변한 땅바닥을 보고 경악했다.

"파르티온!"

맥스의 처절한 외침이 결사대 측 진영에 울려 퍼졌다.

"파, 파르티온이… 나, 날 밀치고 대신……."

렌은 땅바닥에 주저앉은 채로 부들부들 떨고 있었다.

주위를 흥건하게 적신 파르티온의 피로 그녀가 걸치고 있는 로브 끝자락이 붉게 물들여졌다.

"이런… 아……."

듀란은 파르티온에게 다가가려고 했지만 이미 늦었음을 직감하고 뻗었던 손을 아래로 내렸다.

"대장… 죄송합니다……."

가슴을 관통당한 파르티온이 실이 끊어진 마리오네트처럼 힘을 잃고 두 무릎을 꿇었다.

그를 시작으로 뒤로 죽 이어진 시체들에서 흘러나온 피가 이어지면서 기나긴 직선을 이뤘다.

"와아아아!"

단 일격에 결사대를 공포에 빠뜨린 아르디언을 향해 교단 측 병력의 환호성이 쏟아졌다.

장본인인 아르디언의 눈에는 결사대를 이기지 못하고 계속 밀리고 있던 교단 측 병력이 탐탁지 않게 비춰졌음을 모르고서.

"하찮은 것들."

적과 아군 모두를 통칭하는 아르디언의 속삭임은 함성에 묻혀 주위로 퍼지지 못했다.

"카르디어스 교단의 용사들이여."

낮게 깔린 아르디언의 음성에 병사들의 환호성이 뚝 끊겼다.

"지금 이 자리에서 신의 뜻을 펼치도록 하라."

아르디언의 말이 떨어지기 무섭게 교단의 성당 기사단원들은 검을 왼손으로 바꿔 잡았다.

검끝이 하늘을 향한 상태에서 검자루를 쥔 왼손을 가슴에 가져간 그들은 오른손으로 성호를 그었다.

"신의 이름을 거역한 배교자들에게, 신의 이름으로 영원한 안식을 선사하리라!"

"신의 이름으로!"

"와아아!"

성당 기사단의 구호 다음으로 이어진 함성과 함께 전투가 재개되었다.

교황 아르디언이 등장하기 전까지 패배를 직감하던 교단 측 병력의 사기는 끝을 모르고 솟구쳤다.

파르티온의 죽음이 가져다준 충격에서 벗어나지 못한 맥스를 향해 교단의 병사들이 벌 떼처럼 달려들었다.

"대장! 정신 차리십시오!"

"……."

"대장! 맥스!"

듀란의 독촉에도 맥스는 파르티온의 시체를 붙들고 멍하니 한쪽 무릎을 꿇고 있을 뿐이었다.

결국 듀란은 맥스 대신 아군 병사들에게 공격할 것을 지시했다.

캉! 카앙! 캉!

혼전 속에서 검과 검이 맞부딪히는 소리와 함께 여기저기서 비명이 터져 나왔다.

그러나 이전과 달리 쓰러지는 쪽은 교단이 아닌 결사대 측 병사들이 대다수였다.

아르디언의 전신에서 뿜어져 나오는 은은한 빛은 교단 측 병력에게 공포라는 감정을 제거해 버렸고, 광신도의 눈빛으로 변해 버린 그들은 더 이상 죽음을 두려워하지 않았다.

"이럴 수가……."

짙어져 가는 절망 속에서 듀란은 계획을 수정해야만 했다.

정해진 시간까지 교황 아르디언을 쓰러뜨려야 하는 게 아니라, 그의 무자비한 공격에 살아남아 버텨야 하는 쪽으로.

*　　　*　　　*

결사대가 이끄는 병력과 아르디언을 중심으로 뭉친 교단의 병력 간의 치열한 혈전.

원래대로라면 진작 결사대의 승리로 끝났어야 하는 전투는 저녁이 가까워지도록 계속 이어졌다.

양측의 시체는 계속 늘어만 갔고, 피로 물들지 않은 땅을 찾기 힘들 정도가 되어버렸다.

그러나 교단의 수장 아르디언의 얼굴에는 여유가 넘쳤고, 그에 맞서는 결사대원들은 다급함 속에서 살아나기 위한 전투를 진행 중이었다.

결사대원들은 파르티온의 죽음에 슬퍼할 겨를도 없이 아군 병사들과 함께 적에게 맞섰다.

화르르르!

맥스가 구현한 불길이 좌에서 우로 길게 이어지며 교단의 성당 기사단원들을 덮쳤다.

"으아악!"

비명과 함께 살이 타오르는 냄새가 사방으로 퍼졌다.

불의 벽 너머로 급히 후퇴한 교단 측 병력은 불길이 가라앉기를 기다리며 맥스를 노려봤다.

결사대를 향한 적들의 전의는 조금도 누그러들지 않았다.

"허억, 허억……."

적들의 피로 거의 전신을 덮다시피 한 맥스의 입에서 거친 숨소리가 흘러나왔다.

심복인 파르티온의 죽음이 가져다준 충격과 아르디언에 대한 두려움에 벗어나는 데에는 그리 오래 걸리지 않았다.

그러나 아직도 완치되지 않은 허리의 부상에 어깨의 극심한 부상까지 더해지자 그의 힘은 평소 같지 않았다.

그럼에도 이를 악물고 필사적으로 저항했지만, 시간이 흐를

수록 일반 병사들이 아닌 결사대원 중에서도 부상자가 하나둘씩 나오는 걸 막기에는 부족했다.

'결국… 최악의 결과가 나와 버렸군.'

맥스를 포함한 신생 결사대는 전생 때보다 강해졌다. 그러나 교황 아르디언 역시 마찬가지로 더 강한 빛의 힘을 구현 중이었다.

결과적으로 교황과 결사대간의 힘의 간격은 좁혀지지 않았다.

전생 때처럼.

"으윽……."

결국 맥스는 지친 나머지 한쪽 무릎을 꿇었다.

그러나 고개마저 숙이지는 않았다.

시야 끄트머리에 있는 아르디언을 노려보는 눈빛만큼은 여전히 전의에 불타고 있었다.

"아직도 포기하지 않는군."

맥스와 달리 아르디언은 뒷짐을 지고서 두 발로 서 있었다.

그가 좌절하는 모습을 보고 싶었기에 진영의 뒤로 피하라는 경호원들의 우려에도 아르디언은 맥스를 바라볼 수 있는 거리를 고수하는 중이었다.

"예하, 말씀하셨던 것을 회수했습니다."

"오오, 왔군."

다섯 명의 경호원 중, 자리를 비웠던 데인이 무언가를 들고 아르디언에게 돌아왔다.

"잘했다."

아르디언은 사슬로 둘둘 감겨 있는 상자 안의 내용을 두 눈으로 직접 확인하지 않았다.

양손으로 들어 올린 긴 상자를 빛으로 휘감은 것만으로도 그가 원하던 물건이라는 걸 파악할 수 있었다.

"그러면 이것은 안전한 곳에 보관하도록 하고……."

빛에 휘감긴 상자가 아르디언의 손을 떠나 조금씩 위로 떠오르기 시작했다.

잠시 후, 상자를 둘러쌌던 빛이 사라지면서 상자 역시 모습을 감췄다.

"또 하나의 일을 마무리를 지어야 할 때가 왔군."

이곳에 온 원래 목적을 달성한 아르디언은 머리 위로 오른손을 들어 올리더니 천천히 한 바퀴 돌렸다.

그를 중심으로 형성된 반구형의 보호막이 빛을 발하며 다섯 명의 경호원까지 감싸 보호했다.

아르디언은 보호막을 유지한 채로 한 걸음씩 맥스를 향해 다가갔다.

여전히 불의 벽이 그와 맥스의 사이를 가로막고 있었지만, 불길이 서서히 가라앉고 있음을 적인 아르디언도 알 수 있었다.

"끝까지 신의 뜻을 거스르다니… 유감이로군, 맥스."

화룡의 어금니를 이식받았고, 그에 걸맞은 자질을 소유했음에도 벤트 섬을 탈주한 배교자.

스승을 죽이고 교단을 떠난 뒤, 결사대라는 조직을 결성한 수장.

지겨우리만치 읽어야 했던 결사대의 보고서에 항상 언급되던 이름.

마지막에는 자신의 계획을 방해하려고 나섰던 이 청년을 아르디언은 더 이상 살려둘 수 없었다.

"하지만 난 신의 뜻에 따라, 신의 곁으로 보다 일찍 갈 수 있도록 마지막 자비를 베풀어주겠다."

불의 벽이 완전히 꺼지면서 대신 나타난 잿더미 위를 아르디언이 지나갔다.

두 사람의 간격이 점차 좁혀졌지만, 맥스의 검이 닿기에는 여전히 멀었다. 그리고 아르디언이 보여준 빛의 힘이 닿기에는 너무나 가까웠다.

'이렇게 된 이상, 차라리…….'

맥스는 화룡의 어금니가 이식된 오른팔을 왼손으로 천천히 쓰다듬었다.

그는 원래 주인이었던 그레인조차 알아내지 못했던, 화룡의 어금니로 구현할 수 있는 또 하나의 잠재 기술을 떠올렸다.

그러나 그 기술을 쓰기 위해서는 더 많은 시간이 필요했고, 걸어오고 있는 상대의 걸음이 너무나 빠르게만 느껴졌다.

휘이잉!

허공을 가르며 대각선 아래 방향으로 날아간 바람의 스피어, 프로셀피나가 맥스와 아르디언 사이에 꽂혔다.

그와 거의 동시에, 프로셀피나를 중심으로 불기 시작한 바람에 법의가 마구 펄럭이면서 아르디언의 시야를 가렸다.

"예하, 물러나십시오!"

경호원들이 그의 앞을 가로막았고, 다시 맥스를 손가락 끝으로 겨누려던 아르디언은 어쩔 수 없이 손을 거두었다.

휘이잉!

다시 한번 몰아친 바람이 이번에는 주위를 차갑게 얼리기 시작했다.

열기가 남아 있는 잿더미를 뚫고 높이 솟아오른 벽은 불이 아닌 얼음으로 이뤄져 있었다.

"설마……."

맥스는 프로셀피나가 날아온 방향으로 시선을 돌렸다.

태양과 함께 하늘 위에 빛을 발하고 있는 백색의 날개는 그가 알고 있는 한 명에게만 이식된 코어였다.

"예하! 피하셔야 합니다! 적의 증원군입니다!"

"증원군?"

"이레귤러입니다!"

그의 경호원 중 한 명이 다급한 목소리로 남쪽을 가리켰다.

지평선 너머에서 모습을 드러낸 건, 멀리서도 알아볼 수 있을 정도로 거대한 물체.

이레귤러의 상징이나 다름없는 비공정, 콜드란세 2호였다.

*　　　*　　　*

비공정이 전장에 서서히 다가오자 광신도처럼 결사대를 밀어붙이던 교단 측 병력의 기세가 한풀 꺾였다.

멀리서 봐도 존재감을 확실히 드러낸 비공정은 그들에게 있어서 미지의 존재였기에, 알 수 없는 두려움을 불러일으켰다.

비공정이 다가오는 방향을 경계로 결사대 측과 교단 측 병력은 거리를 벌렸다.

처음에는 결사대의 압도적인 승리로 끝날 것 같았던 전투는 교황의 등장으로 전세가 완전히 뒤바뀌었다. 그리고 결사대의 예기치 못한 합류로 여전히 끝나지 않은 전투는 또 한 번의 변화를 예고했다.

“정말로 존재했다니.”

교황 아르디언의 어투는 담담했지만 입술 끝이 살짝 꿈틀거렸다.

일부러 병력을 둘로 나눠 하나는 이레귤러 측을 상대로 시간을 끌고, 나머지는 결사대와 맞서게 하면서 코어를 회수하는 게 아르디언의 원래 계획이었다.

결사대와 이레귤러는 둘 다 교단에 맞서는 조직이면서도 확실하게 손을 잡고 움직이는 것은 아닌 미묘한 관계.

그렇기에 결사대가 궁지에 몰리더라도 이레귤러 측에 신속하게 도움을 요청하지 못할 거라 추측했었다. 만약 결사대 측을 지원해 달라는 연락을 받고 원래 있던 곳에서 출발했다 해도 시간이 더 걸려야 정상이다.

"설마 그 빛을 보자마자 이쪽으로 달려온 것인가? 내 능력에 대해 이미 알고 있었던 것인가……."

그렇지 않고서는 이레귤러가 예상보다 훨씬 일찍 도착할 리가 없었다.

아르디언은 아랫입술을 깨물며 양손을 움켜쥐었다.

어둠이 찾아오기 전까지 승부를 결정지으려던 의도를 또 다른 적에게 저지당한 느낌은 결코 유쾌하지 않았다.

"맘에 들지 않는군."

그리고 또 하나.

카르디어스 교를 믿는 이들의 이목을 끄는 존재가 자신 말고 또 있다는 걸 용납할 수 없었다.

물론 경외와 두려움이라는 차이점은 분명 존재했지만, 두 가지 모두 그의 것이어야만 했다.

'이렇게 된 이상 둘 다 쓰러뜨리는 수밖에 없겠군.'

벼랑 끝까지 몰아붙인 결사대를 살려 보내서 쓸데없는 변수를 남길 마음은 조금도 없었다.

그렇다고 결사대처럼 목숨을 걸고 싸울 의향까지는 없었다.

그에게 가장 귀중한 것은 본인의 안전, 단 하나뿐. 교단을 위해 스스로를 희생할 생각은 처음부터 없었다.

'먼저 나서는 건 금물. 다시 힘을 쓰는 건 저놈들이 어느 정도로 강한지 확인한 후의 일이야.'

아르디언이 생각에 잠긴 사이, 비공정은 두 세력의 대치 중인 전장을 향해 계속 다가갔다.

휘이잉.

그레인의 냉기가 갑판 아래로 흘러내렸고, 곧이어 비공정과 지면을 잇는 얼음 계단이 넓게 형성되었다.

"우와아아!"

이동 중인 비공정 아래로 내린 이레귤러의 병력이 우렁찬 함성과 함께 전장을 향해 달려가기 시작했고, 말을 타고 선두에서 달려오고 있는 자는 그레인이었다.

그레인은 말에 탄 채로 빙룡의 어금니가 이식된 왼팔을 앞으로 내밀었다. 그러자 지면을 타고 빠르게 뻗어나간 냉기가 직선을 그렸다.

맥스와 아르디언 사이를 가로지르는 얼음벽에 그레인의 냉기가 더해지자 더욱 크고 굳건하게 변했다.

"예하! 이대로라면 이레귤러가 결사대 측에 합류할 것입니다!"

"우선은 대기하라."

다급함이 담긴 데인의 물음에 아르디언은 침착하게 대답했다.

높게 솟아오른 얼음벽을 앞에 두고 교단 측 병력은 다시 싸우라는 명령만을 기다렸고, 결사대 측은 그레인과 베스티나가 만들어낸 얼음벽 안쪽에서 진영을 정비 중이었다.

얼마 후, 말에서 내린 그레인은 함께 따라온 일행과 함께 급히 맥스를 향해 뛰어갔다.

"으윽……."

맥스는 오른쪽 어깨를 움켜쥐고서 천천히 일어섰다.

"그레인……."

"우선은 저들을 쓰러뜨리는 게 우선이다. 베스티나, 부상병의 치료를 부탁합니다. 듀란, 상황은?"

"네?"

"어떻게 되었는지 설명해 줘, 듀란."

"아, 알겠습니다. 우, 우선은……."

처음에는 그답지 않게 더듬거렸지만, 듀란은 이내 평정을 되찾고 급격하게 변화했던 전황을 차근차근 설명하기 시작했다.

이레귤러와 결사대.

교단의 섬멸이라는 공통된 목적을 지녔지만, 방식과 가치관의 차이로 의해 행보가 겹치지 않게 활동했던 두 세력.

지금 당장 중요한 일은 너무나 이른 타이밍에 마주친 교황을 쓰러뜨리는 것이었고, 묵은 감정의 해소는 나중의 일이었다.

"알았어. 그러면 결사대 측에 다시 전투할 준비를 마치라고 말해줘."

"알겠습니다."

듀란의 지시 아래 결사대 측이 다시 재정비에 들어간 사이 그레인은 얼음벽 너머에 있는 누군가에게서 눈을 떼지 못했다.

"아르디언……."

그레인은 회귀한 이후 아르디언을 처음 봤을 때는 코어를 이식받을 때의 고통으로 인해 과거의 두려움을 잊고 그에게 달려들기까지 했다.

다시 만나게 된 지금, 그때는 느끼지 못했던 공포가 그레인을 엄습했다.

'아니야. 두려워하면 안 돼.'

그레인은 고개를 가로저으며 떨리는 손끝을 감추기 위해 주먹을 움켜쥐었다.

오히려 오늘이야말로 교단과의 지겨웠던 악연을 끊어낼 기회라고 여기면서 이를 악물었다.

"파르티온은?"

그레인은 그림자처럼 맥스의 곁을 경호하던 파르티온의 행방을 물어봤다.

베스티나에게 치료를 받고 있는 맥스는 아까 그레인이 했던 것처럼 이를 악물며 눈을 질끈 감을 뿐이었다.

"……."

"우리가 이겨야 하는 이유가 하나 더 생겼군. 알았다."

맥스의 침묵만으로도 더 이상의 설명은 필요하지 않았다.

무수한 전장을 뚫고 앞으로 나갈 때마다 먼저 떠나는 이들은 반드시 있게 마련이다.

오히려 결사대라는 이름을 달고서 마지막에 30명이나 살아남았던 과거가 운이 좋았던 거라 여겼다.

"베스티나, 치료는 오래 걸릴 것 같습니까?"

"그, 그게… 허리의 부상은 완치되었지만, 어깨의 상처는 전혀 회복되지 않아. 왜 이러지?"

맥스는 더 이상 허리를 움켜쥐지 않아도 되었지만, 어깨의 출혈은 좀처럼 멎지 않았다.

베스티나는 빛으로 휘감긴 오른손을 맥스의 어깨에 다시 한 번 가져갔지만 마찬가지로 상처는 회복될 기미조차 보이지 않았다.

"아마도… 크윽, 빛의 힘으로 입은 상처는, 똑같은 빛의 힘으로는 복구되지 않을 거다."

맥스는 듀란의 도움을 받으며 직접 어깨에 붕대를 감기 시작했다.

"그때는 같은 편에 빛과 관련된 코어를 이식받은 자는 없었으니 이런 경우가 생길 리 없었지. 이 정도면 충분하다."

응급조치를 마친 맥스는 왼손에 검을 쥐고서 아르디언이 있는 쪽으로 몸을 돌렸다.

그런 맥스의 등을 쳐다보는 그레인의 표정은 그리 밝지 못했다.

교황 아르디언과 맥스 쪽을 번갈아가며 쳐다보던 헤르디온의 표정 역시 마찬가지였다.

"어이, 어떻게 할 작정이야? 막상 여기까지 오긴 했지만, 교황의 기세가 너무 등등한데? 그냥 봐도 절대 쉽게 이길 상대는 아니라고 느껴져."

"그 방법이 지금으로선 최선이겠군요."

그레인은 이렇게 아르디언와 예상보다 일찍 만나게 된 이상, 운명의 변화 역시 앞당기고 싶었다.

그러나 아르디언이 지닌 빛의 힘이라면 치명상을 입은 육체라도 빠른 시간 내로 복구시킬 게 분명했다.

강한 힘을 지녔음에도, 전면에 나서지 않으려는 아르디언의 성격을 감안한다면 그를 만나는 건 교단과의 투쟁에 있어서 마지막이라고 예상했었다.

하나 예상보다 이른 지금 교황과 전면전을 펼치게 된 이상, 택할 수 있는 방법은 그리 많지 않다.

'이것보다 더 좋은 방법은 많겠지만, 지금으로선 달리 떠오르는 게 없어.'

그레인이 고심 끝에 내린 결론은 단 하나.

단 한 번의 일격으로, 치명상을 넘어 숨통을 끊어야 한다.

그레인은 비공정 쪽을 한 번 바라본 후, 손짓으로 일행들을 불러 모아 작전을 지시했다.

"다들 알겠지? 펠릭스 전하, 그리고 헤르디온 왕자님께서도 이해하셨습니까?"

크루겐과 베스티나, 그리고 펠릭스와 헤르디온은 순서대로 고개를 끄덕였다.

"그리고 모두에게 준비가 끝났다는 신호를 전달하는 역할은 베스티나, 당신에게 부탁하겠습니다."

"알았어."

그레인의 계획을 모두 들은 베스티나는 날개를 펄럭이며 하늘 높이 날아오르더니, 비공정을 향했다.

그런 그녀를 바라보며 그레인은 숨을 크게 들이마신 뒤, 천천히 내뱉었다.

만약 계획이 실패한다면 결사대를 구하기는커녕 이레귤러마저 패배할 수도 있다.

그러나 반대로 일이 잘 풀린다면 전생에서 이어진 교단과의 악연에 종지부를 찍을 수 있는 기회이기도 했다.

"자, 갑니다."

그레인이 주변에 퍼뜨렸던 냉기를 거두어들이자, 교단 측 병력을 막고 있던 얼음벽이 천천히 녹아내리기 시작했다.

"알았다."

펠릭스는 너클 '더블 임팩트'를 낀 양손을 서로 부딪치며 얼음벽을 향해 다가갔다.

콰앙!

그가 내지른 오른손이 얼음벽에 부딪히는 순간, 폭발음과 함께 얼음벽이 산산이 부서졌다.

"우워워워!"

눈앞을 가리는 얼음 파편을 헤치고 선두에 나선 펠릭스는 양손을 움켜쥐면서 포효했다.

그것을 기점으로 결사대와 이레귤러, 그리고 교황을 위시한 교단 측 병력의 전투가 다시 시작되었다.

함성이 마구 울려 퍼지는 가운데 피가 다시 대지를 적셨고, 이번에야말로 끝을 보겠다는 양측의 기세가 팽팽히 맞섰다.

자칫하면 혼란에 빠지기 쉬운 상황.

그러나 아군과 적이 서로 뒤엉킨 혼전 속에서도 그들은 그레인의 지시를 잊지 않았다.

휘리릭!

펠릭스가 던진 영겁의 사슬이 아르디언의 앞에 서 있던 경호원의 오른팔에 칭칭 감겼다.

"와라!"

펠릭스는 영겁의 사슬을 잡아당기며 그를 교황으로부터 떨어뜨렸다.

그러나 그는 만족하지 않고 그레인의 계획대로 뒷걸음질 치며 상대를 계속 잡아당겼다. 성당 기사단원들의 검이 그의 등을 연이어 찔렀지만, 펠릭스는 아랑곳하지 않고 영겁의 사슬을 쥔 양손의 힘을 빼지 않았다.

쿵!

펠릭스에게 계속 끌려가던 상대가 오른발을 강하게 내디디자, 둘 사이를 잇고 있던 영겁의 사슬이 팽팽하게 당겨졌다.

펠릭스가 택한 경호원을 중심으로 지면에 금이 쫙쫙 그어졌고, 더 이상 펠릭스의 힘에 끌려가지 않고 제자리를 고수했다.

"예상대로… 만만치 않군."

덩치는 펠릭스보다 작았지만, 상대는 그의 힘에 밀리지 않고 반대로 영겁의 사슬을 잡아당기기 시작했다.

* * *

아르디언의 경호원 중 한 명의 주위를 수십여 마리의 박쥐가 사방으로 날아다니며 맴돌았다.

카앙!

박쥐가 아닌 원래 모습으로 돌아간 듀란의 검이 상대방의 검과 서로 맞부딪혔다.

듀란은 흡혈귀의 힘을 총동원 중이었음에도 상대를 쓰러뜨리지 못했다.

그러나 그레인의 의도대로 상대를 아르디언에게서 멀어지게 만드는 데에는 성공했다.

남은 것은 약속한 시간까지 어떻게든 버티는 것뿐.

콰앙!

듀란 주위의 피가 폭발하면서 산산조각 난 시체들의 파편이 위로 솟구쳤다.

상대가 비틀거리는 걸 본 듀란은 가슴을 노리고 검을 찔러 넣었지만, 무언가에 튕기는 소리와 함께 반대로 듀란의 검이 멀리 날아가 버렸다.

"이런……."

상대의 반격에 듀란은 급히 박쥐 떼로 변해 공격을 회피했다.

박쥐 떼가 아까 떨어뜨렸던 검으로 급히 날아갔고, 다시 원래 모습으로 돌아간 듀란은 힘을 꽉 주어 검을 움켜쥐었다.

'오히려 내가 당할 뻔하다니.'

숨을 헐떡거리는 듀란과 달리 상대는 침착함을 유지한 채로 그에게서 시선을 떼지 않았다.

똑같은 공격을 다시는 용납하지 않겠다는 듯, 상대가 쥔 검 전체에서 뿜어 나오는 빛에 대지를 적신 피가 증발하듯 사라지고 있었다.

상대는 아르디언 쪽을 잽싸게 바라본 뒤, 자신과 아르디언과의 사이를 더욱 벌렸다.

대신 듀란과의 거리는 더욱 좁히면서.

휘이잉!

그사이 비공정에 연락을 마치고 돌아온 베스티나가 전장에 급히 복귀했다.

아르디언은 고개를 들어 베스티나 쪽을 바라보더니 왼쪽에서 있던 경호원을 흘낏 바라봤다.

"가라."

"알겠습니다, 예하!"

그녀는 작은 망토를 벗어 옆으로 내던지더니 숨기고 있던 날개를 펼치며 높이 날아올랐다.

상대 역시 자신처럼 하늘을 날 수 있다는 걸 알게 된 베스티나는 순간 멈칫했지만, 바람의 스피어 프로셀피나를 들고서 상대를 향해 날아갔다.

캉! 카앙!

베스티나의 프로셀피나와 광룡의 날개를 이식받은 상대의 검이 공격과 반격을 주고받았다.

전후좌우만이 아닌 위아래로 방향을 바꾸어가며 전투 중인 그녀들의 움직임은 지상보다 훨씬 역동적이었다.

'에르나까지? 그렇다면 나라도 돌아가야 해!'

아르디언의 곁을 마지막까지 지키던 동료가 전투에 투입되자 데인은 아르디언 쪽으로 고개를 돌렸다.

바로 그때, 데인의 그림자가 꿈틀거리더니 지상 위로 솟아올랐다.

"어딜 가려고?"

카앙!

"쳇! 역시 눈치 한번 빠르네."

데인의 등 뒤에서 들렸던 크루겐의 목소리가 이번에는 좌측에서 들렸다.

크루겐의 공격은 번번이 데인에게 막혔지만, 그럴 때마다 주변에 널브러진 시체의 그림자 속으로 녹아들면서 반격을 일체 허용하지 않았다.

'안 되겠군. 쉽게 떨쳐낼 수 있는 상대가 아니야.'

데인은 혹시라도 아르디언이 휘말리는 걸 우려하여 아르디언으로부터 더 멀리 물러섰다.

"네 상대는 나라고. 어둠과 빛, 서로 최고의 상대잖아?"

말을 마친 크루겐은 다시 그림자 속으로 모습을 감췄다.

아르디언은 언제 다시 시작될지 모르는 크루겐의 공격에 대비해 제자리를 고수했다.

한편, 헤르디온은 직속 부하 세 명과 함께 마지막 다섯 번째 경호원을 상대 중이었다.

"이거야 원… 세 배 가지고는 너희들에게 밑지는 장사가 되겠는데?"

상대를 쓰러뜨린다면 평소의 세 배에 달하는 포상을 주겠다고 약속했던 헤르디온은 고개를 절레절레 저었다.

그를 포함해 부하들 모두 거칠게 숨을 몰아쉬었다. 상대의 역량이 예상보다 훨씬 높았기에 원래 내렸던 명령을 급히 수정해야 할 판국이었다.

"안 되겠어. 명령을 바꾸겠다. 절대 죽지 마라! 살아서 돌아간다면 전사했을 때보다 열 배의 금액을 지불할 테니까!"

"알겠습니다!

* * *

이레귤러와 결사대의 합동 공격으로 인해 전투는 이전과 확연히 다른 구도로 전개되고 있었다.

교황 아르디언과 그를 호위하러 따라왔던 경호원들까지 전투에 본격적으로 투입되었지만, 전투의 행방은 아르디언이 원한 대로 흘러가지 않았다.

두 세력 간의 대치 구도가 팽팽하게 유지되면서 어느 한쪽으로 기울지 않았다.

결국 아르디언 본인마저도 직접 전투에 뛰어드는 상황이 되어버렸다. 다섯 명의 경호원들이 교황에게 돌아가는 걸 막고 있는 사이, 그레인과 크루겐은 교황 아르디언을 상대 중이었다.

화르르.

아르디언을 보호하고 있는 빛의 장벽이 불길에 휩싸였다.

휘이잉.

빛을 이기지 못하고 사라진 불길에 이어 매서운 냉기가 빛의 장벽을 휘감았다.

얼음과 불.

서로 대비되는 두 개의 힘이 번갈아가며 아르디언에게 맹공을 퍼붓고 있었다.

"가소로운 것들."

파아앗.

빛이 사방으로 뿜어져 나가며 그레인과 맥스를 덮쳤다.

아니, 덮치려고 했다.

그보다 한발 앞서 그레인이 펼친 얼음벽이 둘을 대신해 빛을 막아낸 후 녹아내렸다.

"헉, 헉……."

그레인은 아르디언을 상대하느라 숨이 차올랐지만, 그에게서 시선을 떼지 않았다.

맥스의 오른쪽 어깨에 감긴 붕대는 피로 붉게 물든 지 오래였다.

어차피 이런 식으로는 아르디언을 쓰러뜨리기엔 무리라는 걸 두 남자는 알고 있었다.

"맥스, 조금만 더 버텨라."

"나는… 괜찮다."

맥스는 흘러내린 피가 스며든 오른손 대신 왼손에 검을 바꿔 쥐었다.

"이제 거의 다 준비가 되었을 거다. 조금만 더 시간이 필요할 뿐이야."

현재 그레인과 맥스, 그리고 아르디언과의 전투를 제외하고는 유독 격렬한 전투가 진행 중인 곳은 다섯 곳.

그레인의 지침대로 다른 이들은 교황에게로 경호원들이 복귀하지 못하게, 한 명씩 떨어지도록 유도 중이라는 이야기이기도 했다.

"……!"

공중에서 전투 중이던 베스티나가 무언가를 확인하고서 눈을 크게 떴다.

휘이잉!

"으윽!"

돌풍이 휘몰아치며 베스티나와 근접해서 싸우던 에르나가 멀리 뒤로 밀려났다.

베스티나는 그녀에게 달려들지 않고 위로 높이 올라갔다. 비공정의 갑판 위에서 드레이크가 마구 흔드는 깃발을 확인했기 때문이다.

"모두 피해요!"

파아앗!

비공정의 신호를 확인한 베스티나가 양 날개를 활짝 펼치며 빛을 뿜어냈다.

그러자 각기 흩어져서 경호원들을 상대하던 이들이 급히 후퇴하며 아군 진영으로 복귀했다.

"저쪽에서 느껴지는 기운은… 날 노리는 것인가?"

비공정의 갑판 위에서 상당한 양의 마나가 모여 있다는 걸 알아챘다.

아르디언은 오른손을 들어 올리더니 검지를 내밀어 마나가 응집된 방향을 가리켰다.

바로 그때.

"흐음?"

아르디언은 차가움을 느끼고 시선을 아래로 내렸다.

맥스의 화염이 빛의 장벽에 작은 틈을 만들어냈고, 그 사이를 비집고 일렁이는 불꽃처럼 퍼져 나간 그레인의 냉기가 아르디언의 발목 아래를 얼려 움직이지 못하게 붙들고 있었다.

"발사!"

드레이크의 외침과 거의 동시에 열 개의 마력포가 빛을 발사했다.

그리고 옆에 대기 중이던 에르닌의 마력총에서 발사된 섬광이 직선을 그렸다.

콰아앙!

아르디언이 서 있던 자리에 굉음과 함께 찬란한 빛이 사방으로 퍼져 나갔다.

"으아악!"

"떠, 떨어진다!"

"당황하지 마! 모두 주위에 있는 아무 거라도 꽉 붙들어!"

드레이크는 고함을 지르며 마스트를 양팔로 붙들고 안간힘을 썼다.

잠시 후, 마력포를 발사한 반대 방향으로 기울어졌던 비공정이 천천히 원래대로 되돌아갔다.

"이 정도 위력이라면……."

그레인은 이마의 땀을 손등으로 훔쳐내며 전방을 주시했다.

마력포에서 발사된 빛이 아르디언에게 적중하는 것까지는 확인했지만, 그 이후 퍼진 빛 때문에 어떻게 되었는지 끝까지 보지 못했다.

"성공… 했나?"

"아직은 몰라."

그레인은 트윈 엣지를 움켜쥐고서 아르디언이 있던 방향을 계속 주시했다.

"아……."

"이런……."

자욱하게 깔린 연기가 옅어지면서 시야가 원래대로 돌아오자, 그들의 희망은 절망으로 바뀌었다.

흔적도 없이 사라졌어야 할 아르디언이 서 있는 모습이 시야에 들어온 순간, 그레인은 어금니를 질끈 깨물었다.

제자리에 선 채로 1미터 정도 뒤로 밀려났지만, 아르디언의 몸에는 상처 하나 찾아볼 수 없었다.

그가 걸친 법의에는 무언가에 찢긴 흔적 역시 없었고, 흰 연기가 피어오를 뿐이었다.

"이 정도 위력이라면 분명히 통할 거라 생각했는데……."

쉬르 왕국의 수도를 공략할 당시의 마력포가 큰 역할을 못했던 때와 달리, 많은 인력을 투입시켜 개량을 거듭한 결과 마력포의 위력은 전보다 훨씬 더 강해졌다.

그러나 지금 그들이 상대하고 있는 아르디언 역시 예전보다 더 강해졌음을 확인했다.

절대 그렇지 않기를 바랐지만.

"살짝 위험했군."

아르디언은 남아 있는 연기를 툭툭 털어내며 오른손을 들어 올렸다.

파아앗!

파르티온을 쓰러뜨렸던 때와 똑같이, 그의 검지에서 발사된 광선이 비공정을 향해 뻗어나갔다.

* * *

"모, 모두 무사해?"

갑판 위에 쓰러져 있던 드레이크가 조심스레 고개를 들며 모두에게 물었다.

그러나 대답하는 이는 아무도 없었다. 예상 못 한 거리에서의, 항시 비공정을 둘러 보호하는 마나의 장벽을 관통한 공격에 모두는 혼란에 빠져서였다.

그나마 멀리서 날아온 광선이 마스트 옆을 스치고 지나간 것이 불행 중 다행이었다.

"아가씨는? 괜찮아?"

드레이크는 마력포 옆에 쓰러져 있던 에르닌의 상체를 급히 일으켜 세웠다.

다행히도 쓰러지면서 입은 찰과상 외에는 빛에 직격당하지는 않았다.

그러나 에르닌은 대답하지 못하고 경직된 얼굴로 옆을 내려다봤다. 트리아나의 왼쪽 뺨에 길게 자리 잡은, 빛에 타들어간 상처를 봤기 때문이다.

"으윽, 아가씨… 아가씨는 괜찮으신가요?"

"나, 나는… 나는……."

"다친 곳은… 으윽, 없으시죠?"

에르닌이 빛에 휘말리기 직전, 반사적으로 몸으로 감싸 보호했던 트리아나는 고통 속에서도 그녀의 안부만을 재차 물어봤다.

"누구 없어? 빨리 치료해야 해!"

"나에게 맡겨!"

갑판 가장자리에 있던 리카르도가 트리아나를 두 팔로 안아 들고 갑판 아래로 서둘러 내려갔다.

트리아나가 흘린 눈물 자국을 멍하니 내려다보던 에르닌은 광선이 날아왔던 방향으로 고개를 돌렸다.

"용서 못 해……."

에르닌은 떨어뜨렸던 마력총을 다시 주워 들고 조준했지만, 마구 떨리는 양팔 때문에 초점이 진동했다.

이전까지의 전투와 달리 가까이 있던 이의 부상을 처음 접한 에르닌은 평정심을 유지할 수 없었다.

"트리아나, 미안해… 나, 어떻게 해야 할지… 모르겠어."

교황 아르디언에 대한 분노와 두려움이 서로 뒤섞이면서 떨림은 더욱 심해져만 갔다.

*　　　*　　　*

"와아아!"

"예하께서 무사하시다! 신의 가호 덕분이야!"

마력포의 집중된 공격에도 무사히 살아남은 아르디언을 향해 교단 측 병사들의 환호성이 쏟아졌고, 성당 기사단원들의 사기가 하늘을 찌를 듯이 높았다.

이레귤러와 결사대 측의 침묵 속에서 교단 측의 환호성은 더욱 커져만 갔고, 눈물을 흘리며 성호를 긋는 이들마저 나왔다.

고개를 살짝 옆으로 돌린 아르디언은 평소의 인자함을 가장한 미소를 지었다.

"그러면……."

그레인과 맥스를 향해 도로 고개를 돌린 아르디언은 두 손을 가까이 가져가더니 빛의 힘을 모으기 시작했다.

"받은 만큼 돌려주겠다."

아르디언의 양손 사이에 형성된 빛의 구가 점점 커지면서 그의 머리 위로 떠올랐다.

"저건… 설마……."

듀란에게 끔찍한 기억으로 남아 있는 아르디언의 힘 중 하나.

그는 팔을 마구 휘저으며 아군 병사들에게 반대 방향으로 몸을 돌리라고 지시했다.

"모두 피하십시오!"

파아앗!

이레귤러와 결사대의 병력을 향해 강렬한 빛이 퍼져 나갔다.

"크윽……."

고개를 옆으로 돌리고 있던 그레인은 눈을 질끈 감았다.

그럼에도 시야를 하얗게 만들어 버릴 정도였다.

빛이 안겨주는 고통 속에서도 그레인은 양손에 쥔 트윈 엣지를 놓지 않았다.

"으아악!"

"눈이… 눈이! 아아악!"

그러나 미처 고개를 돌리지 못한 이들은 피눈물을 흘리며 비명을 질렀다.

"카르디어스 교단의 용사들이여."

아르디언은 양손을 천천히 등 뒤로 가져가며 뒷짐을 지었다.

"진군하라."

"와아아아!"

그의 말이 끝나기 무섭게 교단 측 병력의 맹공이 시작되었다.

전투가 교단 측의 우세로 기울기 시작하자 이레귤러와 결사대 측 병사들은 뒤로 밀리기 시작했다. 눈이 멀어 아무런 저항도 할 수 없는 이들을 향해 교단 측 병사들은 무자비하게 검을 찔러 넣었다.

휘이잉!!

그레인은 더 이상 적 병사들이 다가오지 못하도록 얼음벽을 펼쳤다.

그러나 두 번의 고난을 극복한 교단의 병사들은 물러서지 않고 각자의 무기로 얼음벽을 내려치기 시작했다.

"이대로 물러설 수는… 없어."

화르르.

전신에 불길을 휘감은 맥스가 얼음벽 가까이 다가가자, 건너편에 있던 적 병사들의 기세가 주춤했다.

"그레인, 내가 돌격하기 전에 얼음벽을 거둬라."

"맥스! 지금은 우선 물러나야 해!"

"그럴 수는 없다. 다른 이들이 후퇴할 시간을 벌어야 해."

예전 그레인이 썼던 잠재 기술, 프로미넌스(Prominence)를 구현한 맥스는 조금도 물러설 의향이 없었다.

"맥스, 진정해! 지금의 너의 몸으로는 프로미넌스를 완벽히 구사할 수 없어! 아까도 말했다시피 우선은……."

"아악!"

얼음벽을 뚫고 뻗어나간 빛이 오른쪽 어깨를 관통하자, 맥스는 고통을 이기지 못하고 뒤로 쓰러졌다.

그와 동시에 맥스의 전신을 둘러싸고 있던 불길이 빠르게 가라앉았다.

"맥스!"

* * *

"크윽……."

신음을 내며 눈을 뜬 맥스의 시야를 짙은 연기가 가득 메웠다.

"이곳은……."

몸을 일으킨 맥스는 주위를 둘러봤다. 교황 아르디언이 서 있는 지상이 아닌, 비공정의 갑판 위였다.

"으윽, 어깨가……."

맥스는 손을 들어 왼쪽 어깨에 손을 가져갔다.

오른쪽만이 아닌 왼쪽 어깨에도 붕대가 칭칭 감겨져 있었다.

"어떻게 된 거지? 정신을 잃은 사이에… 전투가 끝났나?"

그러나 그의 바람과 달리 전투는 끝나지 않았다.

많은 이들의 함성과 비명, 신음이 서로 뒤섞여서 그의 귓가를 파고들었다.

"으윽… 아파……."

"아악! 으아아악!"

"죽을 것 같아… 흐흑……."

부상자들의 고통에 찬 비명과 신음이 끊이지 않고 이어졌다. 비공정에 머무르고 있던 전(前) 카르디어스 교단의 사제들은 부상병을 치료하느라 바삐 갑판 위를 뛰어다녔다.

갑판 가장자리에는 석화된 교단의 병사들이 마치 벽처럼 길게 이어졌다. 이는 교단의 공세가 비공정 근처까지 도달했다는 의미였다.

"움직이면 안 돼요!"

검은 머리의 소녀가 다급한 목소리로 외쳤다.

"누워 있어야 해요! 안 그러면 출혈이 계속될 거예요!"

"너는……."

맥스를 도로 눕히려던 소녀는 다름 아닌 아딜나였다.

목적을 위해서라고 하지만, 그가 위기에 빠뜨렸던 소녀가 지금은 그를 보살피고 있는 상황이 역설적으로 와닿았다.

"전투는 어떻게 되었지? 지금도… 크윽."

결국 고통을 이기지 못한 맥스는 아딜나의 부축을 받고 모포 위에 누웠다.

"해가 질 때까지 버틸 수 있다면, 승산이 있다고 말했어요."

쾅!

"꺄악!"

폭발음과 함께 비공정이 심하게 흔들렸다.

다행히 교단 측의 공격은 마나의 장벽을 뚫지는 못했지만, 부상자들의 신음은 더욱 커져만 갔다.

맥스는 전황이 구체적으로 어떻게 변했는지 물어보려고 했다.

그러나 어두워진 아딜나의 표정만으로도 설명은 필요하지 않았다.

'이건… 내 탓이다.'

교황의 역량을 제대로 파악하지 못한 상태에서 정면으로 맞서려 했던 점.

그레인의 만류에도 불구하고 그릇된 판단을 내린 나머지, 모두의 짐이 되어버린 점.

스스로의 잘못을 하나하나 떠올릴 때마다 맥스의 고통은 심해져만 갔다.

'하지만 그것을 쓴다면 시간을 분명히 끌 수 있어.'

원래 주인이었던 전생의 그레인이 미처 발견하지 못했던, 화룡의 어금니에 숨겨져 있던 또 하나의 잠재 기술.

그러나 그걸 쓰기 전에 먼저 해야만 하는 일이 있었다.

"이것을… 듀란에게……."

맥스는 품에서 무언가를 꺼내 에르닌을 향해 내밀었다.

"듀란이라면 그 붉은 머리의 남자분 말인가요?"

맥스는 힘겹게 고개를 끄덕이며 대답했다.

두 장의 편지를 쥔 맥스의 왼손은 심하게 떨고 있었다.

"알았어요. 지금은 곤란하지만 나중에라도 꼭 전할게요."

편지를 받아 든 에르닌은 그를 눕히려고 했지만 맥스는 반대로 일어서려고 했다.

"나는… 아니, 저는……."

간신히 상체를 일으킨 맥스는 왼쪽으로 고개를 돌렸다.

교단 측 병사들의 함성 소리를 들으면 들을수록, 자괴감은 더욱 커져만 갔다.

"책임을 져야 합니다."

그릇된 판단으로 인해 결사대는 물론이고 이레귤러까지 위기에 빠뜨린 책임을.

"그러기 위해서는… 으윽, 이대로 누워 있을 수만은 없습니다."

* * *

콰아앙!

폭발음과 함께 비공정이 옆으로 천천히 기울어졌다.

갑판 위에서 놀란 부상병들의 웅성거리는 소리가 들려왔지만, 그보다 더 큰 교단 측 병력의 함성에 묻혀 버렸다.

마력포의 공격이 실패로 돌아간 이후, 전황은 이레귤러 측에 불리하게 돌아갔지만 그들은 포기하지 않고 비공정을 중심으로 뭉쳐서 교단의 병력에 저항 중이었다.

비공정을 둘러싼 이레귤러 측의 병력 위로 화살이 비처럼 마구 퍼부어졌고, 위태로운 이레귤러에 결정타를 먹이기 위한 마법과 그걸 막기 위한 마법이 서로 충돌하며 상쇄되었다.

"이쪽으로! 빨리! 빨리!"

"서둘러! 늦으면 안 된다고!"

더 이상 싸울 수 없게 된 부상병들을 급히 갑판 위로 피신시키느라 모두 정신없이 움직이는 와중에, 반대로 비공정에서 내리는 이가 있었다.

"크윽……."

맥스는 아딜나의 부축을 받으며 비공정 아래로 천천히 내려가는 중이었다.

그레인이 만들어놓은 얼음 계단을 내디딜 때마다 맥스의 전신에 스며드는 한기가 상처를 더욱 자극시켰다.

붕대를 흠뻑 적신 피가 아딜나의 옷까지 물들일 정도였지만, 그럼에도 맥스는 이를 악물며 한 걸음씩 아래로 내려갔다.

"더 갈 수 있겠어요?"

"버텨… 보겠습니다."

지상에 발을 디딘 맥스는 아딜나의 우려에도 불구하고 계속해서 앞으로 걸어갔다. 병사들을 헤치고 천천히 전진한 그의 시야에 심각한 표정으로 이야기를 주고받고 있는 두 남녀의 모습이 들어왔다.

"그게 정말입니까?"

듀란은 베스티나의 이야기를 듣고 믿을 수 없다는 반응을 보였다.

"그리고 전 아르디언을 가까이에서 본 적이 있어요. 시련을 주는 팔찌의 힘에 전혀 영향받지 않았던 것을 분명히 기억해요."

"그 사실을 알리면 여론을 바꾸거나 카르디어스 교단의 신도들에게 혼란을 줄 수는 있겠지만……."

듀란은 치열한 공방전이 진행 중인 정면을 바라보며 탄식했다.

"아쉽게도 지금 당장은 도움이 되지 못하겠군요."

그들에게는 현재 닥친 최악의 위기에서 벗어나는 게 급선무였다.

점점 더 뒤로 밀리는 아군 진영을 바라보던 듀란은 자신에게 다가오는 두 남녀 쪽으로 고개를 돌렸다.

"대장?"

맥스를 발견한 듀란이 급히 그에게 달려갔다.

"괜찮습니까? 부상은……."

맥스의 상태를 살펴보던 듀란은 더 이상 말을 잇지 못했다.

교황 아르디언의 압도적인 빛의 힘은 회복할 권한을 주지 않았다. 양쪽 어깨에 다시 감은 붕대는 어느새 피투성이가 되어 버렸다.

"듀란, 교황의 비법이 끝나는 시간까지 얼마나 남았지?"

"지금 중요한 건 그게 아닙니다! 다시 비공정으로 돌아가십시오! 지금 당신의 상태는 아무리 봐도 다시 싸우기에는……."

"말해라."

낮게 가라앉은 맥스의 목소리에 듀란은 움찔거리며 하던 말을 멈췄다.

듀란의 눈에 맥스는 여전히 힘겨워 보였지만, 결의에 찬 눈빛에 자신도 모르게 압도되었다.

"말해라, 아르디언이 사라지기까지 남은 시간은?"

"적어도 1시간 정도는 더 걸릴 겁니다."

"그렇다면… 충분하겠군."

이 사태를 불러일으킨 책임을 지기에는.

맥스는 고통으로 희미해지는 의식 속에서도 결의를 확고하게 굳혔다.

"나에게 맡겨라."

"…알겠습니다."

듀란은 주변의 병사들에게 맥스가 앞으로 나설 수 있도록 호위하라는 지시를 급히 내렸다.

두려움을 간신히 이겨내며 앞으로 이동하는 병사들 사이에서 맥스는 힘겹게 걸음을 다시 옮기기 시작했다.

* * *

"맥스?"

최전선에서 싸우던 그레인은 믿을 수 없다는 눈으로 맥스를 바라봤다.

"아딜나?"

가장 위태로운 최전선에 절대 있어서는 안 되는 그녀가 맥스의 옆에 있는 걸 확인한 그레인이 급하게 적들을 향해 냉기를 뿌렸다.

두터운 얼음벽을 정면에 형성해 적들이 다가오는 걸 막았다.

"무슨 일입니까? 당신까지 왜 여기에……."

그레인은 아딜나의 옷에 묻은 피를 보고 흠칫 놀랐지만, 아딜나의 것이 아니라는 걸 알고 안도했다.

그러나 그것도 잠시, 맥스의 상태가 여전히 좋지 않다는 걸 파악하고 심각한 표정으로 돌아갔다. 그레인 역시 맥스처럼 몸 여기저기에 피가 흠뻑 묻어 있었지만, 적들의 피였지 본인의 것은 아니었다.

"그레인… 시간을 벌어줘. 부탁한다."

"시간을?"

"우리들의 기억대로라면, 교황은 계속 이곳에 있을 수 없다. 너도 그걸 알고 결사대를 도우러 왔고, 계속 버티고 있… 으윽."

맥스는 고통으로 일그러진 얼굴로 비틀거렸다.

이미 아르디언에게 두 차례 걸친 공격을 받은 맥스는 도움이 되기에는 도저히 무리로만 보였다.

"화룡의 어금니로 구현할 수 있는 잠재 기술은 프로미넌스뿐이 아니다. 그걸 쓴다면 이기지는 못하더라도… 크윽, 살아서 돌아갈 수는 있을 거다."

맥스는 고통을 참아내며 말을 이었고, 그레인은 입을 다물고서 고개를 끄덕거렸다.

어떤 식으로 위기를 타개할지에 대해 의문 가는 점이 한두 가지가 아니었지만, 상황이 다급한 이상 구체적인 설명은 나중에 듣기로 마음먹었다.

"무슨 일이야? 너는 왜 또 여기 있고?"

적 병사들 사이에서 난전 중이던 크루겐이 다른 이들의 그림자를 이동해 그레인 앞에 급히 나타났다.

아직도 부상에 회복되지 않은 맥스가 힘겹게 이곳에 서 있는 이유를 알 수 없었다.

"크루겐, 시간을 벌어줘."

"시간을 벌어달라고? 이미 하고 있잖아?"

"맥스가 잠재 기술로 이 위기를 헤쳐 나갈 수 있다고 말했다. 가능한 한 맥스 주위에 적 병력이 몰리지 않도록 시선을 끌 필요가 있어."

"그런 잠재 기술이 있다면 진작 쓰지, 왜 이제야?"

그레인의 대답에 크루겐은 의심스러운 눈빛으로 맥스를 바라봤다.

쉽게 납득할 수 없는 표정이었지만, 크루겐은 어쩔 수 없다는 듯 혀를 한 번 차더니 손에 쥐고 있는 팬텀 대거를 한 바퀴 휙 돌렸다.

"자초지종을 물을 분위기도, 상황도 아니니… 알았어! 다른 동료들에게도 알릴게!"

*　　　*　　　*

휘이잉!

그레인의 냉기가 멀리서 다가오는 적 병사들의 발을 순식간에 얼려 더 이상 다가오지 못하게 고정시켰다.

"헉, 허억……."

거의 마나가 바닥날 정도로 연거푸 냉기를 구현한 그레인의 입에서 거친 숨소리가 흘러나왔다.

숨이 턱밑까지 차오를 정도로 지쳤지만, 그레인은 맥스의 말을 믿고 정신력으로 버티는 중이었다. 얼마나 진행되었는지 뒤를 돌아보고 싶은 충동을 가까스로 억누르면서, 묵묵히 정면만을 바라보며 적들에게서 눈을 떼지 않았다.

'조금만 더… 좀 더…….'

맥스는 그레인과 아군 병사들의 보호를 받으며 잠재 기술을 준비 중이었다.

몸과 마음 모두 지쳐만 갔지만 맥스는 아래로 내린 왼손을 꽉 움켜쥔 채로, 화룡의 어금니가 이식된 오른손을 심장이 있는 왼쪽 가슴에 올려놓은 자세를 계속 유지했다.

맥스가 그만의 잠재 기술을 준비하는 동안 흘러간 시작은 고작 20여 분 정도. 그러나 그에게는 실제 시간보다 수십 배를 넘어서는 긴 시간으로 느껴졌다.

'아직 부족해. 좀 더 시간이 필요해.'

듀란이 결사대에 합류하기 전, 교단으로부터 탈취한 문서를 통해 알게 된 잠재 기술.

처음에는 반신반의했지만 실험 삼아 시도했다가 성공하기 직전 가까스로 중단했었고, 그 이후로 다른 누구에게도 알릴 수 없는 그만의 비밀이 되어버렸다.

그리고 지금, 비밀을 드러내야 할 때가 된 맥스는 남은 마나를 심장에 집중시키는 중이었다.

숨을 헐떡이며 식은땀을 주르륵 흘리고 있었지만 의지만은 잠재 기술을 처음 준비하던 때와 마찬가지로 확고했다.

"저건……."

엄청난 양의 마나가 적 진영 중 한 곳에 집중되는 걸 느낀 데인이 맥스가 있는 방향으로 고개를 돌렸다.

그냥 놔두기엔 위험해 보였기에 데인은 적 병사들을 베어가며 돌진했다.

계속해서 다른 병사들이 데인을 막아섰지만, 그의 검 앞에 허무하게 쓰러질 뿐이었다.

"어딜 가려고?"

등 뒤에서 들린 목소리에 데인이 급하게 멈춰 서며 뒤로 돌

아섰다. ·

"이쪽이야, 이쪽이라고."

데인은 목소리가 들리는 방향으로 연거푸 방향을 돌렸지만, 목소리의 주인공인 크루겐은 데인이 자신을 바라보는 걸 용납하지 않았다.

"널 쓰러뜨리기엔 지금 내 힘으로 무리지만, 묶어둘 수는 있지. 데인, 나와 함께 악몽 속으로 빠져보자고."

어둠으로 변한 크루겐이 데인의 등 뒤에서 작게 속삭였다.

"악몽?"

데인의 물음에 크루겐은 대답하지 않고 음침한 미소를 지었다.

바로 그때, 데인의 시야가 순식간에 어둠으로 뒤덮였다.

"이… 이건?"

데인은 당황하며 주위를 급하게 둘러봤다.

짙은 암흑 속에 홀로 남겨진 그에게 공포라는 감정이 스며들기 시작했다.

데인은 빛을 뿜어내며 어둠에서 벗어나려고 했지만, 정체불명의 어둠은 그가 만들어낸 빛을 아무렇지 않게 삼켰다.

잠시 후, 어둠이 일그러지면서 기묘한 현상으로 변했다.

암흑 속에서 울려 퍼지는 많은 이들의 비명.

짙은 어둠 속에서 유독 두드러지는 붉은색의 피.

법의를 걸친 이들이 휘두른 검에 쓰러져 시체가 되어가는 이들.

고개를 아래로 숙인 데인은 자신이 더 이상 교단의 법의가 아닌, 주변에 널브러진 시체와 똑같은 복장을 하고 있음을 알아챘다.

그의 동공이 떨리기 시작하더니 표정이 일그러지기 시작했다.

크루겐이 만든 환상을 보지 않기 위해 눈을 질끈 감았지만, 그것과 상관없이 환상은 그의 시야에서 떠나지 않았다.

환상 속에서 구현되는 악몽이 끊임없이 변화하는 가운데 공포는 깊어만 갔고, 마른침을 연신 삼키는 데인의 인내심은 결국 한계에 달했다.

"으아아악!"

양손으로 머리를 감싸 쥔 데인이 비명을 지르며 고개를 마구 휘저었다.

현실이 아니라는 걸 인지하고 있음에도 크루겐이 구현한 악몽을 견뎌내기는 무리였다.

본 적도 없는 이들의 죽음이 이렇게나 절망과 두려움을 안겨줄지는 전혀 예상하지 못했다.

환상을 떨쳐내기 위해 데인이 마구 검을 휘두르자 이레귤러 측은 물론이고 아군인 교단의 병사들마저도 그에게 다가가지 못했다.

그렇게 크루겐이 가장 위협적인 적 중 한 명을 전투 불능으로 만드는 사이, 맥스의 잠재 기술은 거의 완성 단계에 들어섰다.

그리고 이레귤러 측에서 무언가 일을 꾸미고 있음을 직감한 아르디언의 명령 아래 교단 측의 병력은 맹공을 퍼부었다.

"와아아아!"

격렬한 전투를 벌이는 교단의 병사들과 그들을 이끄는 성당 기사단원들의 함성이 맥스의 귓가에 울렸다.

양측 모두 사상자가 속출했지만, 분위기는 상반되었다.

이레귤러와 결사대 측은 한 명이라도 더 살리기 위해 부상자들을 급히 후방으로 이송했다.

반면 교단 측은 승리를 쟁취하기 위해서 부상을 입은 아군을 무시하고 전투에만 임했다.

맥스를 지키기 위한 견고한 호위망이 조금씩 뒤로 밀리기 시작했고, 힘겨운 와중에도 펠릭스는 선두에서 교단 병사들의 공격을 몸으로 받아내며 버텼다.

그리고 후퇴하지 않았던 또 한 명, 헤르디온의 직속 부하 벤이 펠릭스와 나란히 서서 적 병력을 막아서고 있었다.

"크억……."

교단 병사들의 검에 옆구리와 허벅지를 연이어 찔린 벤의 입에서 신음이 흘러나왔다.

코어로 인해 펠릭스처럼 재생 능력을 갖추긴 했지만, 지속된 전투로 인해 한계에 도달한 지 오래였다.

회복은 눈에 띄게 더뎌졌고 전신은 어느새 피투성이가 되어 버리다시피 했다.

그럼에도 벤은 물러서지 않고 자리를 고수했다.

"벤! 그만하면 됐어! 돌아와!"

호위망 안쪽에서 응급치료를 받고 있던 헤르디온이 벌떡 일어섰다.

"너, 으윽… 죽을 작정이야? 돌아오라고!"

"버틸 수… 있습니다!"

쿵!

벤이 오른발을 강하게 내딛자, 지면을 타고 앞으로 뻗어나간 충격에 의해 교단 병사들이 우수수 넘어졌다.

그는 입술에 묻은 피를 손등으로 닦아내며 아무렇지 않다는 표정을 지었지만, 헤르디온의 눈에는 여전히 위태로워 보였다.

"죽으면 안 돼! 안 된다고! 절대 죽지 마! 살아서 돌아오란 말이야! 약속한 20배… 아니, 100배라도 줄 테니까 제발!"

"기대가… 되는군요."

벤은 억지로 웃음을 지으며 그의 오른편에 나란히 서 있던 펠릭스를 바라봤다.

그와 마찬가지로 피투성이가 된 펠릭스는 말없이 고개를 끄덕이며 교단의 병사들을 막아섰다.

바로 그 순간, 맥스는 가슴에 얹었던 오른손을 아래로 내렸다.

"그레인! 내 뒤로! 모두에게 알려라!"

맥스의 외침에 그레인은 자세를 낮추며 왼손을 지면에 갖다 댔다.

휘이잉!

얼마 남지 않는 체내의 마나를 거의 소모하면서 구현한 냉기가 적들을 뒤덮었다.

"저것은……!"

빠른 속도로 퍼져 나가는 냉기가 지면을 뒤덮은 모습이 지상이 아닌 공중에 있던 베스티나의 시야에 들어왔다.

파아앗!

상공에서 에르나와 혈전을 벌이고 있던 베스티나가 양 날개를 활짝 펼치면서 빛을 뿜어냈다.

맥스가 잠재 기술을 구현할 준비가 끝나면 먼저 그레인이, 그 후 베스티나가 모두에게 알린다는 계획에 따른 행동이었다.

그레인과 베스티나의 신호에 이레귤러와 결사대의 병력은 신속하게 움직였고, 모두 자신의 뒤로 물러섰다는 보고를 받은 맥스는 오른팔을 천천히 들어 올렸다.

화르르.

맥스의 전신을 둘러싼 불길이 거칠게 일렁이면서 하늘 높이 솟아올랐다.

예전 쉬르 성을 보호하던 불길을 넘어설 정도로 드높이.

"이렇게나 강렬한 불길을 일으킬 줄이야……."

맥스로부터 멀찌감치 떨어진 그레인은 그를 휘감은 불길을 보고 감탄했다.

그러나 동시에 우려를 떨쳐낼 수 없었다.

맥스는 앞선 전투로 인해 마나를 상당히 소모한 터라 이렇게 강렬한 불길을 일으킨다는 건 상식적으로 불가능했다.

"……."

맥스가 오른손을 움켜쥐자, 계속 위로만 솟아오르던 불길이 맥스가 바라보는 방향으로 확 퍼져 나갔다.

냉기에 발이 붙들려 옴짝달싹 못 하던 교단 측의 병사들은 순식간에 불타 재로 변해 버렸다.

비명을 지를 겨를도 없이.

맥스는 주먹을 움켜쥔 채로 양팔을 옆으로 벌리더니, 양손을 펼쳤다.

그러자 높은 불기둥이 곡선을 그리며 맥스의 양옆으로 빠르게 퍼져 나가면서 벽으로 변했다.

비공정을 완전히 둘러쌀 정도로 거대한 원을 그린 화염의 벽은 그 어떤 것도 뚫을 수 없는 화염의 울타리로 또 한 번 변했다.

"성공… 했군."

화룡의 어금니가 지닌 또 하나의 잠재 기술, '생명의 점화'.

홀로 교단의 병력을 막아서고 있는 맥스의 표정은 더 이상 고통으로 일그러진 얼굴이 아니었다.

생명의 점화가 완성되는 순간, 그를 괴롭히던 양쪽 어깨의 부상은 완전히 아물었기 때문이다.

활활 타오르는 불길을 앞에 둔 교단의 병력은 다가갈 엄두조차 내지 못했다. 오히려 조금씩 뒤로 물러섰다.

맥스가 이전까지 구현한 불길과는 비교조차 할 수 없는 불길은 그들로 하여금 잊었던 '공포'를 다시 불러일으켰다.

"저 불길은… 그렇군."

교황 아르디언은 화염의 울타리 속에 있는 맥스를 향해 오른손을 들어 올렸다가 이내 내렸다.

"생명을 불태우면서 만들어낸 불인가. 그렇다면 내 힘이 더 이상 통하지 않겠군."

맥스의 힘을 인정하면서도 아르디언의 얼굴에는 두렵다거나 분하다는 감정은 실려 있지 않았다.

대신 아쉬운 표정만은 숨기지 못했다.

아르디언은 들어 올린 손을 눈 가까이에 가져갔다.

손가락 끝부분이 흐릿해지기 시작하자 고개를 가로저었다.

"이런, 시간이 그리 많이 남지 않았군."

빛이 닿는 곳이라면 아무리 먼 곳이라도 이동할 수 있는 그의 능력은 일정 시간이 지나면 원래 장소로 돌아오게 만들어 버린다.

몸이 투명해지기 시작한다는 건, 돌아갈 시간이 가까워졌다는 의미.

다시 성지로 돌아갈 수밖에 없는 아르디언은 불길의 울타리 속에 있는 맥스를 응시했다.

"너를 직접 내 손으로 보내지 못해 아쉽지만, 스스로 죽음을 택한 이상 굳이 마무리 지을 필요까진 없겠군."

감히 자신에게 맞선 배교자를 이런 식으로 편히 보내는 건 탐탁지 않았다.

성지로 끌고 가 많은 신도들이 보는 앞에서 화형을 집행할 계획이었지만, 생명으로 만들어낸 불길 속에서 죽어가는 걸 보는 것으로 만족할 수밖에 없었다.

불의 장벽을 경계로 양측 병력 모두 맥스를 지켜보는 가운데 시간이 흘러갔다.

"……."

데인은 멍하니 맥스를 바라봤다.

지금의 그를 보고 있자니 크루겐의 악몽에서 봤던 장면 중 하나와 겹쳐지는 착각이 들었다.

악몽 속에서 봤던 건 누군가의 뒷모습이었고, 지금은 그의 정면을 보고 있다는 차이점이 있었지만.

'내가 왜 이러지? 저 남자는 분명히 적인데, 나는 왜…….'

불의 장벽 속에 홀로 서 있는 그를 보면 공포가 아닌 슬픔이 느껴졌다.

그러나 지금 중요한 것은 적을 상대로 절대 가져서는 안 되는 감정에 매몰되는 게 아니었다.

데인은 양손을 들어 얼굴 가까이 가져갔다. 그 역시 아르디언과 마찬가지로 전신이 서서히 희미해져 가고 있었다.

"예하, 어떻게 하실 계획이십니까?"

데인의 물음에 아르디언은 오른팔을 들어 올리려다가 말았다.

여전히 미련은 남아 있었지만, 불길을 잠재우기 위해 나섰다가 쓸데없는 변수를 적들에게 주고 싶지 않았다.

"모든 병력을 데리고 후퇴하라고 명령해라. 저 불길의 벽은 나도 뚫을 수 없다."

"그렇다 하여도, 이렇게나 많은 희생을 치렀음에도 이대로 물러나는 건……."

"나 없이 어린 양들이 저 배교자들을 이길 수 있을 거라 생각하는가?"

아르디언의 눈에 비춰진 교단의 병력은 그가 없으면 매번 밀리기만 하는 하찮은 존재였다.

그러나 그것은 그가 의도한 바이기도 했다. 자신보다 강한 존재는 같은 편이나 부하라 할지라도 용납할 수 없었기에.

"어차피 저 불길은 생명을 대가로 솟아오른 것. 시간이 흐르면 알아서 자멸할 것이다."

확실히 자신의 손으로 종지부를 찍기 위해 불길 속으로 뛰어드는 모험을 할 마음은 아르디언에게 처음부터 없었다.

교단을 위해 자신을 희생하거나, 맥스와 함께 세상을 떠날 생각 따윈 조금도 없었다.

"무엇보다 원래 목적을 달성한 이상, 우리에겐 아쉬울 것이 없다. 저놈이 스스로 사라지는 것만으로도 더 큰 추가 이익을 얻은 셈이다. 그렇지 않은가?"

"알겠습니다."

아르디언의 결정을 받아들인 데인은 지시를 전달하기 위해 병사들 사이로 들어갔다.

얼마 후, 데인은 아르디언에게 돌아왔지만 맥스가 일으킨 불의 장벽은 여전히 활활 타오르고 있었다.

"신께서는… 너무나 자비로우시군. 쓸데없을 정도로."

아르디언은 언짢아하는 표정으로 중얼거렸다.

잠시 후, 아르디언과 경호원들의 전신이 희미해지더니 빛과 함께 나타났을 때와 다르게 조용히 사라졌다.

후퇴하라는 명령을 받았음에도 교단의 병력은 미련을 버리지 못하고 한동안 제자리에 머물렀지만, 어찌할 방도를 찾지 못하고 천천히 후퇴하기 시작했다.

격렬했던 전투는 확실하게 승패를 결정짓지 못한 채 끝났고, 전장에 남아 있는 이들은 이레귤러와 결사대의 병력뿐이었다.

그럼에도 맥스가 일으킨 불의 장벽은 계속해서 비공정과 남은 아군 병력을 보호하고 있었다.

더 이상 그들을 지킬 필요가 없음에도.

"어? 설마……."

침묵 속에서 맥스에게 집중되었던 시선이 순간 다른 쪽으로 일제히 쏠렸다.

교단의 병력이 남긴 시체 속에서 누군가가 천천히 몸을 일으켰기 때문이다.

"벤? 너……."

헤르디온은 믿을 수 없다는 눈으로 불의 장벽 너머를 응시했다.

후퇴하라는 지시에도 물러서지 않고, 맥스를 향해 발사된 화살을 온몸으로 받아낸 벤은 아직까지도 살아 있었다.

그러나 죽기 직전, 마지막 힘을 짜낸 것에 불과했기에 죽음이라는 운명을 벗어나기엔 무리였다.

자연스레 치유되어야 할 상처에서는 계속 피가 흘러나오고 있었다.

"벤! 조금만 더 참아! 지금 내가……."

당장 구하러 가겠다는 말을 하지 못하고 도로 삼킨 헤르디온은 아랫입술을 질끈 깨물었다.

그들을 보호했던 불길의 울타리가 반대로 벤을 구하러 갈 수 없는 장벽이 되어 헤르디온의 앞을 가로막고 있었기 때문이다.

"전하… 이제… 모두 안전하겠죠?"

"그래! 너만 구하면 돼!"

"아닙니다… 저는 이미……."

"그런 소리 하지 마!"

헤르디온은 벤을 보고 울먹였지만, 그런 헤르디온을 바라보는 벤은 웃음을 잃지 않았다.

벤이 이미 죽었다면 낙담하면서 포기했겠지만, 서서히 죽어가는 부하의 모습은 그 어떤 비극보다 잔혹하게 헤르디온에게 다가왔다.

"……."

베스티나는 불의 장벽 밖과 안쪽에서 이뤄지는 두 남자의 대화를 들으며 고개를 숙였다.

지친 나머지 주저앉아 있는 베스티나의 두 날개는 아래로 축 처져 있었다. 교단의 병력과 싸운 다른 이들처럼 베스티나 역시 마나를 거의 소모하다시피 했기에 천사의 날개를 펼칠 힘조차 남아 있지 않았다.

"전하……."

"그래! 뭐든 말해! 어떤 소원이라도 들어줄 테니 절대 죽어서는 안 돼!"

"그동안… 정말 감사했습니다. 저는… 먼저 가겠습니다."

털썩.

두 무릎을 꿇은 벤의 고개가 아래로 푹 수그러졌다.

"벤?"

헤르디온은 두 눈을 크게 뜨고 부들부들 떨기 시작했다.

절망이 희망으로 바뀌자마자, 전보다 더 깊은 절망으로 돌아온 현실을 받아들일 수 없었다.

그는 앞으로 내민 오른손을 부들부들 떨면서 불의 장벽을 향해 다가갔다.

"이거 놔! 놓으라고!"

벤을 향해 달려들려는 헤르디온을 나머지 부하들과 헬라가 붙들고 놔주지 않았다.

"전하, 위험합니다! 벤은 이미……."

"알아! 알고 있다고! 하지만 저 녀석 혼자만 쓸쓸하게 놔둘 수는… 없잖아……."

벤에게서 눈을 떼지 못하던 헤르디온은 고개를 숙이며 울먹이기 시작했다.

어떻게 해서든 부하를 살려야 한다는 집념과 고집이 포기로 바뀌는 사이, 비공정에 탑승하고 있던 인원 대다수가 지상으로 내려왔다.

헤르디온의 흐느낌 속에서 그들은 맥스의 등을 말없이 응시할 뿐이었다.

"맥스! 그만해도 돼!"

"……."

그레인의 외침에도 맥스는 여전히 모두에게 등을 보인 채로 정면만을 바라보고 있었다.

"적들은 모두 물러났어! 그러니 불을 멈춰!"

모두를 지키기 위해 누군가가 홀로 앞에 서 있는 모습은 그레인을 포함한 회귀자들에게 전혀 낯설지 않았다.

형태는 달랐지만, 전생의 페트로가 동료들에게 마지막으로 보여줬던 모습을 연상케 했다.

이대로 그냥 놔둔다면 맥스가 일으킨 불길이 그마저 삼켜버릴 것 같은 두려움에 휩싸였다.

"아니, 불가능하다."

"무슨 소리지?"

"생명을 촉매로 일으킨 불길은… 시전자의 생명을 모두 불태워 버리기 전까지는 꺼지지 않는다."

그레인의 물음에 묵묵히 대답하는 맥스의 뒷모습은 조금도 흔들리지 않았다.

"스스로를 희생하겠다는 건가?"

"예전에 했어야 하는 걸 이제야 했을 뿐이다."

맥스의 대답에 그레인은 왼손을 강하게 움켜쥐었다.

이미 한 차례 겪었던, 모두를 위한 개인의 희생.

회귀하지 못한 페트로의 희생은 모두에게 절대 갚을 수 없는 빚으로 남아버렸다.

그때처럼 보고만 있을 수는 없었다.

휘이잉!

그레인은 남은 마나를 모두 짜내 툰드라를 간신히 구현했다. 지면을 뒤덮은 얼음이 불의 장벽을 향해 빠른 속도로 뻗어나갔다.

그러나 그것도 잠시, 불의 장벽으로부터 흘러나온 열기를 이기지 못하며 빠르게 녹아내리더니 증발해 버렸다.

렌딜을 포함한 마법사들 전원이 냉기를 마법으로 구현해 불의 장벽을 꺼뜨리려고 했지만 역시 소용없었다.

"듀란."

맥스는 모두에게 등을 보인 채로 입을 열었다.

"결사대원 중 사망자는? 파르티온을 제외한 사망자는?"

"부상자는 다수 있습니다만……."

"말해라!"

"…없습니다."

"그래, 다행이로군."

결사대원 중 더 이상의 희생이 없음을 확인한 후에야 맥스는 옅은 미소를 지었다.

반면 듀란은 차마 고개를 들지 못하고 두 눈을 질끈 감았다.

모두 살아서 돌아가야 한다고 말했지만, 정작 자신을 제외시킨 맥스.

예전 페트로가 모두를 위해 희생했을 때 느껴야만 했던 슬픔과 안타까움이 반복되는 걸 듀란은 받아들이기 힘들었다.

고개를 천천히 들어 올린 듀란의 눈에 비친 불의 장벽은 아까보다 더욱 강하게 타오르는 중이었다.

'그래, 이걸로 된 거야.'

맥스가 품고 있던, 마음속 깊은 곳에 자리 잡았던 안타까움이 드디어 사라지고 있었다.

전생의 결사대가 위기에 처했을 당시를 회상하는 그의 표정에는 아쉬움은 없었다.

당시 그는 페트로의 결정에 반대하면서도, 자신이 대신 나설 수 없었다. 결사대를 이끌어야 한다는 책임감을 저버릴 수 없었기 때문이다.

전생에는 모두가 하나의 목표를 향해 같은 길을 걸어갔다.

그러나 현생은 다르다. 같은 목표를 향해, 다른 길을 택한 또한 명이 있다.

그렇기에 비록 자신의 생은 이곳에서 끝날지라도 결사대를 대신 이끌어줄 그를 믿고 희생이라는 결정을 내릴 수 있었다.

전생과 다르게.

"아……."

뒤늦게 비공정에서 내려온 델리아는 드높이 솟아오른 불의 장벽을 올려다보며 말을 잊었다.

맥스가 생명을 대가로 모두를 지켜낸 불의 장벽을 만들었다는 이야기를 들은 직후라 그녀는 형용할 수 없는 슬픔에 빠졌다.

그녀 자신은 기억하지 못하는, 그녀를 전생에 구하지 못했다는 죄책감 속에 살아온 맥스는 현생에서 그녀를 구했고, 오늘 또 한 번 그녀를 구했다.

"맥스, 미안해요. 정말로……."

그의 곁을 떠난 자신이 그의 생명을 대가로 살아남는다는 것에 델리아는 죄책감을 떨쳐낼 수 없었다.

그녀는 불의 울타리를 향해 천천히 걸음을 옮겼다.

두 번이나 자신을 구해준 맥스를 혼자 보낼 수는 없었다.

불의 장벽에서 뿜어져 나오는 열기가 얼굴에 확 와 닿을 정도로 맥스에게 가까이 다가간 그녀의 앞을 누군가의 손이 가로막았다.

"델리아, 너는 살아남아야 해."

"당신은……."

렌은 양손으로 델리아를 살며시 밀쳐내면서 고개를 가로저었다.

"이번 생의 넌 맥스보다 오래 살아야 해. 그 누구보다."

전생에는 지켜주지 못했던 첫 번째 연인의 운명을 바꾸는 것.

맥스가 그토록 원했던 소망이었다.

"하지만 나는 아니야. 나는 맥스하고 떨어져 있고 싶지 않아. 내가 다시 그와 함께한 이유는 그저 그의 옆에 있고 싶어서였기 때문이야."

그녀가 회귀를 택한 이유는 다른 결사대원과 확연히 달랐다.

많은 이들의 비난을 받아가면서, 피로 점철된 길을 걸어가더라도 그의 옆에 있을 수 있다면 그것으로 족하다며 만족했다.

전생처럼 연인이 아닌, 결사대의 동료로 머물지라도.

"어리석은 당신은… 저세상에서도 분명히 저 여자를 택할 거지?"

맥스 쪽으로 몸을 돌린 렌은 슬픈 눈으로 전생에 연인이었던 남자의 등을 바라봤다.

"그래서 난 당신을 따라가겠어. 그녀가 오기 전까지라도 난 당신을 독식하겠어."

"……."

"어리석게 보이겠지? 하지만 어쩔 수 없어. 그것이 이번 생의, 내 선택이야."

말을 마친 렌이 델리아 대신 맥스에게 다가갔다.

눈앞에 일렁이는 열기에도 불구하고 렌은 걸음을 멈추지 않았고, 그녀가 걸치고 있는 로브의 끝자락이 검게 타오르기 시작했다.

바로 그 순간.

맥스는 오른손을 뒤로 뻗었다.

"다가오지… 마라."

그의 제지에 렌은 더 이상 다가가지 못하고 뒤로 한 걸음 물러섰다.

"맥스, 날 말리지 마."

"아니, 너는 죽어서는 안 된다."

맥스는 정면을 바라본 자세 그대로 렌의 말을 반박했다.

그는 델리아를 살리면서 전생의 운명에서 벗어나게 했다.

그러나 바뀌어서는 안 되는 운명 역시 존재했다.

"파르티온은 너를 살리고 대신 죽었다."

그의 말에 절대 물러서지 않겠다는 결의를 보이던 렌의 눈동자가 흔들렸다.

"그의 죽음을 헛되게 만들지 마라. 더 이상의 희생은 있어서는 안 된다."

맥스는 렌이 전생보다 일찍 죽는 운명으로 바뀌길 원하지 않았다.

그것이 렌의 원망을 받는 선택이라 할지라도.

"맥스, 너는 정말로… 잔인한 남자야."

"미안하다."

결국 렌은 맥스와 운명을 같이하기를 포기하고 뒤로 물러섰다. 아래로 숙인 고개로 눈물이 흘러내렸다.

렌과 델리아가 맥스로부터 멀어지자, 그레인과 다른 동료들이 그녀들과 교차해 앞으로 나갔다.

"그레인."

"맥스……."

서로의 이름을 부른 두 남자 사이에 정적이 감돌았다.

그러나 맥스는 계속 입을 다물고 있을 수는 없었다.

그저 희생하는 것만으로도 자신이 저지른 일의 대가를 치르기엔 부족했기에, 그동안 품고 있었던 말을 꺼내야만 했다.

"내가 죽으면, 내 육체가 남길 잿더미를… 나로 인해 운명이 바뀐 그녀를 원래대로 되돌려 주는 데 써줘라."

"……!"

그레인의 옆에서 맥스를 지켜보고 있던 에르닌은 안대에 가려져 있지 않은 왼쪽 눈으로 맥스의 등을 바라봤다.

"그런 눈으로 바라보지 마라. 이것은 내가 당연히 치러야만 하는 대가다."

담담하게 말하는 맥스는 여전히 모두에게 등을 보인 자세였다.

뒤를 돌아보지 않아도 자신을 바라보는 시선이 어떠한지 느낄 수 있었다.

그러나 이것으로는 부족했다. 현생에 다시 하이브리드가 되던 순간부터 결심했던, 반드시 해야만 하는 마지막 일이 남아 있었다.

"그리고 이것은 원래 너의 것이니……."

화르르.

맥스의 오른팔이 불길을 이기지 못하고 어깨 위까지 새까맣게 타버렸다.

불의 장벽이 서서히 가라앉기 시작했고, 맥스는 아래로 떨어진 화룡의 어금니를 그레인이 있는 쪽으로 던졌다.

여전히 등을 보인 채로.

"돌려주겠다."

"……."

그레인은 발 앞에 놓인 화룡의 어금니를 말없이 내려다봤다.

그토록 원하던 코어였지만 선뜻 손을 내밀지 못했다. 지금 그를 앞에 두고 차마 할 수 없는 행동이라 여겼기 때문이다.

"이제… 내 운명은 여기까지다."

처음으로 전생과 다른 선택을 결심한 그날.

그는 동료이자 스승이었던 이의 가슴에 검을 찔러 넣어야만 했다.

그때를 기점으로 그뿐만 아니라 다른 이들의 운명이 톱니바퀴처럼 맞물려 돌아가기 시작했다.

스스로의 선택이 만들어낸 잔혹한 운명을 그는 피하지 않고 받아들였다.

전생보다 훨씬 더 많은 이들의 피를 밟고 앞으로 나가는 길이었고, 그 끝은 생각보다 일찍 찾아왔다.

"그레인……."

같은 목표를 향해 다른 길을 택한 옛 동료의 이름을 부르는 맥스의 목소리는 떨리고 있었다.

"예전에 이루지 못했던 꿈을……."

원래 소유자였던 그레인은 터득하지 못했던 잠재 기술을 왜 자신이 얻게 되었는지 고심했던 때가 있었다.

그러나 지금은 더 이상 의문을 갖지 않았다.

'생명의 점화'를 깨달은 이유는 바로 운명이었기 때문이라 여기며 맥스는 두 눈을 천천히 감았다.

"부탁한… 다……."

화르르…….

거센 불길이 맥스의 전신을 강하게 휘감았다.

많은 이들을 보호했던 불의 장벽이 완전히 가라앉았고, 비공정을 둘러싼 검은 띠가 원을 그렸다.

두 번의 생에 걸쳐 결사대를 이끌었던 남자가 서 있던 자리에는 시커먼 재만이 남아버렸다.

"맥스……."

그레인은 아직 열기가 남아 있는 재를 손바닥으로 천천히 훑었다.

전생에는 하이브리드가 된 이후로 느낀 적이 거의 없었던 뜨거움에 가슴이 먹먹해졌다.

"너는 도대체, 왜……."

그토록 험난한 길을 자신과 함께하지 않고 홀로 걸어갔는지 물어보고 싶었다.

그러나 너무 늦은 질문이었다.

대답해 줄 옛 동료는 운명의 부름을 받고 전생보다 훨씬 일찍 먼 곳으로 떠나 버린 후였기에.

『30인의 회귀자』 9권에 계속…